聚学文丛

谈瀛洲————著

萧淡任天真

文匯出版社

出版缘起

曾子曰："士不可以不弘毅，任重而道远。"读书之事，乃名山事业。从古至今，文化事业需要一代又一代人的接续与传承。

"聚学文丛"为文汇出版社推出的一套文化随笔类丛书，既呈现读书明理、知人阅世的人文底色，也凝聚读书人生生不息的求索精神。

"聚学"一词，源于北宋文学家范仲淹的"聚学为海，则九河我吞，百谷我尊；淬词为锋，则浮云我决，良玉我切"（《南京书院题名记》），意在聚合社科文化类名家的治学随笔、读书札记、史料笔记、游历见闻等作品，既有丰富的精神内涵，又有独到的观察与思索，兼具学术性、思想性和可读性，力求雅俗共赏，注重文化价值，突显人文关怀，以使读者闲暇翻阅时有所获益。

文丛致力于文化普及读物的出版，在市场经济的环境中坚守初心，不随波逐流，以平和的心态，做一些安静的书，体现文化人的责任与担当，以此砥砺思想，宁静心灵。

书中日月，人间墨香。希望文丛的出版能为广大读者营造一处精神家园，带来丰富的人文阅读体验与感受。

文汇出版社

二〇二四年四月

目 录

I

那台沉重的老式录音机

——怀念张根荣老师

一

我在中学时的英文课，除了周老师和一位华东师大来的实习生葛老师短暂地代过课外，都是张根荣老师教的，我从他身上得益也最多。

那时候二附中正好英文课和语文课都在搞教改。我们小学里学的，都是像"This is a tractor"（这是一辆拖拉机）、"That is a red flag"（那是一面红旗）这样的英文，基本上没有什么实用价值。中学里的教材，和当时宣传"四化"的气氛相适应，多是讲爱因斯坦、居里夫人这样的科学家的励志事迹。

张老师（当然还有二附中英语教研组的其他老师）这时开始教我们新概念英语。所有课文都要背诵。第一课的课文，我迄今还记得很清楚：

Excuse me!

Yes?

Is this your handbag?

Pardon?

Is this your handbag?

Yes，it is. Thank you very much.

（"对不起!""什么事?""这是你的手提包吗?""你说什么?""这是你的手提包吗?""对的。太感谢了。"）

跟革命无关，也跟远大的人生理想与"四化"目标无关，只是问一个女人这是否她丢了的手提包，完全是实用的对话。

张老师那时上课会提个巨大的老式录音机，来给我们听录音。那种老式录音机很笨重，用的还是那种一卷一卷的磁带。放出来的课文的声音特别慢，听起来略微有些奇怪。不知是读课文的英国人怕初学者听不懂，所以念得慢，还是老化的录音机已经卷不动磁带，所以放得慢。但在二十世纪七十年代末、八十年代初，这种设备是很先进的，反正我是在张老师的课上第一次见到了录音机，所以觉得他的课特别高技术。

二

还有不那么高技术的，那就是抄在小黑板上的语法练习。我自己现在也教了多年的英文，知道语法这东西，单靠讲几条语法规则，学生是无法掌握的，只能靠反复练习。

那时候，张老师就给我们做了大量的语法练习。因为在黑板上来不及写，写了也会被后面上课的老师擦掉，所以他就用粉笔抄在几块小黑板上，上课时在大黑板上一挂，让我们当堂回答，下了课又可以拿到别的班级去用了。

感谢他的那些语法练习，我在中学里就把英语语法里那些比较"搞"的，比如什么过去完成时啦，虚拟语气啦，过去时的虚拟语气和将来时的虚拟语气啦，弄得清清楚楚，大学里就没有在这上面再花过心思。

当时学校里七点二十分就开始早自习了。在这之前有时我在校园晨读，常常会看见张老师拎着个包，一边半低着头沉思地微笑着，一边迈着迅疾的步伐，来上班了。早自习开始的时候，他常常就会来给我们做他的语法练习。

第一次见到英美人，也是在张老师的课上。他在母校华东师大认识了一男一女两个老外，就带来课上跟我们见面，我们每个人可以问他们一个问题。当时还是"文革"结束后不久，大家都没怎么见过老外，更不用说近距离跟他们说话了，非常紧张。当时我问了什么记不清了，可能是问他们对上海的印象，声音肯定轻得像蚊子叫，他们的回答似乎也是很外交式的。

他当时应该还只有二十多岁，属于"文革"末期的工农兵大学生。虽然很年轻，可是没有一点火气，待学生很和蔼，总是微笑，不记得他有发火和责骂学生的时候。

他当时也应该已经结婚了，可从来没提起过，但是现在想来，他早出晚归，牺牲了多少陪妻子的时间，来跟我们这些学生在一起啊！

后来听说他患过肝炎，身体不好。这么繁重的工作，对他身体的压力肯定很大吧！

那时候的老师一般不跟学生讲自己的私事的，关于他的一些信息，我也是道听途说的。

三

高考成绩公布了，我是那年上海市外语类的第一名。其实我从未想过要考第一名，也从未期望自己会考第一名。对应试教育我实在是厌恶透顶，我想的只是不管怎样，能考进一所好一点的大学罢了。

得知我的成绩，张老师很高兴，让我去找他吃一次饭，我就去了。他的家在师大一村，房子小，也很简陋，不过在1984年的时候，大家都住得很简陋。说什么记不得了，只记得我们拿了搪瓷大碗，到华东师大食堂去吃了简单的一餐。

这之后就很少联系了，想来我也是个很不知感恩的学生吧！

在他去世前不久，我俩有过一次偶遇。忘记了是在嘉定的秋霞圃还是南翔的古猗园，我和太太去那里玩，居然在那里遇见了张老师和他的太太。当时我已三十出头，张老师已四十多岁了吧。

他坐在假山石上，依然是微笑，看上去仍是教我们那时候的样子，没什么大变。他只是说自己最近身体不太好，所以在休息，没有上课，但还在指导一个学生的课外英语兴趣小组。问我有没有认识的老外，可以介绍去给他们上上课。碰巧我那时有个叫Alex的朋友，跟我说他想去学校做义工，我就说会让Alex跟他联系。当时一点也没看出他已病重。

把Alex介绍给他后，Alex还真去上了半年或一年的课，每周末都去。后来有一天Alex突然对我说："告诉你个很不好的消息，你的老师去世了。"真是难以形容我当时听到消息后感到的震惊。

对于张老师，我有的只是感念，同时又觉得自己对他的回报太少了。可是如果说他期待我们对他的回报，那就是看低他了。他所想的，也就是踏踏实实地做好自己的工作，教好自己的学生罢了。对我们的期望，无非也就是我们尽好自己的本分，做好自己的事情罢了。

想念张老师，想念他那台沉重的老式录音机！

二〇一四年五月三十一日

我的王尔德研究和任孟昭老师

一

　　王尔德研究是我在 1990 至 1992 年间，随复旦外文系任孟昭老师读硕士时的论文题目。

　　任老师也是我本科学士论文的导师。认识她也是很偶然的因缘：四年级时系里公布了可以指导学士论文的导师的名单，让学生自己选择、联系。我当时年少轻狂，一开始没把找导师当回事。等到最后必须确定导师时，发现名单上的老师差不多已被选完，只剩下一位因腿脚不便长期在家，因此从来没有给我们上过课，只在家中指导学生论文的任老师。

　　她家住得离复旦还挺远，我去她家，从复旦骑自行车要一个小时。当时年轻精力好，骑一个小时不在话下，跨上我的永久牌蓝色自行车就去了。这一去，就结下了很好的师生缘。有一段时间差不多每周都去。我的本科论文，写的是英国"愤怒的青年"派的小说家金斯利·艾米斯的作品《幸运的吉姆》，是我当时喜欢的一部幽默小说。

任孟昭老师赠的《奥斯卡·王尔德传》

我本科毕业去上外对外汉语系教了两年书之后，因为与任老师投缘，又考取复旦的研究生，在她的指导下读硕士。后来能够在复旦教书，也与任老师向时任外文系主任徐烈炯老师的力荐有很大的关系。记得修改硕士论文初稿时，都是任老师和我当面讨论，一词一句地改，来回改了两遍。她的英国女婿 Alex 当时正好在上海，她也请他读了一遍论文稿，修改了一些非以英语为母语者不容易看出来的不合习惯表达法的地方。

在任老师的指导下写论文真是受益匪浅。因为时代的关系，她自己在学术和翻译上没留下什么东西，但我从她那里学会了文章里不要写空话，不要写没有根据的话，更不要写自己也不懂是什么意思的话。

任老师已在 2012 年作古。我这里留下她的唯一纪念，是一册美国学者理查德·艾尔曼（Richard Ellmann）在 1987 年出版的《奥斯卡·王尔德传》。当时是任老师在香港的亲戚买了赠给她，她看完后又赠给我作为写作论文的参考。在二十世纪九十年代初，最新的外文图书还是相当难得，这本书对我来说是难得的资料。这以后我时常拿出来翻阅。这次写《王尔德十讲》，我又一次拿出来阅读。三十多年过去了，书页已经发黄，书脊也已有一处断裂，不由让人生出"书犹如此，人何以堪"的感叹。

《王尔德十讲》这本小书，也是献给任老师的纪念吧。

二

我在博士阶段，又在陆谷孙老师的指导下读了莎士比亚研究专业，但王尔德仍一直是我主要的研究兴趣之一，与莎士比亚并行不悖。这些年我写过不少关于王尔德和唯美主义运动的文章，如曾刊载于《译文》杂志的《燕子是他，芦苇是她——谈王尔德的童话故事》，和曾刊载于《万象》杂志的《王尔德死后的波西》等。

王尔德也一直是我教学的内容：在我给本科生上的英美戏剧课里，我会教他的高雅喜剧《名叫"真诚"很重要》；在"英美小说面面观"课上，我会讲他的童话《自私的巨人》和《夜莺与玫瑰》，作为幻想小说的例子。在给博士生开的"欧美唯美主义研究"课上，我会讲到的王尔德作品则多得多，一般会有他的童话《快乐王子》、小说《道林·格雷的画像》、独幕悲剧《莎乐美》、高雅喜剧《温德米尔夫人的扇子》，和对话体文论《谎言的衰落》《身为艺术家的批评家》等。

因为教这些作品的关系，我每年都会重新阅读它们。王尔德的作品真是百读不厌，每次读都会有新的体会、新的发现，在和学生的讨论中也会得到新的启发。这次写这本小书，也给了我整理这些心得的机会。

2015 年，我又应果麦之邀，翻译了《夜莺与玫瑰》，包括王尔德的全部童话和六篇散文诗。做过翻译的人都知道，要认真地做好这项工作的话，就要把原作里的每一个词都一个个地抠过去，不能放过任何一个地方。翻译王尔德的童话，也给了我仔细揣摩他的这些作品的最好机会。所以，读者也许会发现，这本书里写王尔德童话的章节，是我写得比较扎实和细致的部分。

三

在复旦外文学院（它原来只是个系，后来升格为学院），我又担任过多年麦田剧社（它在 2005 年又成为校级社团）的指导老师。说是指导老师，我并没有接受过做导演的训练，只能帮学生们寻找或争取一些资源。麦田剧社曾多次演过王尔德的戏（英文版），包括《名叫"真诚"很重要》（1996、2007）、《莎乐美》（2004）和《理想丈夫》（2009）。这并不是我作为指导老师强加给学生的，而是他们自己的选择。

特别想提一提的是，1999 年冬的那次《名叫"真诚"很重要》的演出。我特别邀请了学导演出身的澳大利亚人海蒂·杜根（Heidi Dugan）女士做此剧的导演（海蒂后来经常在中国的电视上出现），那一届的学生演员也是特别的合适。海蒂这次担任导演是做公益，没要任何报酬，也是施展所学，特别尽心尽力。在复旦相辉堂演出那晚，英国朋友 Alex Clegg、James Harding 等也来观剧。尽管对多数观众来说，剧本的语言并非母语，但全场还是笑声不断。我度过了极其快乐的一晚。这次演出，让我体验到了王尔德的喜剧在舞台上的效果，不禁遥想他的剧作当年风靡英国的盛况。

王尔德的这部戏的排练还催生了两对恋人：我后来听说演阿尔杰农的和演关多琳的成了一对，演杰克的和演塞西莉的也成了一对（剧中是阿尔杰农和塞西莉，杰克和关多琳成了一对）。这也是戏剧的伟大魔力吧。

另外，历史比较悠久的复旦剧社也多次演出了王尔德剧作的中文版。

还有一个有趣的经历我也想写一笔的，那是 2016 年 5 月 31 日，我被邀去同济大学爱尔兰戏剧节担任评委。爱尔兰出的戏剧家还真不少，较早的有谢里丹和哥尔德史密斯，和王尔德同时的有萧伯纳和叶芝，较晚的又有奥凯西、贝克特、辛格（John Millington Synge，有的地方译为沁孤）等。但在十二个参赛片段中居然有五个出自王尔德的手笔，其中又有三个是《莎乐美》，而且学生选的都是莎乐美在希律王前跳"七重面纱之舞"的那一段，由学过舞蹈的女生来跳，有的跳的还是肚皮舞。

剧本写了是用来演出的。我写这些是想说明，王尔德的剧作，到今天还对中国的戏剧爱好者具有巨大的魅力。

四

王尔德的格言警句式风格，是我想学但学不来的。那真是非常难得的一种才能。很少有作家能像他这样留下那么多的格言警句，莎士比亚也不行。中国的作家，古往今来，在言辞的滑稽、思想的深邃上和王尔德最接近的，就是庄子了。王尔德又很喜欢庄子。王尔德的幽默，也是我学不来的。英文里的 humour，原义是体液，因为古希腊人认为，人的性情是由占优势的那种体液（血液、黏液、黄胆汁、黑胆汁）决定的。也就是说，幽默取决于性情。这是勉强不来的。王尔德的谈笑风生，我也学不来，因为我生性沉默寡言。

但这些年来，王尔德对我还是启发极大。我常常在开学的时候对文学专业的研究生说，希望他们在读研期间，能够找到一位真正喜欢的作家（花三年乃至更多的时间在一位自己不喜欢的作家身上，强迫自己阅读没有感觉的文字，是件很痛苦的事），然后把他的全部作品都读一遍。我说的全部作品，不单包括他的小说、诗歌、散文，还包括他的书信、日记、自传等全部文字，最好再加上几部这位作家的传记。对于王尔德，我就是这么做的，并且受益匪浅。

王尔德最强调的，就是文学有其内在的规律，而对这种规律的掌握，不是其他东西，比如见闻的广博可以取代的。我们常听到的一种说法，就是"我经历过的某事太奇特了，可以写小说了"。但绝大多数情形下，说这话的人后来并没有写出什么小说。倒是许多一辈子过得平淡无奇的人写出了小说。你要写小说还是要去研究小说的写法，你要写剧本也要去研究剧本的写法。这就是文学之所以被称作"学"的道理。

王尔德在牛津时的老师沃特·佩特在他的《文艺复兴史研究》一书的前言中写道："对批评家来说，重要的不是在智力上掌握一种对美的正确定义，而是拥有某种性情，也即在美的东西面前被深深感动的能力。"[1] 佩特这段话是针对批评来说的。但我的理解是，对学习文学者来说，不管你的目的是批评还是创作，关键都不在于掌握一种或好几种批评理论或者说是"套路"，或积累与增加文本的阅读数量，而在于培养出一种对文字之美的敏感性。如果不知道阅读的这种目的，只知道去拼命地阅读而不在阅读的同时发展自己的辨别力，就甚至会发生读得越多，对文字的感觉就越麻木的情况。

对学习任何一门艺术来说，这都是一样的。比如你必须能够辨别出什么是好听的音色，才能演奏出动人的音乐，或者进一步说，去进行音乐评论。

对佩特的教导，王尔德一直拳拳服膺。在《铅笔、钢笔与毒药》一文中，他在写韦恩莱特时写道："他从未忘记这一重大事实，即艺术首先作用的并非理智或感情，而纯粹是艺术的性情，并且他不止一次地指出，这

---

[1] Pater, Walter. "Preface." *Studies in the History of the Renaissance*. Oxford: Oxford UP, 2010. p.4.

种性情（他称之为'品味'），是在频繁地与最佳作品的接触中，无意识地得到引导和完善的，并最终形成一种正确的判断。"① 也就是说，这种对美的敏感性即艺术性情的重大特征，并在与最佳作品的接触中得到滋养与成长。

王尔德进一步指出，批评家需要强化自己的个性："只有通过强化自己的个性，批评家才能阐释别人的个性与作品。"② 因为他认为批评也是创作，所以创作者也要强化自己的个性。伟大的艺术家，都是创立了个人风格的艺术家。比如我们看到一张凡高的画，从笔触方面就能一眼认出是他的作品，不需要看旁边的说明文字。这说明，他把自己的个性，转化成了一种特殊的艺术风格。

我写过各种各样的东西。一开始写各种读书类的散文，包括论文。我觉得这是我的学艺阶段。写作，总要从阅读和研究别人的文本开始。后来也写过创作作品，包括历史剧、短篇小说和长篇小说。真正把我自己放在我写的东西里面的，是我的植物散文。我从小喜欢养花。求学阶段，因为住学校宿舍，无法养花，中断了一段时间。后来搬了有阳台的房子，就又开始养。我有一天忽然想到，为什么不把自己养花的心得，乃至和养花有关的人和事，都写成散文呢？当时，《文汇报》笔会的主编周毅看了我的一篇植物散文后就对我说，她觉得我的文章发生了一个根本性的变化：原来是从书本到文字，现在是从自己的经验到文字了。但其实不单是写花，也写了自己对某些花的偏好，把自己的性情写进去

---

① *The Artist as Crtic*. p.326.
② *The Artist as Crtic*. p.373.

了。后来又开始摄影，尤其是拍花。摄影也是我很早就有兴趣的一样东西，但一直没有机会实践，现在我把养花和拍照的这两个爱好，结合在一起了。

这是不是在实践王尔德所说的，在创作中强化自己的个性呢？也许吧，虽然我自己当时在这么做的时候并非有意识的。人的个性中的一些东西是非常顽强的，你不去强化它，它也会找到各种机会冒出头来的。写作《王尔德十讲》这部小书，也是一个机缘，让我重温了许多王尔德关于创作和批评的论述，让我对它们和强化自己的个性之间的关联有了更深的认识。

关于《王尔德十讲》中王尔德生平材料的来源，我想做一下说明。

王尔德过了丰富多彩而又跌宕起伏的一生。正因为此，有许多人为他写传。有认识他的朋友在他去世后不久所作的传记，如罗伯特·谢拉德先后写了三本关于王尔德生平的作品：《奥斯卡·王尔德，一段不幸的友谊的故事》（*Oscar Wilde, The Story of an Unhappy Friendship*, by Robert Sherard, 1902）、《奥斯卡·王尔德生平》（*The Life of Oscar Wilde*）和《真实的奥斯卡·王尔德》（*The Real Oscar Wilde*）。弗兰克·哈里斯曾作《奥斯卡·王尔德的生平与忏悔》（*Oscar Wilde, His Life and Confessions*, by Frank Harris, 1916）一书。这些作者的长处是他们毕竟亲眼见过他，见识过他的风采，因此他们的文字，写了许多亲身经历的事件，给读者以身临其境的感觉；但缺点是这些传记都受到个人观点的限制，而且带有急就章的味道。之后已和王尔德不是同时代人的传记作家如赫斯科斯·皮尔森曾作《奥斯卡·王尔德生平》（*Life of Oscar Wilde*, by Hesketh Pearson, 1946），蒙哥马利·海德曾作《奥斯卡·王尔德传》（*Oscar Wilde: A Biography*，1976）。这些传记的描述全面了许多。但关于王尔德的资料，近年来还是层出不穷，主要是许多在私人手中的材料陆续被公开。所以王尔德的传记有越写越厚、越写越好的这么一种状况。

这里想专门提一下两本王尔德的传记。一本是美国学者理查德·艾尔曼（Richard Ellmann）在 1987 年的时候出的《王尔德传》（*Oscar Wilde*），包含注解在内厚达六百多页。艾尔曼是一位优秀的学者和传记作家，他在 1959 年就出版过一部广受赞誉的《詹姆士·乔伊斯传》。但从今天的角度来看，他的这部《王尔德传》资料虽丰却并不理想，主要是史实选择不精，有许多的错误；文字也比较滞重拖沓。王尔德丰富多彩的生活本来应该是个很有趣的题材，艾尔曼的传记让人读来却并不觉得那么有趣。这是因为他在写作《王尔德传》时已身患重病。书稿在他死前不久才刚刚完成，而出版时他已过世。

我觉得更准确、更全面、写得也更为有趣的，是麦休·斯特吉斯（Matthew Sturgis）在 2018 年出版的《奥斯卡的一生》（*Oscar: A Life*）。这部传记包括注解、索引在内更是厚达八百九十页。材料虽多，但组织得很好，繁而不乱，线索清晰，而且文笔幽默有趣。王尔德虽然只活了四十六岁，但他的生活太丰富多彩了，需要这么厚的一部传记。《王尔德十讲》中关于王尔德的生平材料，多来自斯特吉斯的这部传记。

在 2022 年这一年里，因为手头有写《王尔德十讲》的任务，在 4 至 5 月给复旦的学生上网课之余，在那些漫长的日日夜夜，我重读了王尔德的许多作品，做了许多的思索，也写完了大部分的稿子，没有让这段时间成为空白。在此也特别感谢太太范千红一直以来对我的支持。她多次阅读了书稿，并提出了许多修改意见。当然，如果书中有任何错谬，完全是我自己的责任。

二〇二三年四月一日

「编词典是与时间赛跑」
——记陆谷孙老师

陆谷孙老师逝世于 2016 年 7 月 28 日下午 1 点 39 分。

那天原来是烈日炎炎，到了下午忽然风雨晦暝，电闪雷鸣。大人物的去世，我想大概都这样的吧。

这次写陆老师的时候，我想努力把他这个人写出来，因为我曾起草过他的追悼会的悼词，很怕会把他丢失在各种头衔、奖项、荣誉和著作的题目里，我想把他作为一个活生生的、有风骨的人写出来。

一

最早认识陆老师，大概是在 1987 至 1988 年，我大四的时候，他给我们上英美散文课。他当时应该是四十七八岁。

陆老师那时给我的最深印象，就是声如洪钟，讲课时的声音，在教学楼的走廊里好远就能听见。

在给我上过课的老师中，只有两位有这样穿透力强的声音，一位是陆老师，还有一位就是研究语言学的程雨民老师了。我们入学时，程老师正任职复旦外文系的系主任。

这种声音，也许就是古人的相书上所谓的"贵声"吧，贵人的声音。两位先生虽都没有做大官，也没追求做大官，但在学界、在学生乃至在社会上普通人的心目中，都享有崇高的地位，这就是真正的"贵"了吧。

陆老师上课的洪亮声音，从一个侧面，说明了他上课其实是很用力的。这门课他一直坚持讲授到七十四岁，直到他因脑梗住院后才停止，两年之后他就去世了。

后来读他的文章《英文系里那三个大佬》，才知道他读硕士时的导师徐燕谋先生，在他本科时也教英美散文这门课。所以，陆先生的这门英美散文课，还真是渊源有自。

陆老师在这门课上所教的文章，至今还给我留下深刻印象的，有乔治·奥威尔的《射象》（"Shooting an Elephant"）、弗吉尼亚·伍尔芙的《飞蛾之死》（"Death of a Moth"）、麦克斯·比尔博姆的《送别》（"Seeing People Off"）等。

陆老师后来以编词典出名，所以社会上有人误以为他是另一位以编词典出名的老先生葛传椝的弟子，其实不是，虽然陆老师和葛先生在《新英汉词典》同事甚久。

他在给我们上课的时候，还同时在做《英汉大词典》的主编，每天都有车来接他去大词典编辑部上班，工作量很大。但他视教学为教师的天职，从来没有放弃过。

后来他曾对我们说，自己刚做教师时上课前会很紧张，就仗着年轻精力好、记性好，第二天要上课，前面一天就把要讲的内容全部背下来。后来年纪大了，虽然不再把上课的内容背下来，但上课的前一天晚上，有时还是会兴奋得睡不着。

想想看，一个六七十岁的老师，在上课之前，还因为要面对学生而兴奋得睡不着，这是什么样的一种精神！

二

认识陆老师之后，就常常去他家里聊天。因为知道他忙，不敢久坐，一般只聊个半小时、一小时，当然有时陆师谈得高兴，也会"失控"。这些聊天，我当时的同窗好友王时芬、女友（也是后来的妻子）范千红有时也参与。

他跟我谈及过那时从学于徐燕谋先生的情况。说徐先生为人朴素，教他们时总是剃一个板寸头，穿黑布鞋，穿一袭旧的中山装。在文字上，陆老师喜欢用源于拉丁语、法语的华丽大词，徐先生则力主要多用源于盎格鲁-撒克逊人的语言的简短、朴素词汇，故常在他的作文上批上要"力戒藻绘"等评语。

而且徐先生秉承中式老师的传统，从不当面夸奖学生。只是到了晚年，才会在学生的背后和别人面前称赞他。在这点上陆老师和徐先生不同，常常对我们学生有鼓励之言。

我们虽未见过这位"师爷"，但陆老师转述的他的言行，也间接地对我们发生着影响。

陆老师还曾出示过徐燕谋先生的诗草，前面还有钱锺书先生手书的序。还谈到过"文革"结束后徐先生的自杀。

陆老师还曾谈到他 1982 年与外文界的几位前辈如

杨周翰先生等，同赴英国参加国际莎学会议，他的论文《逾越时空的汉姆雷特》还被收入剑桥出版的《莎士比亚概览》的情况；还谈到他在 1984 年赴美国加州大学伯克利分校，做富布赖特高级访问学者的情况。他在那里结识了后来蜚声国际的新历史主义莎评学者斯蒂芬·格林布拉特，后来我在 1998 年去哈佛大学做访问学者时，陆老师还介绍我去见他。

陆老师还谈到过 1990 年朱镕基出访香港，他担任首席翻译的情况。朱镕基与港督卫奕信会谈时，卫奕信引了莎士比亚的剧本《汉姆雷特》里"存在还是灭亡"（"To be，or not to be"）这一段著名独白里的话。陆老师笑道，"这还不是'大路'莎士比亚，所以我就接着背了下去"。他对莎士比亚的熟悉，让港督大为吃惊。

当然，陆老师在谈这些话题的时候都是兴之所至，讲到哪里就是哪里，并不按时间顺序。

三

陆师门墙高峻，当时虽任教授、博导已有多年，却一直没有收过学生。1995 年，我硕士毕业留校在复旦教书已有三年之后，他终于开始招收博士研究生。陆老师可以带词典编纂学和莎士比亚研究两个专业的博士生。因为觉得编词典这种工作和我的性情不合，所以我没有报考词典编纂学专业，而是报考了莎士比亚研究专业。

我经过笔试、口试，也承蒙陆老师看得起，终于被他收录为他的第一个博士研究生。不久以后，又有了词典编纂学专业的于海江、高永伟等师弟，还有了何翔、吴简清等硕士研究生同学。

做陆老师学生后有一件给我印象比较深的事，就是他让我去邮局替他给一位在北京的老师寄钱，资助他晚年的生活。

这以后，发现类似的事对陆老师来说是家常便饭，他一直从自己有限的收入中，拿出钱来资助贫困学生和有困难的同事、朋友。

陆谷孙先生是一位有风骨的人。他向往莎士比亚在《汉姆雷特》中所写的"身虽囿核桃，心为无限王"（"I could be bounded in a nut shell and count myself a king of infinite space"）的生活境界，秉持的是中国知识分子"穷则独善其身，达则兼济天下"的处世态度。

在"文革"期间，他会尽力把自己的学问和工作做好，但在环境合适的时候，他也愿意做一些行政工作，因为这有助于推广他关于教育和学校管理的理念。他在1996至1999年间任复旦大学外文系系主任，2003至2006年间任复旦大学外文学院院长。

他策划设立复旦大学外文节和"白菜与国王"系列讲座。外文节丰富了复旦的校园文化，"白菜与国王"系列讲座则邀请各行各业的知名人士来复旦讲演，开阔了学生的眼界。陆老师当院长时还制定了一些好的制度，比如定期编制"院务简报"，把学院领导层开会讨论决定的事务，定期公布给全院，事实上，是让院务管理透明化。这些做法，也为继任的学院领导们所继承。

四

编词典的工作有什么特点呢？我觉得一个是琐碎，还有一个是总量巨大。《英汉大词典》最后收词二十万条，总字数约一千七百万字，都是一个个词、一个个句子地抠出来的。

陆老师当时给我们看过他作为主编改过的校样，每一页上都是他密密麻麻的修改意见。

陆老师五十多岁的时候去体检,医生就说他的视网膜老化得厉害,像七十多岁的人的视网膜。

我觉得,在陆老师身上,有一个文学家,也有一个词汇学家或词典编纂家的影子,但因为时势和机遇他后来主要从事的是词典编纂工作,所以他身上的那个文学家常常因为词典编纂而感到痛苦。

从大词典编辑室下班回家的陆老师,晚上还要看稿。那时候他抽烟,喝咖啡,喝酒,用他的话来说是"刺激神经",来保持对语言的敏感度。我觉得那段时间对他的身体的伤害很大。

他主编的《英汉大词典》上卷出版于1989年,就获得了中国图书一等奖。下卷出版于1991年,获上海市优秀图书特等奖。1994年,又获中国首届国家图书奖、上海市哲学社会科学优秀成果(1986—1993)特等奖。2007年获全国"五个一工程"优秀著作奖。但陆老师说:"拿着一本书,到处获奖有什么意思?"

所以,他后来又推动《英汉大词典》的修订工作,并在这过程中锻炼学生,逐渐把担子交给了高永伟、于海江、朱绩崧等。

五

晚年的陆老师开始思考自己的"遗产"问题。他开始整理自己这一辈子的工作,比如把他莎学研究方面的文章,收集编为《莎士比亚研究十讲》一书;又把他多年来讲授英美散文这门课的讲义,在学生的帮助下编为《20篇:英美现当代散文》一书。

也许是感觉到时不我待,他没有放慢速度,反而以加速度前进。

他开始更勤奋地笔耕,写作了许多散文。他的《余墨集》《余墨二集》这两本书，收录的主要都是他六七十岁之间的文章。

尤其是在七十岁之后，陆老师在短短的几年里翻译了李尔的《胡诌诗集》、麦克林恩的《一江流过水悠悠》、格林的《生活曾经这样》和《毛姆短篇小说精选集》。

陆老师是个有情有义的人。他幼年丧母，在慈父陆达成公和两位姐姐的抚养下长大。听陆老师讲，达成公在六十岁那年，先食一盘油炸臭豆腐，又进冰砖一块，即发急性胰腺炎去世。这以后陆老师一直深深怀念父亲。

陆达成公留下了法国作家都德的十篇短篇小说的译稿，陆老师又补译数篇，集为《星期一的故事》这部父子合译的都德短篇小说集出版，以寄托自己对父亲的孺慕之诚。

六

在体育方面，陆老师属于比较传统的中国学者，那就是什么都不会，连游泳、骑自行车都不会。

六十岁左右时陆老师觉得心脏不好，一开始两次住院检查都查不出什么，后来才确诊是房颤。这时的他开始"锻炼"，但也只是强度不大的散步。那时白发苍苍的他常在我师弟朱绩崧的陪伴下晚饭后在校园里散步，也成为复旦一景。

但即便对于这唯一的锻炼，陆老师也不是很当真，有几个"不走"，即下大雨不走，刮大风不走，天太冷太热不走。所以，效果也很有限。

陆老师在发现心脏不好后，烟、酒戒了一段时间，后来又开始偶尔抽烟、喝酒。他原来抽烟并不避人，后来去美国探亲了一次，回来笑言女儿为怕两个小孩吸入二手烟，搬了个大风扇对着他住的房门猛吹。这以后他和我们一起吃饭时，想抽烟了便会离座到外面去抽。

2014年，他因突发腔梗入院。当时已影响到大脑的语言中枢，陆老师想说的话和说出来的不一样。所幸用药对路、及时，血栓溶解，没有留下严重的后遗症。

我去医院看他，发现去看他的人很多，大家在病房外排队，每个人进去五分钟。陆老师跟每个人都要谈一会儿。当时我就觉得他太累了，即便是生病了还是那么累。

见到我，陆老师挥着拳头说，他在有生之年一定要编完《中华汉英大词典》！

出院后不久，陆老师就去参加了《中华汉英大词典》上卷的首发式活动。我没有去，据去参加了活动的老同学王时芬说，陆老师讲了话之后还给读者签名，到后来连路也走不动了，是出版社的人上去把他从讲台上搀扶下来的。

到2016年7月22日深夜再发脑梗之前，陆老师一直都全身心地投入于《中华汉英大词典》下卷的校改工作。他对词典编纂工作的献身精神，可以不折不扣地用"鞠躬尽瘁，死而后已"来形容。

陆老师曾说，"编词典就是与时间赛跑"。是的，他是一生都在与时间赛跑着！

二〇一七年六月二十一日

观陆谷孙先生书迹

　　在 2020 年 11 月 18 日到 12 月 31 日期间，复旦大学文科图书馆在六楼特展厅举办了陆谷孙先生手稿展。在开幕式那天，我瞻仰了先师的书迹，不胜感慨。

　　陆谷孙先生在世时，没有人称他为书法家，我也没见过他写毛笔字。这次手稿展上展出的他的书迹，也都是钢笔字与签字笔所写的字。但从手稿上可以看到，他的字迹遒劲，锋芒毕露，在金钩铁画间透出勃勃英气。

　　听陆先生讲起过他的童年，说他幼年丧母，长姐便担起了许多母亲的职责，对他督责极严，包括逼迫他写毛笔字。写得不好，还要挨"拧"。看来他很早就打下了书法的"童子功"。中国传统文人一直重视书法，这虽然和以前科举考试看重书法有关，但也是因为他们相信"字如其人"，把字看成是自己的一张名片。重视书法，也是陆先生身上传统的一面。

　　在这些手稿中，最吸引我目光的，是他写给《文汇报》资深编辑陆灏兄的一封信，应该是给陆灏的约稿信的一封回信。里面有陆谷孙先生所写的一首七言律诗：

1996 年 10 月，陆谷孙先生（中）与学生谈峥（左）、《文汇报》陆灏（右）的合影

清歌妙舞正繁华，
我尚飘摇未有家。
身似孤鸿栖海上，
心随明月到天涯。
春来花好无人赏，
客里愁销有酒赊（尾音读作 a）。
尘世论交今几个，
漫将往事诉寒鸦。

"赊"字后的注解为陆先生所加。这个字现在普通话里读阴平声"shē"，但在中古音里读下平声"shā"。他怕人以为他出韵，故特地自做注解，这也是陆先生为人仔细的一面。此诗应作于 1991 至 1992 年，陆先生在香港三联书店任高级编辑期间。香港当时市面繁华，歌舞升平，而他一人客居香江，故有开头"清歌妙舞正繁华，我尚飘摇未有家"之语。

这首七言律诗，不说别的，就说韵脚合辙、平仄妥帖、颔联颈联对仗工整，这些现在许多大学的中文系教授都做不到。陆先生有一句名言，那就是"学好外国语，做好中国人"。但我们可以看到，他其实中文也学得很好。

这封信后面又有几句话，应该是回应陆灏约稿的："关于词语的故事，诚实地说，若以杂感形式写，一日可成数篇。"陆先生此时正值壮年，才气纵横，下笔千言，不能自休，"一日可成数篇"，也是表达了他对自己在学问上的积累和创作力的充沛的高度自信吧。

后面他又补充几句："只是凡英文字出现处，刊布时务必代我细校，必须保证拼写及分连形式无误。"这是因为当时还是铅字排版，常常一行到了末尾一个英文单词尚未结束，有几个字母要移到下一行去。但英文单词的移行，其实有复杂的规则，不能把一个词随便在哪里断开，而要根据词根、词缀等来移，还要用连字符。这个呢，许多不是学英语出身的人不知道，或者知道了也不在乎，但对学英语尤其是编英汉词典出身的人来说，这方面的错误就像是眼中之钉、肉中之刺，务必加以拔除，所以陆先生会有这特意的叮嘱。

陆先生手稿中特别吸引我目光的，还有在 2005 年 1 月 23 日，他在改完他所教的英文四年级英美散文课试卷后所写的一张便条，内中表达了他对当时学生英文水平的失望之意。他写道："改卷的主要感想是，学生学到大四，临近毕业，但英语基本功方面存在的问题依然多多，表达生硬可说是比比皆是；母语'负迁移'的影响不小……连标点都成问题，有的频用汉语顿点！"

所谓"负迁移"者，在这里是指学外语的人，把中文里有而他所学的外语里本来没有的东西，搬到了那门外语里去。比如中文里是用顿号的，英文里不用。把顿号用到英语里，那就是"负迁移"。这在许多人看来，也许是微不足道的小事，但在陆先生看来，则是学艺不精的表现。

其实，复旦英语专业的学生多年来在全国英语专业八级考试上占据鳌头，水平还是不错的。从陆先生的这张便条上，可以看出他对学生爱之深、责之切的拳拳之意和殷殷之情。

荀子云："不积跬步，无以至千里；不积小流，无以成江海。"在陆谷孙先生的手稿里，在在处处可以看到他对细节的重视。他的一丝不苟，也是他能成就大学问、大事业的重要原因之一吧！

二〇二〇年十一月二十九日

穿搭大师王尔德

　　在牛津大学读书期间的王尔德，开始对唯美主义的室内装饰风格发生了兴趣。在十九世纪七十年代中期，这种装饰风格开始成为一种时髦。许多人都用画家、诗人兼实用艺术家莫里斯设计的壁纸、瓷砖、挂毯、家具、彩色玻璃等装饰自己的家，还收集古董家具和中国青花瓷。唯美主义本来就是个涉及人类生活各方面的运动。在服装上，它表现为男子开始穿用天鹅绒制的上装和斗篷，女性则开始舍弃带紧身褡的裙服，开始穿较宽松的长裙。

　　王尔德用孔雀羽毛、伯恩-琼斯的画的复制品和几件青花瓷器等唯美主义的标志物，装饰了自己在牛津的房间，并且在周日的下午在那里举行茶会。已经有一批爱好唯美主义的牛津学生聚集在他的周围。在一次晚会上，他对周围的人说："每天我都发现，要配得上我的青花瓷器越来越难了。"这句话在牛津广为传播，引得人们议论纷纷。这时的王尔德，已初步显示了他作为段子手的潜力。

从牛津毕业后，王尔德加入伦敦的高级社交圈。这时唯美主义的前辈人物如罗塞蒂、史文朋等已上了年纪，退出了大多数的社会活动。王尔德填补了这一空白，成为唯美主义的化身和青年代表。

当时唯美主义正成为一种时尚，也因此在报刊和舞台上受到讽刺、嘲笑和攻击。从1880年开始，在伦敦的舞台上上演了一部以唯美主义者为讽刺对象的讽刺歌剧《佩辛斯》（*Patience*），许多人也认为这一剧里的男主角班索恩（Bunthorne）是以王尔德为原型。

1881年7月，歌剧《佩辛斯》又在美国上演了，票房不错。《佩辛斯》在美国的演出让人意识到，如果把王尔德请来美国现身说法，向人们阐明何为唯美主义，公众会有很大的兴趣。《佩辛斯》会让观众发生对王尔德的兴趣，而王尔德反过来又会刺激还未看过《佩辛斯》的人对此剧的兴趣，从而延长它的演出寿命。因此，他们出面邀请王尔德来美国做巡回演讲，并且在合同中规定，他必须在演讲中提到《佩辛斯》至少一次，还要穿上班索恩的那套唯美主义者的行头，也就是黑色天鹅绒制的上装和膝裤。

1882年1月2日，王尔德坐船来到了美国纽约。到美国后不久，他就和一位名叫拿破仑·萨伦尼（Napoleon Sarony）的著名人像摄影师合作，拍了一系列的宣传照片。在这些照片里面，王尔德留着中分的长发，穿着被认为是唯美主义者的典型装束的黑天鹅绒制上装、膝裤、黑色长筒袜和低帮皮鞋，有些时候又穿戴着镶有裘皮宽边的大衣和裘皮帽子等其他装束。

不管在美国还是在英国，那是一个在服装（尤其是男子服装）上十分保守的时代，任何与众不同之处都会

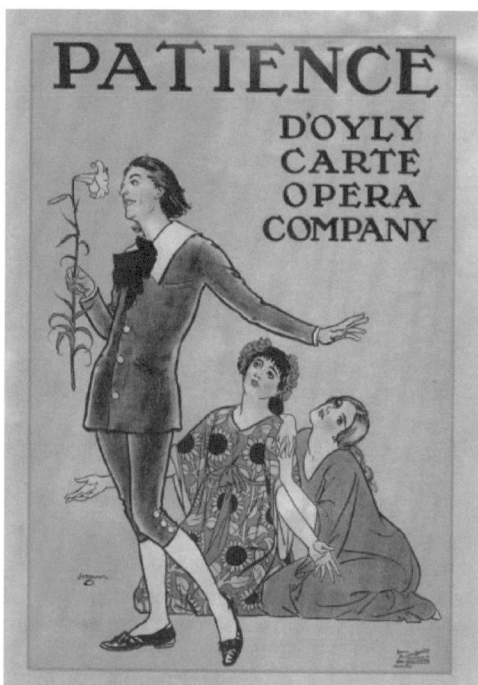

讽刺歌剧《佩辛斯》海报

引起人们议论纷纷。这些照片卖得非常好，把王尔德的形象传遍了美国，并且还卖回了英国。

王尔德在纽约的首场演讲卖了一千多张票。他上台的时候，很多观剧镜都对准了他那天的装束：飘拂的长发、黑天鹅绒制燕尾服、白领结、白背心、镶钻石的衬衫饰纽、带有饰结的低帮皮鞋，还有他的班索恩式膝裤与长筒袜，都成了人们注意的焦点。

然而关于他的服装，王尔德还是很有幽默感的。他在波士顿的音乐厅做演讲的时候，也卖掉了一千多张票。有一批爱恶作剧的年轻哈佛大学学生，把最前面两排的座位都买下了，然后都穿着唯美主义的行头出场。《奥斯卡·王尔德发现美国》一书中写道："他们有的戴上了金色的假发，有的戴上了黑色的假发，还有各种颜色和形状的宽大领结……他们还穿上了'古老的'膝裤和黑色长袜，每个人手里还拿着'心爱的美丽百合花'，或者是'明艳的像狮子鬣毛般的'耀眼向日葵。进来之后，他们装模作样地摆出各种姿态，要么把花举得高高的，要么懒洋洋地看着一圈圈的花瓣。随后他们便很得意地坐下了。"

全场观众都静待王尔德出场，看到前排和他同样打扮的哈佛学生的尴尬样。但王尔德事先听到了风声。他没有穿他那套唯美主义的服装，而是穿着由燕尾服、白领结和黑色长裤组成的常规晚礼服出场了，然后在讲台前立定，微笑地看着前排的那些恶作剧的大学生。观众们也都微笑了，然后鼓起掌来。

在美国巡回演讲期间，服装是王尔德吸引公众兴趣的一个重要方式。他是一个善于用服装和形象来宣传自己的艺术家。他的整个讲演之旅为期九个月，跑了一百三十个地方，做了一百四十次讲演，旅行了超过一万五千英里。他增长了见识，开阔了眼界，锻炼了口才，增强了随机应变的能力，传播了唯美主义，赚了一大笔钱，名气也变得更大了。

二〇二三年三月三日

把作品谈出来的王尔德

一

英国作家（他是爱尔兰人，所以同时也是爱尔兰作家）奥斯卡·王尔德有一对著名的父母。他的父亲威廉·王尔德爵士是位著名的耳科和眼科医生，他的母亲简·王尔德夫人则是一位著名的女诗人，以笔名"斯波兰查"（Speranza，意大利语"希望"的意思）写作。王尔德是他们的第二个儿子，出生于 1854 年。

王尔德和他哥哥威廉·王尔德的教育是在家里开始的。童年时他们就有过几位外国家庭女教师，从小就学习法语和德语。在王尔德家位于爱尔兰都柏林梅里恩广场（Merrion Square）的大房子里，每周六都会举行晚宴，有十至十二位来宾，不但有爱尔兰文学界、科学界和考古界的优秀人物，还包括欧洲和美国的著名人物。

爱尔兰人本来就善于言谈、说笑和讲故事，并欣赏和尊重这方面的才能。年幼的王尔德就在这样的一种文化环境里成长起来。耳濡目染地接触这些优秀人物，倾听他们的机智诙谐、涉及广泛领域的谈话，给他提供了

1862 年的王尔德父亲威廉·王尔德的照片

1864 年的王尔德母亲简·王尔德画像

最好的智力发展上的刺激和观摩学习的机会。

中学毕业后的王尔德进入了爱尔兰最好的大学三一学院，那里有两位博学的古典学教授，对王尔德影响很大。一位是罗伯特·叶尔弗顿·迪雷尔，另一位是约翰·潘特兰·马哈菲。这两位学者都善于言谈，并且鼓励王尔德说话。马哈菲不但善于言谈，他还研究过说话的艺术，后来还写过一部这方面的书。王尔德曾说："他在某些方面是个真正伟大的清谈家——是个善于运用生动的词语和雄辩的停顿的艺术家。"

王尔德在三一学院读书期间，他母亲又开始每周六下午在都柏林的家里举行招待会，而且规模扩大了，每次参加的都有近百人，都是爱尔兰各领域的佼佼者，包括演员、诗人、学者、医生、科学家和政治家等。招待会只提供咖啡和葡萄酒，它的主要内容就是交谈。王尔德的母亲本身就善于言谈。精于清谈之道的马哈菲教授也常常参加。

这些聚会不仅给王尔德提供了许多和这些有才智的人交流的机会，还让他进一步锻炼了说话才能。他自幼就能说会道，又在老师的指导和环境的影响下，将这一才能发扬光大。这和他后来在社交界和巡回演讲中获得成功，有很大关系。

在三一学院学习了三年之后，王尔德在 1874 年考取了去英国牛津大学继续学习的奖学金。他在牛津期间认识了年轻的艺术家弗兰克·迈尔斯，后者是个交游广泛、在伦敦的上流社会有许多关系的艺术家。通过迈尔斯，他又认识了罗纳德·高厄勋爵，一位热爱艺术的年轻贵族。他们给王尔德提供了进入伦敦上流社会的重要途径。1878 年，王尔德以优异的成绩从牛津毕业。在大学的最后一年里，他还赢得了牛津著名的纽狄盖特诗歌奖。这时他已成为一位牛津名人。

1878 年，在牛津的王尔德

能说会道的唯美主义者的王尔德，除了他个人的努力外，也是他的遗传、家庭氛围和教育环境的产物。

二

从牛津毕业后，王尔德决定不回爱尔兰，而是在英格兰继续发展。他搬到伦敦，和迈尔斯租住在一幢房子里，并加入到他的高级社交圈里去。

因为他风趣的谈吐，王尔德很快就在伦敦的社交界成为一名受欢迎的客人。晚宴时哪位女宾被安排坐在他旁边，会被认为是受到了特别的优待。就连威尔士王子（英国王室将继承王位的王子的封号，这里指维多利亚女王之子 Albert Edward，1901 年即位成为英王爱德华七世）也知道了他的名字，要朋友把王尔德介绍给自己，还说："我还不认识王尔德先生，而不认识王尔德先生，就等于没人认识我。"随后，王尔德被安排与王子共进晚餐。这件事，再加上王子的那句话，让王尔德声名大噪。而此时的他，除了一本未受好评的诗集，还没有其他扎实的作品出版。

连大西洋彼岸的美国人，也对王尔德发生了兴趣，邀请他去美国做巡回演讲。

1882 年 1 月 2 日，王尔德坐船来到了美国纽约，开始了为期一年的巡回演讲。他极强的口头表达能力，给当时的美国人留下了极深的印象。

刚刚从宾夕法尼亚美术学院毕业的约瑟夫·潘内尔（Joseph Pennell），在火车上遇见了在巡回演讲中的王尔德。他写了自己是如何被王尔德的谈话迷住的："我听他说话说了有半个多小时。我还从没遇见过像他这么能说的。毫无疑问，他的谈话太迷人了……他会靠近你，直视着你的眼睛，他的脸离你只有大约六英寸远，用富

1882 年，王尔德在美国（一）

1882 年，王尔德在美国（二）

有音乐性的声音说话。"

陪伴王尔德旅行的经理人 W. F. 莫斯上校（Colonel W. F. Morse）回忆说，到了 1882 年夏天，经过半年的历练，王尔德的演讲技巧已经有了很大的改进："他不再依赖稿子，而能根据场合，还经常能根据观众的不同，来变换所讲的内容。他的有些讲话，要比在讲台上的正式演讲有趣得多。在下午举行的聚会上，听众都是打扮得漂漂亮亮的淑女，她们会热情但克制地鼓掌，这刺激了他的灵感，让他对她们做出回应。他的讲话才智横溢、妙语连珠、比喻迭出，他会从自己的观察和体验中来举出例证，智力较高、能够欣赏他的努力的最佳成果的听众，激励他在口才和想象力上达到了前所未有的高度。"

就这样，在伦敦社交界的晚宴桌上，和在美国巡回演讲时的演讲台上，王尔德进一步提高和完善了说话的技巧。

三

王尔德的友人、作家弗兰克·哈里斯说，在社交场合，王尔德从不垄断谈话："不管人们讲到哪里，他总是不失时机地接过话头，并且谈得那么幽默，不久所有人都开始快活地微笑起来……对他来说，没有不合适的话题；所有东西他都能从幽默的角度来看，有时用欢笑，有时用机智的言辞来让你倾倒……他会等着看你是否理解了他的意思，然后为他自己的妙语或笑话爆发出一阵极度快乐的大笑。"

哈里斯认为，谈话刺激了王尔德的大脑，让他产生了各种点子："他说话时一兴奋，各种灵感就都来了，警句啦，故事啦，似非而是的隽语啦。"

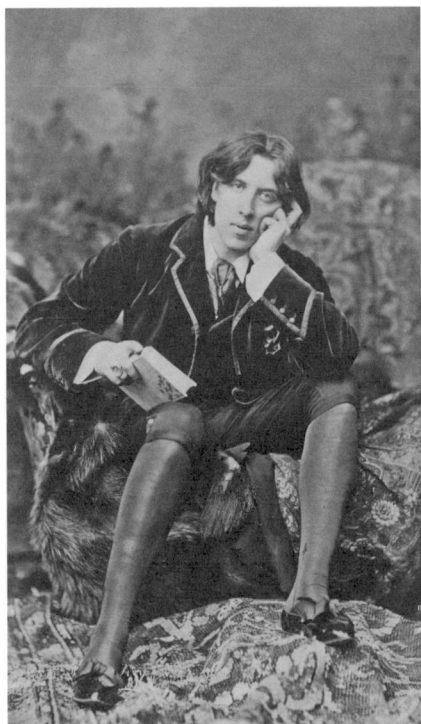

1882 年，王尔德在美国（三）

1882 年，在美国的王尔德（四）

　　王尔德的许多童话和故事，都是先讲出来，然后才写下来的。他在美国巡回演讲的时候，就曾编童话故事给孩子们听。回到英国后，在1885年，他在去剑桥访问朋友哈里·马利历埃的时候，也给他和他的一群朋友们讲了一个童话故事。故事里有一只鸟，它爱上了一座有着华贵装饰的王子雕像，然后帮他把身上的黄金和宝石散发给城里挨饿受冻的穷人。听众走了以后，他把这个故事写了下来，这就是他的童话《快乐王子》。

　　在参加社交聚会的时候，王尔德也常常讲他自己编的故事，同一个故事有时会讲多次，但每次都不一样，会增加细节，会改变结尾，或者会添加新的笑料。

　　他后来发表的短篇小说《亚瑟·萨维尔勋爵的罪行》，也是他先给朋友讲过许多次，然后才写下来的故事。在这篇小说里，一个手相学家告诉青年贵族亚瑟·萨维尔勋爵，他命中注定要杀一个人。亚瑟绞尽脑汁，思索怎样才能完成这命运给他预先决定的任务。他给一个老太太送去了一颗毒药丸，结果老太太还没吃就老死了。后来他偶然在泰晤士河边散步，碰见那个手相学家正好在那里倚着河边的栏杆，就抓住他的双腿把他投入了河中。原来他命中注定的，就是要杀死那个手相学家。

　　有听过王尔德讲这个故事的人说，他即兴讲述的版本要更精彩。但写下来的版本也带有鲜明的王尔德特色，即幽默的对话和精彩的格言警句，比如"没有比轻率鲁莽看上去更像天真的了""他不是个天才，因此没有敌人""他拥有最罕见的东西，那就是常识"等。

　　1888至1895年是王尔德的高产期。在这几年间，他接连写出了童话集《快乐王子与其他故事》、评论文集《意图》、长篇小说《道林·格雷的画像》、童话集

《石榴屋》、独幕悲剧《莎乐美》、社交喜剧《温德米尔夫人的扇子》《一个无足轻重的女人》《理想丈夫》和《名叫"真诚"很重要》等优秀作品。如果没有这些作品，他就只能是一个言过其实的夸夸其谈者。但是他证明了他自己。他还把自己善于言谈的长处在写作中以发挥，使机智的格言警句的对话成为他的作品，尤其是他的社交喜剧的一大风格特色。

二〇二二年十一月三十日

一

小孩子都喜欢听故事，这里面许多就是童话故事。

伟大的童话所提供的是既适合成人又适合儿童的文字。有许多人，甚至是儿童文学专业方面的人士，对童话有一个错误的观念，即它的文字必须简单，这样才能为儿童所理解。我觉得这其实是低估了儿童的智力。看一下文学史上的一些经典童话作品，我们就会发现一些历久弥新一直受到儿童欢迎的童话作品，比如安徒生的童话故事，语言其实是非常复杂的。

小孩天生就有对语言的敏感与热情，喜好学习和使用新鲜的词语。如果他们今天学了一个新鲜的词，就喜欢在各种场合用进去。在这一点上，他们其实跟作家一样，对语词有高度的敏感和兴趣。

做过父母的都会注意到给小孩子讲故事，他们往往听了一遍还不够，还要你讲第二遍、第三遍、第四遍。我女儿小时候就让我给她反复讲故事，一直讲到我口干舌燥为止。

为什么小孩子会喜欢父母反复给她讲故事，尤其在她完全熟悉了情节之后呢？我觉得这就是因为她的目的不仅仅在于听故事，还在于学习语言。

学习语言有一个很重要的方面就是重复。我现在在大学里教英语，教英语的一个很重要的方面，也是让学生多次重复，重复了以后才能熟练。

二

经典童话里面常常会有让人很难过的东西，有时候人们会想要保护孩子，不让他们去接触这些。

比较典型的是迪斯尼的动画片，它当然也利用了许多经典的童话，但比较喜欢用那些轻松快乐、好玩好笑的，碰到原来的故事里面有些让人难过的情节，它经常会弱化，甚至完全删除掉。

经典童话就不一样。比如《安徒生童话》，里面有许多邪恶、恐怖、血腥的东西，从这个角度来看常常是"儿童不宜"的。

女儿小的时候我也给她买过《安徒生童话》的画册，里面有一个《玫瑰花精》的故事。故事里有一个很坏的兄长，他不喜欢妹妹的男朋友，就藏身在树林里用刀刺死了他。这件事情被玫瑰花精看到了，就飞到妹妹的耳朵边上把这件事告诉了她。

可怜的妹妹就赶忙到森林里找到了情人的尸体，痛哭一场之后，拿刀把情人的头割了下来，还把它带回家种在一个花盆里面，然后在这个花盆上面栽了一株素馨花。这株花越长越好，姑娘每天看着这盆花流泪不止，最后就患相思病死了。

哥哥在妹妹死后，不但一点也不感到后悔，反而把这盆花搬到自己的房间里去独自欣赏。晚上玫瑰花精领着一群蜜蜂过去，在他睡梦当中把他蜇死，替他妹妹报了仇。

在看到这个故事的时候，我就不想给女儿讲，试图翻过去。可是她还非让我讲。那时候她讲话还不清楚，但听了这故事之后就学会了一句对她来说特别长、特别拗口的话，叫作"坏蛋哥哥把他妹妹的男朋友杀死了"，然后在玩的时候就会跟左邻右舍讲这句话，把人家弄得莫名其妙。

比如《卖火柴的小女孩》，也是一个非常恐怖的故事！一个贫苦的小女孩在圣诞夜的晚上因为没有卖掉一根火柴，回去怕挨父亲的打，竟然在风雪当中冻饿而死！这样的事在现实生活中当然会有，可是我们应当让孩子知道这些吗？我现在的感受是，作为父母，我们不能低估儿童的承受能力。这些虚构的故事，是对他们在长大后会经历的许多事的预言或者是预演。所以从小让他们接触这些故事，反而能增强他们在长大以后，在社会上亲身经历或目睹许许多多痛苦事情的承受能力。

三

让孩子读童话，我觉得是一种情感教育，或者说是爱的教育（碰巧有一本非常有名的童书也叫《爱的教育》，是意大利作家亚米契斯写的）。

我在童年时就读过许多童话，比如安徒生童话、王尔德童话。尤其是王尔德童话，迄今还记得书中有一幅插图，画着那位优雅、悲伤、有着希腊式的美丽的快乐王子的雕像，他身边飞舞着那只轻灵的燕子。

读的时候我根本没注意到作者是谁。小孩子最感兴趣的是故事，而不会感兴趣作者是谁。对他们来说，这个故事好像是天然地存在的。只是到了大学读了英美文学专业以后，有一天才突然发现原来《快乐王子》就是王尔德的作品。这就是真正经典作品存在的方式。它们在完成以后，就似乎是独立于它的作者而存在的，并且在你还没有注意到的时候，就已经进入到你的生活了。

说到童话，它是从欧洲民间故事里产生出来的，可以说是民间故事的一个分支。欣赏童话我们就必须先接受一些假设。我们必须接受精灵、妖怪、仙人、巫师、巨人等东西是可以存在的，至少我们在读童话的时候我们要接受这些假设，不然就欣赏不了童话。同时，我们还必须接受动物、植物甚至是一些没生命的东西都能开口说话（比如在《快乐王子》里面，快乐王子的雕像都能够开口说话）。而且这些东西相互之间还能够交流。快乐王子的雕像能够跟燕子说话，虽然在实际生活中是不可能发生的。

还有一点就是，童话不一定是讲给儿童听的。英文里的 fairy tale，直译的话应该是"仙人的故事"（当然不一定是仙人，其实也可以是其他产生于人类幻想的生物，或者全然没有这些生物也可以）。它在一开始就是成人和儿童都会听的东西，它跟儿童的联系是在十九至二十世纪逐渐加强的，到十九和二十世纪，人们才越来越多地认为童话好像就是小孩子听的故事。

小时候读过的童话故事，到我们长大后再读，又会有不同的认识和理解。

前些天因为出了我的一个《夜莺与玫瑰——王尔德童话》的译本，有好几个朋友都跟我说小时候读过或者听父母讲过里面的《快乐王子》这个故事，不仅读过而且都读哭了。让他们读哭的一个地方是王子在失去眼睛以后，燕子就决定不去南方要留下来陪伴他。这对燕子来说是一个巨大的自我牺牲：燕子是怕冷的，留下不走就意味着它会被冻死。还有的人哭是因为王子身上那些美丽的装饰，比如用蓝宝石做成的眼睛，还有身上一片片的金叶子都被啄掉，他们觉得美丽的东西被破坏感到非常的难过。

成年以后再读，眼光和以前不同，就会注意到一些可以被称作"唯美主义"的细节。比如《快乐王子》中的那只燕子，就是一个"唯美主义者"。他和一株芦苇恋爱了一个夏天，就因为他迷上了她动人的细腰。他天生是美丽、新奇的事物的观察家，是生活的鉴赏者。听听他对王子讲述的在埃及的见闻："他讲起那些在尼罗河岸边排成长行的红色鹮鸟，它们用长嘴捕捉金鱼；他讲起住在沙漠里的斯芬克斯，他跟这个世界一样古老，无所不知；他讲起那些在骆驼身边慢步行走的商人，他们的手里拿着琥珀念珠；他讲起月山之王，他就跟乌木一样黑，并且崇拜一块很大的水晶；他讲起睡在棕榈树上的绿色大蛇，有二十个僧侣喂它蜜糕吃；他讲起那些小矮人，他们乘着平整的大树叶在大湖上航行，并且老是跟蝴蝶打仗。"

对成年读者来说，这些都是"扣之若有声，嗅之若有香"的富有装饰美的文字，但对孩子们来说，那些关于鳄鱼、鸽子和朱鹭的细节，也会让他们极感兴趣。所以说，伟大的童话所提供的，都是既适合成人，又适合儿童的文字。

英国作家格雷厄姆·格林曾经说过："童年的时候，所有的书都是预言书。"在童年的时候，我们读的相当一部分就是童话，为什么要说童年的时候读的书都是预言书呢？因为在我们都是小孩子的时候，我们都没有经历过什么，都没有经历过爱情、婚姻、失去家人、跟朋友关系破裂等事情。所以童话故事或者儿童文学对小孩子来说，常常是对他们在人生当中将要经历的事情的一种预言，或者是预演。读了这些书，他们就会知道长大以后在人生当中会碰到一些什么，不但知道这些，在某种程度上面也可以说，是童话塑造了他们的情感，塑造了他们将来对这些情形的反应。

二〇一五年七月十五日

『使艺术成为哲学，使哲学成为艺术』

——王尔德《意图集》序

奥斯卡·王尔德（1854—1900）是唯美主义最著名的代表和集大成者，但在他背后其实有着整个唯美主义的传统。

唯美主义从源头上可以追溯到美国作家埃德加·爱伦·坡（1809—1849）。他提出了一些唯美主义的基本观点，这些观点都为后来的唯美主义者所继承，并且发扬光大。他在《作文的哲学》中提出，"美是诗唯一合理的本分"。（"Beauty is the sole legitimate province of the poem."）除此之外，艺术当然也可以传播知识和思想，但这些都是次要的，是服务于艺术的主要目的的。这其实就是"为艺术而艺术"的口号的另一种表述方法。

那么什么是美呢？坡指出，美并不是客观存在于作品中的一些具体的性质，而是它在读者或接受者身上引起的一种效果。这是在美学上的一个重大转变，那就是在评价作品时，重点已不是作品的本来面目，而是接受者的主观印象。懂得这一点，是理解沃特·佩特和王尔德后来在批评上提出的一些观点的关键。

对坡来说，艺术创作是一个高度有意识的、要运用技术的这么一个过程。艺术家们常常是先想好他们所要创造的效果，然后倒推出他们所要用的题材和艺术手法。艺术创作的技术性，这也是王尔德后来在他的评论文字中所反复强调的。

坡的作品传到法国，又为夏尔·波德莱尔所激赏，并译为法文，后来还成为法国文学经典。他和戴奥菲尔·戈蒂叶，在法国进一步完善和发展了唯美主义的理论。坡和这些法国作家，又影响到了英国的查尔斯·史文朋、沃特·佩特和奥斯卡·王尔德等唯美主义作家。

这本书里所收的王尔德《面具的真理》一文，最早在 1885 年发表于《十九世纪》杂志。《笔杆子、画笔和毒药》，在 1889 年发表于《双周评论》杂志。《谎言的衰朽》，在 1889 年发表于《十九世纪》杂志。《作为艺术家的评论家》，在 1890 年发表于《十九世纪》杂志。《社会主义制度下的人类灵魂》，在 1891 年发表于《双周评论》杂志。前面这四篇文章，王尔德在把它们修订后，在 1891 年收在一本书里取名为《意图集》出版。

一、"褴褛的衣服同黄金制服并无二致"

《面具的真理》主要是为了反驳这样一种观点，即对莎士比亚戏剧来说，最重要的是情节，而不是人物的戏装。相反，王尔德指出，莎士比亚非常依赖戏装来创造"真实"的幻觉，来达到逼真的效果。王尔德的证据之一，就是莎士比亚在《亨利八世》里面为三场盛装游行所做的舞台指示，在这里面莎士比亚详细规定了剧中人物所应穿着的服饰。

王尔德进而指出，华丽的戏装是舞台上的一种美的展示，对观众来说是一种视觉上的愉悦。但对莎士比亚

夏尔·波德莱尔

来说，不管是豪华的服装还是破旧的服装，都是塑造人物的手段："他对凯列班的喜爱如同对爱丽儿的喜爱，认为褴褛的衣服同黄金制服并无二致，他认识到了丑陋事物的艺术美。"

王尔德说，考古学的发展是文艺复兴时代的一个特征，它对希腊、罗马文化的复兴做出了贡献。那个时代的人们，知道怎样让过去的东西为现在所用："他们可以抚摸古文物干燥的尘土，使之成为生活中的美丽和空气。"这一点体现在莎士比亚身上，那就是他力图达到在戏装上对历史的忠实。

《面具的真理》是王尔德较早的一篇散文。在这篇文章里，他活泼而精粹、充满格言警句的风格，还没有发展成熟。但是，王尔德后来详加阐发的关于艺术的独立性的观点，在这篇文章里面已经初露端倪："艺术的目标不是别的，只是追求自身的完美，只是按自己的规律发展。"

还有这一段话，是《面具的真理》最初在《十九世纪》杂志上发表时没有的，是王尔德在为出版《意图集》修订这篇文章时添加的："我并不同意这篇文章里所说的一切，有许多内容我完全不同意。这篇文章仅仅表达一种艺术观点，而在美学批评里观点就是一切，因为在艺术里没有所谓普遍的真理。艺术的真理便是其反论也是真的。"这也许是因为他后来意识到，一出戏在演出的时候，并不总是忠于剧情所发生的时代和地点的服装，只要在风格上统一就可以了。同时，这也引出了他进一步的思考，那就是艺术上的观点没有绝对的正确。有意思的只是各种各样的姿态（观点），也就是面具。

二、"假面具比真面孔能告诉我们更多的东西"

《笔杆子、画笔和毒药》写了托马斯·格里菲斯·威恩莱特这么一个人，他既是一个不错的画家，也写过一些不错的画评。据说他的画作曾为诗人威廉·布莱克所赞赏。他为《伦敦杂志》写作的艺术评论文章，也使他声名鹊起。王尔德说，他用了一些奇特的笔名，它们给了他更大的创作自由，使他可以"掩藏自己的严肃性，或表现自己的轻浮"。这些笔名就像是他的假面具，使他可以尽情地表现自己的个性。在这里，王尔德进一步发展了他在《面具的真理》里面的一些想法，提出"假面具比真面孔能告诉我们更多的东西，这些假面强化了他的个性"。

威恩莱特爱好华兹华斯的诗歌，结交了著名散文家查尔斯·兰姆，和当时其他著名的文人如哥尔德史密斯、德·昆西和狄更斯等有来往，还是一位古董收藏家和艺术鉴赏家。

这样一位本身有着一些艺术才能和成就，也有很高鉴赏力的画家和评论家，却是一个狡诈的投毒犯，用印度马钱子碱这种几乎无味的毒药，毒死了自己的舅父、岳母和小姨子。

王尔德用这样一个极端的例子，来说明唯美主义的这样一种观点，即艺术创作和鉴赏的能力，与道德的能力是两种不同的、分开的能力。他写道："艺术与科学都不过问道德上的赞同与反对。"

王尔德的这篇文章的最大问题，是威恩莱特的艺术成就还不够大，在王尔德的时代，人们对他的兴趣就已经减弱，到了今天，他的名字更是已为文学史和艺术史所遗忘。所以，这篇以威恩莱特的生平为主题的文章，也就不那么吸引读者了吧。

三、"撒谎与作诗都是艺术"

《谎言的衰朽》这一篇，主要包含了王尔德关于艺术创作的思想。文章由西里尔和维维安（王尔德的两个儿子的名字）这两位虚构人物的对话组成。对话本来是王尔德的强项。他是英国文学史上包括词典编纂家塞缪尔·约翰逊和诗人塞缪尔·泰勒·柯勒律治在内的著名的几位清谈大师（conversationalist）之一，他在青年时代正是靠着机智、风趣的谈吐征服了伦敦社交界。这种才能后来又在他的高雅喜剧（high comedy）中大放异彩，为王尔德带来了空前的成功。曾撰写王尔德传的作家弗兰克·哈里斯认为，王尔德的创作方法是"在写他的作品之前先把它们说出来"。王尔德的爱尔兰同乡，后来获得诺贝尔奖的诗人叶芝也曾在他的《自传》中写道，王尔德"吸引剧院观众的方法，和他吸引伦敦晚宴之上的同桌宾客的方法完全相同"。

在《谎言的衰朽》一文中，王尔德首先把他所说的"谎言"和政客、律师、报纸记者等为了获取个人利益所说的谎言区分开来，他所说的撒谎是"艺术中的撒谎"，也就是我们平常所说的"虚构"或"想象"。那么，他为什么不用这两个更普通的词呢？因为他想强调，艺术创作中的虚构和撒谎一样，是有意为之的，而且和谎言的内容一样，是与实际相反的。

正因为艺术创作是一种让人相信不真实的东西的企图，所以它必须有一些技巧，而这些技巧是能够通过学习而掌握的。这一主张也是唯美主义和强调艺术创作是强烈情感的自发流露的浪漫主义的一个主要区别之点。

王尔德认为，想象力的贫困是对文学最大的威胁。他对乏味的自然主义和现实主义作品进行了批判，但就具体作家而言，他还是区别对待的，比如他说"像左拉先生的《小酒店》那样的书与巴尔扎克的《幻灭》之间的区别，是无想象力的现实主义同富于想象力的现实之间的区别"。在这篇文章里，有王尔德对他同时代的许多作家的精彩点评，比如他说梅瑞狄斯的风格是"一道道闪电照亮的一片混乱"。

四、"批评本身就是一门艺术"

《作为艺术家的批评家》，主要写了王尔德关于文学批评的思想。这篇文章也是由吉尔伯特和厄纳斯特这两个虚构人物之间的对话组成，包含了他"关于批评的批评"，也即他关于批评的性质与功用的理论。这篇文章和《谎言的衰朽》，都是王尔德的对话体散文杰作。《作为艺术家的批评家》篇幅比《谎言的衰朽》更长，分为上下两篇，我觉得甚至比后者更为精彩。但因为《谎言的衰朽》讨论的问题较为浅显，所以读过的人可能更多；《作为艺术家的批评家》讨论的问题相对深奥，所以读过的人相对少一些。

在这篇文章里，厄纳斯特（也是王尔德最著名的喜剧《名叫"真诚"很重要》里的主要人物的名字）代表大众的、较为天真的关于批评的观点，而吉尔伯特则代表较为深思熟虑的、更接近王尔德立场的观点。

厄纳斯特首先提出这么个问题，为什么不能没有批评呢？为什么不能让艺术家随心所欲地去创作，不要用评论去打搅他们呢？吉尔伯特的答复则是，批评并不仅限于书评或作品评论。对他来说，批评的功能并不仅仅是评价与阐释，它也是创造性的。

他说批评是创造性的有两层意思。第一层是艺术创造和批评能力是不可分离的。好的创作家必然也有很强的批评能力，不然他就无法看出自己的作品的好坏，不然他就只会重复前人和自己先前的创作，而无法创作出拥有新鲜的题材和形式的作品。第二层是批评文字本身也是件艺术品。它以所评论的艺术品为材料，并赋予它以新的形式。所以，对他来说，批评是一门独立的艺术。

对吉尔伯特来说，高明的评论作品是印象性的。也就是说，评论的重点并不是作品本身，而是作品在评论家身上产生的印象，而评论家以自己的印象为出发点，创造出一个新的作品。

王尔德在《作为艺术家的批评家》一文里，还专门讨论了他所喜爱的对话体："对话这种奇妙的文学形式，全世界富于创造的批评都一直在采用……运用这种方法，他既可以表现自己，也可以隐藏自己，既可赋予每一种幻想以某种形式，也可使每一种情感转化为现实。"对他来说，他的人物的评论观点同时也是戏剧对话。换句话说，它们都是他的面具。那么，我们怎么才能知道他的真实立场呢？对他来说，这没有关系。只有那些面具才是真正有趣的。

五、"人类真正的完美不在于他有什么，而在于他是什么"

《社会主义制度下的人类灵魂》这一篇，主要包含了王尔德对社会和政治制度的思考。

在这篇文章里面，王尔德反对用慈善行为来救济贫困，因为他觉得这不能从根本上解决贫困问题，相反只是缓和了私有财产制度所带来的罪恶。有趣的是，他提出，为了富人的利益，也要取消私人财产，因为财产带来了太多的责任和事务，让人疲惫不堪。

他提出了一种"个人主义的社会主义"的思想，在这种社会制度下，人人都只为自己而活。人的生活目标成为发展自我，而不是在聚敛财富中浪费生命："人类真正的完美不在于他有什么，而在于他是什么。"无谓地追求财富当然值得批判，但在没有私有财产、没有物质条件支撑的状况下怎样发展个人主义？这是王尔德的这篇文章没有解决的一个问题。

迄今为止，王尔德设想的这种取消了私有财产的个人主义的社会主义，在世界上还没有实现过，只能说是个乌托邦。

六、"我使艺术成为哲学，使哲学成为艺术"

综上所述，本书所收的王尔德的五篇文章，都是他较长也是最具代表性的散文作品。这些文章，包含了他对戏装是否必须忠实于时代的较小问题，以及艺术和道德的关系的较大问题的思考，还包含了他在创作、评论以及社会和政治制度等题目上的主要思想。尤其是《谎言的衰朽》和《作为艺术家的批评家》这两篇，是王尔德用对话体所写的散文的杰作。

我们可以看到，他继承并且发展了唯美主义的理论。尤其是他提出的批评将成为一种独立的艺术的观点，在他的那个时代是超前的，而这一预言，又在文学理论得到了很大发展的二十世纪，得到了证实。

在他的评论文字中，王尔德充分发挥了他运用格言警句的才能，用最为活泼、精彩、凝练的方式，把唯美主义的核心理论表达了出来。在《自深深处》，也就是他在狱中写给道格拉斯勋爵的那封长信中写道："我使艺术成为哲学，使哲学成为艺术……所有体系、一切存在，我用一句格言就能概括了。"读完本书中他的评论文字，你会发现他的这些话并非过分的自夸。

二〇二一年十一月二十六日

弗朗西斯·培根的家世

我在出去做有关培根的讲座的时候，常常有听众会问，培根学问那么大，文笔那么好，为什么要去做官，而不专心于研究和写作？这问题的答案，部分在于他的家世吧。

培根虽然并非出身贵胄、累世簪缨之族，但童年之时，家境也十分优渥。他在 1573 年出生于伦敦泰晤士河畔的约克府（York House）。父亲尼可拉斯·培根爵士（Sir Nicholas Bacon，1510—1579），是伊丽莎白朝的高官，时任掌玺大臣，约克府就是掌玺大臣的官邸。

从职业来说，尼可拉斯是一位法律界人士。他是在剑桥受的教育，然后进入格雷律师学院（Grey's Inn）学习法律，在 1533 年即成为律师，之后就在法律界迅速上升。伊丽莎白在 1558 年即位之后，因为支持新教，同时也因为他和当时的权臣威廉·塞西尔是连襟，私交也甚好，尼可拉斯被任命为掌玺大臣。1559 年，他又获得大法官之职，这是英国法律界的最高职位了。

培根的父亲尼可拉斯·培根画像

培根的母亲安妮·培根画像

伦敦格雷律师学院里的培根塑像

培根的母亲安妮夫人（1527 或 1528—1610），则是伊丽莎白朝较有学问的女性之一。当时受过教育的女人很少，更不用说有学问了。她是安东尼·库克爵士（Sir Anthony Cooke）的女儿。

库克爵士是当时著名的人文主义学者，也是伊丽莎白女王之弟英国国王爱德华六世（爱德华先于伊丽莎白为君，但在十五岁就死了）的老师。库克认为女孩应该跟男孩一样受教育，所以教会了五个聪慧的女儿希腊文和拉丁文。安妮还熟练掌握了意大利文，甚至还会一些希伯来文。

安妮的姐姐、培根的姨妈米尔德里德（Mildred）嫁给了伊丽莎白朝最有权势的大臣威廉·塞西尔，又称伯利勋爵一世。他的儿子、培根的表弟罗伯特·塞西尔后来也成了权臣，并想尽办法阻住培根的升迁之路。罗伯特在 1612 年死去之后，培根才得以飞黄腾达起来。

安妮夫人负责弗朗西斯和他的哥哥安东尼的早期教育。她想必在希腊文和拉丁文上面给他们打下了坚实的基础。培根和哥哥都步父亲的后尘，在剑桥受的教育，又在 1576 年十五岁的时候进入格雷律师学院。但他没有马上开始在那里的学习，而是作为英国大使阿米亚斯·保莱特的随员，去了法国，获得了一个观察欧洲政治和宫廷运作的机会。

但 1579 年，也就是培根十八岁的时候，不幸降临，他的父亲去世。尼可拉斯结过两次婚。他和第一位夫人育有三子三女，这时都已成年并且安顿得不错；他和第二位夫人也就是培根的母亲育有二子。哥哥安东尼继承了大部分财产，弗朗西斯作为最小的儿子（虽然是最有才能的），只获得了一小笔生活费。也就是说，他将来

十八岁时的培根画像

要靠自己自食其力了。他不得不回到格雷律师学院学习法律，子承父业，成为一名法律界人士。

知道了这些，也许就可以理解为什么培根在《随笔集·论学问》一篇中会说，"在学问上费时过多，乃是懒惰"。因为他在这里所说的学问，主要是法律、经济、政治等方面的经世、实用之学。如果学习了法律而不用来断案，那就是完全无用的。

培根的父亲和母亲，代表了他一生努力的两个方向：经世和学习。

经过早年的种种曲折之后，培根在詹姆士一世朝终于否极泰来。在 1617 年被任命为掌玺大臣，1618 年获大法官职位。这些都是他父亲曾经担任过的职位。在自己的职业上，他几乎是一步一步地追随着父亲的脚印前进。不久他的成就就超过了父亲。他在 1618 年被封为维鲁伦男爵，1621 年又被封为圣·奥尔班子爵。这些都是他父亲不曾得到过的贵族爵位。

当然，培根晚年在《随笔集·论高位》这一篇中，也对自己在壮年时对权位的热衷与追求，有过思索和反省："追求权力却失去自由，或者说追求控制别人的权力却失去控制自己的权力，这真是种奇怪的欲望。"他也屈服于这种奇怪的欲望。他是期望在政治与法律的领域大展宏图的。

培根很清楚追求权力会带来的种种问题，但他还是追求权力了，下场也和他预言的一样："然而尊贵之地是很滑溜的，后退往往是沉重的坠落，至少也会是突然的失势。"他被卷入英王詹姆士一世和英国下议院的权力斗争之中。1621 年 1 月他刚被封为圣·奥尔班子爵，3 月就被判犯了贪污罪，大法官职务也被免去，并被拘禁于伦敦塔中。

虽然培根不久即获释，但官职仍被剥夺。但回到私宅的他没有颓唐，而是投身到著述之中，在 1626 年去世之前，度过了传记作家们所说的"伟大的最后五年"。

二〇二一年四月十四日

培根与植物

　　大家可能都知道弗朗西斯·培根是英国文艺复兴时期的散文家、哲学家。但我在翻译《培根随笔全集》的过程中，发现他其实对植物，甚至对造园的艺术，也有很深的了解，并不是我们想象中的只关心抽象问题的哲学家。除了哲学、宗教、科学问题外，他还对政治、经济、法律、军事等与经国治世的学问有兴趣，对生活艺术也有研究。他的兴趣无所不包，这也是文艺复兴时期一些伟大人物的特点，比如列奥那多·达·芬奇。

　　在《随笔集》里，培根专门写了《论花园》这一篇。他对文中所写的理想花园的设想，细致到这种程度，甚至对脚下所踩踏的植物，也有特别的指示："那些被人践踏并压碎，而不是在人经过时在空气中放出极为悦人的香气的，有三种植物，即小地榆、野百里香和水生薄荷。因此，你应当在园中小径上种满这些植物，以便在散步或踩踏时享受这种快乐。"由此可见，培根真是一位生活艺术家。

他理想中的花园，要一年四季有花可看。而在严冬，至少也要有常绿植物的叶片可以欣赏："为了 12 月、1 月和 11 月的下半月，你必须种一些一冬常绿的植物，比如冬青、常春藤、月桂、杜松、柏树、紫杉、结球果的松树……还有橙树、柠檬树和爱神木，如果能有温室给它们用炉子加温的话。"这里"结球果的松树"，培根的原文是"pine-apple trees"。这里就产生了一个有趣的翻译问题。学过一点英文的人可能都知道，pineapple 指的是菠萝，又叫凤梨。为什么我要把它译成"结球果的松树"呢？老的《随笔集》译本，有把它译成"波罗蜜树"的。

这就涉及一点关于植物的原产地的知识了。英国是一个高纬度国家，冬季寒冷。所以培根在写到常绿植物的时候，前面提到的，都是一些耐寒植物，如冬青、柏树、紫杉等。而菠萝是原产南美洲热带高温地区的植物，把它和这些耐寒植物罗列在一起是不合适的，而且露天种在花园里也很快会被冻死。培根是个仔细的人。他在提到原产温暖地区的橙树、柠檬树和爱神木时，特地指出冬季要有温室给它们加温。Pine-apple tree 要真指的是菠萝的话也应该和橙树、爱神木等放在一起，怎么会把它和柏树、紫杉放在一起呢？

所以，培根在这里所说的 pine-apple tree，指的就是 pine（松树），而 apple 指的是松树结的球果。英国学者 Brian Vickers 在给《随笔集》作注时，也把它解释为"pine trees，bearing cones"。我就把它译为"结球果的松树"。所以，做翻译真是需要各方面的知识，包括对植物的知识！

至于波罗蜜，则是另一种从印度、东南亚传入中国的热带果树，和菠萝又不同。在英文里它的俗名叫

jackfruit。所以把 pine-apple tree 译为"波罗蜜树"完全是误译。

翻译《论花园》这篇还有一个困难，那就是里面提到的植物名称很多，而且用的都是英语里的俗名。用俗名会产生这样两个问题，那就是同一种植物会有好几个不同的名字，或者是同一个名字会被用来指几种不同的植物。在《论花园》里主要碰到的是后一个困难。

比如培根在写到 3 月份的花时，提到了 violet。查许多英汉词典，都会告诉你这个词既可以指堇菜花，也可以指紫罗兰。其实这是英汉词典里一个广泛的错误，violet 只能指香堇（又叫香堇菜或堇菜花）。我另有专文讨论这个问题。培根在写到 4 月份的花时，又提到了 stock-gilliflower。这个词是专门指紫罗兰的。他不可能在两个地方，用两个不同的词来指同一种花，所以我就把 violet 译为"香堇菜"（因为培根在后面又提到，他所说的 violet 是特别芳香的那种），stock-gilliflower 译为紫罗兰了。

关于紫罗兰的麻烦还没有结束。在提到 7 月份开的花时，培根又提到了 gilliflower，这词既可以指紫罗兰，又可以指康乃馨。到底是指哪种植物呢？有的译者译为紫罗兰，我觉得这就错了。这涉及关于植物生性的知识：紫罗兰畏热，不可能在夏天开花。在上海，冬天的绿化带里只有少数花在开放，其中就包括紫罗兰。英国比上海冷，紫罗兰 4 月开花是对的。康乃馨不那么畏热，花期也较长，在 7 到 9 月间，所以 7 月开花的应该是康乃馨。

可以看到，尽管是一个简单的植物译名，背后常常也有许多的考证功夫在那里。我算是一个对许多种花卉都相当熟悉的一个养花人，但翻译这篇文章时也感到相当犯难。译者的力气，常常花在读者看不出来的地方。

二〇二一年四月二十五日

一

1597 年，培根在他三十六岁的时候，出版了他的《随笔集》（*Essays*）的第一个版本，当时这本书还只有十篇，是一部很薄的书。书名来源于法国散文家蒙田（Michel Eyquem de Montaigne，1533—1592）出版于 1580 年的《随笔集》（*Essais*）。

将这部散文集称为 *Essays* 是培根的自谦。因为这个词在法语里的原义是"尝试"，也许可以译为"试笔"。他的意思是，我的这些文章里的想法并不成熟，只是些尝试性的探索与思考。但其实培根不断地在对他的《随笔集》进行修改和扩写。1612 年，在他五十一岁的时候，他出版了经改、扩写的《随笔集》的第二个版本，共三十八篇。

1625 年，培根六十四岁时，他又出版《随笔集》经过再次扩写的第三版，共五十八篇。又过了一年他就去世了。如果再活十年的话，他也许还会再出版一个经过增补的版本。1625 年最后一版的五十八篇，加上他没有完成的一个残篇《论谣言》，就是现在一般通行的培根《随笔集》的内容了。

培根写作的一个特点，就是他的作品是在不断地缓慢成长的过程中的。他的其他著作也有不断修改、增补的情况，比如他的《论学术的推进》一书。所以，《随笔集》其实凝聚了他一生的经验和思考，是他的苦心经营、深思熟虑之作。

二

培根的《随笔集》虽然书名来源于蒙田，但他的写作风格，又和蒙田有许多不同。蒙田的文笔比较亲密、散漫，也许可以说啰唆。蒙田的《随笔集》有三卷，一百零七章，厚厚的一大本，篇幅比培根要大得多。他的笔锋，带有比较多的个人情感。他还喜欢讲一些小故事，然后引出一个哲理，故他的写作方法有时被人称作"逸事主义"。而培根的《随笔集》经过两次扩写最终也只有五十八篇，加一篇残篇也只有五十九篇，译成中文约十一万字，还是一本较薄的小书。

当然，根据书的厚薄来判断书的价值，是一种浅薄不过的行为。培根的《随笔集》里的文章都是相对比较短小的，但是在翻译的时候却感觉文笔很密，有时简直密得叫人透不过气来。这种密的感觉，来源于意义的浓缩，思想的浓缩。因为培根的文字，是高度浓缩的文字，差不多每一句都可以做箴言。

培根和他所生活的那个时代，对格言有特别的爱好。培根自己在晚年，还写了一本《新旧格言集》（*Apophthegms New and Old*，1624）。《随笔集》一书，也充满了格言，所以是一部高度浓缩的书。

《随笔集》的1597年版，有极频繁的分段。1612年

版，也有较频繁的分段（见 Brian Vickers 所编的 1999
年牛津世界名著版《随笔集》的附录 1 与附录 2）。所
以，我利用译者的权利，也为了适应培根文体的格言性
特点，多给他分了一些段。这也使得读者在阅读时，可
以得到更多视觉上的休息，并得到更多思考、咀嚼培根
的凝练文字的时间。

我觉得，最喜欢读培根《随笔集》的肯定是中年
人。他们对这本书会觉得相见恨晚，因为中年人有人生
经验，他们知道培根的话的价值。

但最该读培根的是青年人。早读培根的话，人生也
许可以少走一些弯路。但遗憾的是，他们常常不愿读，
因为青年人喜欢自己去从生活中获取经验，而不肯从别
人那里去取得现成的经验。

三

和蒙田不同的是，培根写作时笔锋不带个人情感。
和讴歌爱情的诗人和小说家们不一样，对他来说，爱情
是一种麻烦的个人情感，常常会给公务带来损害，给个
人的事业带来损失。所以他在《论爱情》一文中写道：
"舞台要比人生更受惠于爱情……但在人生中，爱情有
时像魔女塞壬，有时像复仇女神，带来不少的祸害。"
也就是说，爱情更适合于文学艺术；而在真实的人生
中，它使人发狂，失去理性；有时还会由爱生恨，让一
方疯狂迫害另一方。培根的这个观点，是可以为生活中
的许多事例所证明的。

培根用的是那种政治家、法律家、哲学家的笔触。
用中国的成语来说，他的文笔就像是"老吏断狱"（从
他的职业来说，培根正好又是个法律界人士），或者说
是"一棒一条痕，一掴一掌血"。而我呢，更习惯的是

那种诗人和小说家的感性笔触，所以刚开始翻译的时候觉得这种文字的性情和我有些不合，慢慢地才被培根的文字的那种睿智和逻辑性所打动，进入到他的艺术世界中去。

培根的随笔，是以思想或文中包含的真理取胜，而不是以辞藻的华丽、句子结构的精巧繁复等取胜。作为一名大学问家，他在写作时很控制，这表现在他英文里的大词（也即由很多字母组成，来源于法语或拉丁语、希腊语词根的词）用得少，小词（由较少字母组成，来源于盎格鲁-撒克逊人语言的词）用得多；句子结构也相对简单。

在怀疑莎士比亚的剧本不是莎士比亚所写的那批人里面，有一派认为莎士比亚的剧本是培根写的。在翻译了《随笔集》之后，我觉得这完全不可能。因为用词、造句的习惯，是一个作家不可能随便改的。

相对于培根的简洁和高度自控，莎士比亚是属于比较啰唆、下笔不能自休那种。他还喜欢用大词，用双关语，用复杂的句式，这些特点培根都没有。莎士比亚的同时代人如本·琼生，就抱怨过他的这一点。

但培根也常常忍不住要卖弄学问的。这表现在他喜欢旁征博引，一会儿引一句《圣经》，一会儿来一句拉丁文，还提到许多古希腊、罗马人的事迹。这也是文艺复兴时期的风格的一个特点，即关于古代的知识，被认为是一种很有价值的知识，需要时时拿出来显摆一下。这在翻译时，真是很让人头大的一件事情，但最后我也只能耐着性子，一条条地给他做注解。

而莎士比亚呢，除了写了几个取材于古罗马和古希腊的剧本（有人抱怨他的罗马人很像他那个时代的英国人）外，很少引拉丁文、希腊文，以至于本·琼生抱怨他对这两种古代语言懂得太少。莎士比亚也很少引《圣经》。在这两方面他都跟培根很不一样。

四

培根的这本《随笔集》还有一个特点，就是这本书里的许多篇目，其实是为君主而写的，是向君主提的建议。从这种意义上来说，他又继承了马基雅维利（Niccolo di Bernado dei Machiavelli，1469—1527）的《君主论》（1513）的传统。在《随笔集》里，像第十五篇《论叛乱与骚动》、第十九篇《论治国》、第二十篇《论建言》、第二十九篇《论王国与国家的真正强大》、第三十六篇《论野心》、第四十一篇《论有息贷款》等都是。

培根有为学之才，也有经世之才。这两种才能并而有之的人，是很少的。他本人也一直有经世致用的强烈欲望。所以他会在著名的《论学问》篇中写道："在学问上费时过多，乃是懒惰。"因为在他看来，一个人在学问上费时过多，则必然在积极的社会活动上费时过少，实际上是逃避了对社会的责任。

培根很重视经世，对他来说，纯粹的书斋之学是无用的。学问固然要有，但怎么用学问，是一门更高的学问，而且不能从书上得来，要从观察和实践中得来。

他在《随笔集》里给君王们提的建议在坦率的程度上，有的时候也可以与《君主论》媲美。比如在讨论该怎么对付叛乱的领头人物时，他这样建议道："这样的人要么把他拉拢过来，使之诚心地归顺国家，要么在他的同党中扶植一人与他争衡，分散他的号召力。"（《论叛乱与骚动》）

培根常常以完全实事求是的态度，讨论一些问题，包括政治问题，提出一些从今天来看拿不上台面、不是很符合道德的解决方法，从来不唱高调，这也是文艺复兴时期的一个特点。

在第二十七篇《论友谊》里面，培根写了一种相当现代的现象，那就是在大城市中的孤独。而这种孤独的来源，不是人的缺少，而是爱的缺少："因为在没有爱的地方，虽有成群结队的人，他们却并非你的伙伴；虽有各色各样的面孔，但看起来就像是一排画像；虽有纷呶的语音，但听起来就像嘈杂的锣钹。"

但即便在谈论友谊这个题目的时候，培根也没有忘记君王。他指出，和常人一样，君王也有对友谊的需要，尽管由于他们身处的位置，这有时会给他们带来很大的麻烦，甚至危险。这是一个因为君王的基本人性产生的问题。所以，他对朝廷中有"宠臣"这样的人物存在，觉得完全自然，并不从道德的高度加以谴责。

所以，很多时候，这本《随笔集》是为君王写的。培根常常在考虑身为君王的人所会面临的问题和处境。也许他在写此书时，头脑中想象的读者就包括伊丽莎白一世和詹姆士一世。

除了关心政治、经济、军事、司法等方面的问题外，培根还关心生活艺术问题。这也是文艺复兴时期学者的特点：他的兴趣无所不包。因此，《随笔集》里就有了第三十七篇《论假面剧和演武会》、第四十五篇《论建筑》、第四十六篇《论花园》这样的篇目。但即便在这种时候，培根也没有忘记君王：假面剧和演武会主要是当时宫廷里的娱乐；他所讨论的建筑，不是普通人的居所，而是帝王的宫室；他设想的花园，也是"真正适合于君王的"花园。

所以，培根并不是我们想象中的只关心抽象问题的哲学家。他对这个世界的知识非常详细而具体。他对植物十分了解，这可以从他在《论花园》一文中的一些关于植物的特别指示里看出来。比如在说到橙树、柠檬树的时候，他特别指出冬季要有温室给它们加温。

在他所设想的这个"拥有永久的春天"的花园中，每个月都要有可欣赏的花或者是果实，为此他特意列出了在"伦敦气候"下每个月可以观赏的植物。他甚至对行走在花园中时脚下所踩踏的植物，也有特别的指示："那些被人践踏并压碎，而不是在人经过时在空气中放出极为悦人的香气的，有三种植物，即小地榆、野百里香和水生薄荷。因此，你应当在园中小径上种满这些植物，以便在散步或踩踏时享受这种快乐。"由此可见，培根真可谓是一位生活艺术家。可惜关于衣着他没有写一篇，不然肯定也会说出许多道道来的。

五

培根还有一个语言特色，那就是他喜欢用三联句。所谓三联句，就是三个相同句子结构的重复，比如《论学问》篇中有名的格言：

Reading maketh a full man；conference a ready man；and writing an exact man.

（译文：阅读使人充实，会谈使人敏捷，笔记使人精确。）

这种三联句的例子有很多，又如：

Studies serve for delight，for ornament，and for ability.

（译文：学问可资娱乐，可做藻饰，可以用来增长才

干。《论学问》）

Men in great places are thrice servants: servants of the sovereign or state, servants of fame, and servants of business.

（译文：身居高位者，是三重的臣仆：君王或国家的臣仆，声名的臣仆，事务的臣仆。《论高位》）

他有的时候也会用对偶句，其实也是两个相同句子结构的重复。例如：

It is a strange desire to seek power and to lose liberty; or to seek power over others and to lose power over a man's self.

（译文：追求权力却失去自由，或者说追求控制别人的权力却失去控制自己的权力，这真是种奇怪的欲望。《论高位》）

当然，因为英文是拼音文字，这种对偶不可能像在中文里面那样做到那么工整。整齐也不是培根所特别追求的东西。所以，我并不认为把培根翻译得像骈文那样，是一种好的翻译方法；至少这不是对培根风格的真实反映。而且事实上，要把《随笔集》全文翻译成那种风格，也还没人能够做到。

当然，培根在重复的时候，会省略掉一些不需要重复的东西。把刚才所举的三联句的第一个例子中省略掉的东西在括号里补足，应该是这样的：

Reading maketh a full man; conference (maketh) a ready man; and writing (maketh) an exact man.

再看一下刚才举的其他例子，就可以发现一个规律，即英文常常省略重复的动词（包括系动词 be），而中文不能省。如果把这句句子的译文"阅读使人充实，会谈使人敏捷，笔记使人精确"里后面的两个"使人"去掉，就不成其为句子了。

当然，中文有另外的经常可以省略的成分，那就是主语，在这里跟《随笔集》的翻译关系不大，就不展开谈了。

这种三联句与对偶句里的省略就带来了培根风格的另一个特点：简练。可以省略的多余的词都给他省略了。例如：

If you would work any man, you must either know his nature and fashions, and so lead him; or his ends, and so persuade him; or his weakness and disadvantages, and so awe him; or those that have interest in him, and so govern him.

（译文：如果你想左右一个人，你必须要么了解他的性情和习惯，以便诱导他；要么了解他的目的，以便说服他；要么了解他的弱点和短处，以便吓唬他；要么了解那些和他有关系的人，以便支配他。《论协商》）

这一句其实是四联句了。

培根还常常用名词来表达动词的意思，这样可以做到高度的凝练：

The reparation of a denial is sometimes equal to the first grant, if a man shew himself neither dejected nor discontented.

比如这一句里的 reparation、denial，还有 grant 这三个名词，表达的都是动词的意思，但译成中文的时候无法模仿，只能把意思展开了翻：

> 如果一个人初次求请时被拒绝，他既不沮丧也不愤懑，那么他再次求请时得到的补偿，有时会超过他第一次求请的东西。（《论请托者》）

我尽量使用现代汉语，而不是用文白夹杂的语言来翻译培根，因为他用的就是现代英语（当然是早期的现代英语，在动词变位上还保留了中古英语的残余）。

我觉得当今在翻译欣赏上有一个不良的趣味：谁翻得像文言文，大家就觉得是好翻译。如果文言真的有那么好的话，那么二十世纪初的白话文运动就不会发生也不需要发生了。之所以要有白话文，正是因为文言的不灵活，无法表达许多复杂的意思。所以翻译培根，我尽量使用简洁、清通、凝练的白话文。

培根《随笔集》（有时候也译成《论说文集》）的全译本已有多种，这里我想提一提水天同先生的译本《培根论说文集》（北京：商务印书馆，1986）。这是已知的最早的培根《随笔集》的全译本，据说水先生从抗日战争时期就开始着手翻译了。因为时代的关系，现在看来文字有些古拙。但在现有的几个培根《论说文集》的翻译本子里，水天同先生的翻译是最诚实的。没有任何花哨，也不逃避任何困难，该下一百分力的就下一百分力，做注解下的力气也是最大。在这里我向这位老先生致以由衷的敬意。

王佐良译的培根随笔很有名，但只有五篇，收在他所编的《英国散文名篇新选》（北京：生活·读书·新知三联书店，1994 年版）里面。

翻译是一项极费时间的工作，因为认真的译者要花大量时间了解他所翻译的对象，不仅是眼前要翻译的文本，还包括译者的生平，以及他的其他著作。所以翻译最好能跟译者自己的学术研究结合起来。

同时，译者要学会利用外国学者的研究成果，尤其是他们对文本所做的注释，这样可以避免许多错误的发生。我的这个译本，就在很大程度上得益于 Brian Vickers（Bacon，Fracis. *The Essays or Counsels Civil and Moral*. Ed. Brian Vickers with Introduction and Notes. Oxford：Oxford UP，1999）和 John Pitcher（Bacon，Francis. *The Essays*. Ed. John Pitcher with Introduction and Notes. London：Penguin，1985）所做的培根《随笔集》的注解。尤其 Vickers，是一个声誉卓著的文艺复兴时期英国文学的学者。我在翻译时所根据的文本，就是 Brian Vickers 的那个版本。

二〇二〇年一月十二日

培根、莎士比亚 和香堇菜

周濂溪先生曾言："水陆草木之花，可爱者甚蕃。"而人之所以会选择某一种来种，则是由于各种因缘。

比如我之所以会种香堇菜，是因为翻译了《培根随笔全集》。是的，弗朗西斯·培根（1561—1626）这位英国文艺复兴时期的伟大人物，不仅集法学家、政治家、科学家、哲学家、历史学家、散文作家等诸多身份于一身，其实对植物和造园也颇有研究。

在《论花园》这一篇里，他几次推荐读者要在花园里种香堇菜，"为了三月份开花，要种香堇菜，尤其是单瓣蓝色的那种，它开花最早了""四月份，接下来开花的有重瓣的白花香堇菜""在空气中放香最多的，是香堇菜，尤其是白色重瓣的那种"。

这里的"香堇菜"，培根的原文是 violet。查大多数英汉词典，都会告诉你说 violet 既可以指香堇菜，也可以指紫罗兰。英汉词典里的这个错误不知道是从什么时候开始的，我也曾被误导，英英词典里是没有这种解释的。因为 violet 作为植物的俗名，在英文里它指的是香堇菜；作为颜色的名字它也可以指紫色（中文有时候又叫紫罗兰色），因为 violet 原意就是"紫色"的意思，而香堇菜和紫罗兰的花都以紫色为多，虽然也有其他的颜色。但 violet 并不指紫罗兰这种植物。紫罗兰在英文里的俗名是 stock 或 gilliflower，或者是 stock-gilliflower。

间接的证据是，培根在《论花园》一篇中写到 4 月份的花时，又提到了 stock-gilliflower。我想他不可能在一篇文章里，用两个不同的词来指同一种花。

早先的几个培根译本里，都把 violet 译错了，译成了"紫罗兰"。这错误是许多英汉词典造成的，而且谬误流传，至今不绝。

香堇菜的英文名是 *violet* 或 *sweet violet*，学名 *Viola odorata*。在中国比较常见的紫花地丁也是一种堇菜，学名叫 *Viola philippica*。紫罗兰我也曾种过，在上海冬天也能开花，现在绿化带里常常有种。它的花有单瓣有复瓣，除紫色外，还有粉色、白色等品种，也有香。它是一种直立草本，姿态和匍匐而生的香堇菜不一样，而且它的叶子是长圆形或倒披针形，和香堇菜心形的叶子不同，它的学名是 *Matthiola incana*。

二

既然培根这么推荐香堇菜，我就想要种一种这种小草花了。到网店里去一搜，居然有白色重瓣和紫色重瓣这两种在卖，于是我就选了紫色的。

深秋的一天，一个包裹寄到了，里面是个小塑料盆，种着棵长着心形叶片的草本植物。我马上给它换了一个直径约十八厘米的红陶盆。当年冬天它就开花了，可是因为植物太小，只有寥寥的几朵。因为阳台上空气流通，它的香气不太明显。我还怀疑培根说它"放香最多"是不是说错了，或者是夸张了。

第二年春天，我就注意到它开始向四周长出匍匐茎。天热以后它就停止开花，但植株却越长越大。因为盆里只有这么点地方，它的匍匐茎延伸到盆缘之后，就只能在盆的四周垂挂下来。如果是地栽的话，它应该很快就会占领一大块地面。

到了深秋，香堇菜又开始开花了。这次因为植株大了，开花可是开爆盆了，满盆都是紫色的二分硬币大小的复瓣紫花。

因为要给香堇菜拍照，有几天我把它放在室内，结果满屋子的芳香！这还只是一盆。想象一下，如果花园里有一大片（只要种几棵下去，很容易就爬成一大片的），微风拂过，那香气一定沁人心脾！

我怎么可以怀疑老培根呢？我怎么竟敢怀疑他呢？

三

香堇菜喜欢冷凉气候。在上海它可以从深秋一直开到第二年的春天。在纬度高的英国，它春天和秋天各开一次，冬天太冷就不能开花了。

对培根（和他那个时代的人们）来说，呼吸花园里芳香的空气是一种巨大的享受，因此，能往空气中散发香气的植物也就特别受珍视。他在《论花园》一篇中写道："花香飘在空中（它飘忽来去，就像是音乐里的颤音），要比把花拿在手里的时候香得多。"他指出，有些花尽管我们拿起来闻着香，却很少往空气里放香："大马士革玫瑰和含苞未放的玫瑰，是最吝啬香气的了。你可以走过一大排这样的玫瑰，却一点香气也闻不到。"香堇菜则不同。他还列出了香石竹和金银花等一系列会向空气中放香的花。

至于现在，欧美的花园里也很少种香堇菜了，因为它太不起眼了，只是一种茎叶匍匐在地的小草花，单瓣种的花虽然竖在细细的花梗上但也只有几厘米高，复瓣种的花则因为花梗难以支撑而倒伏在叶间。

也许正因为如此吧，香堇菜在西方的花语中的一个意思是 modesty，也就是谦逊或低调，也可以解释为女性的腼腆或端庄。苏格兰诗人罗伯特·彭斯（1759—1796）就曾在他的《小花束》（"The Posie"）一诗中写道："香堇菜象征着端庄。"（The violet is for modesty.）

香堇菜在花语中的另一个意思是"忠诚"。英国女诗人伊丽莎白·勃朗宁在她的诗《信中的一朵花》（"A Flower in a Letter，by Elizabeth Barrett Browning"）中写道：

Deep violets，you liken to
The kindest eyes that look on you，
Without a thought disloyal.

可以译成：

深色的香堇菜，你将它比作，
最亲切地看你的眼睛，
里面没有一点不忠的念头。

莎士比亚把香堇菜在花语中的两个意思，在《汉姆雷特》一剧中都用了。

四

培根的同时代人、英国文艺复兴时期的另一位伟人威廉·莎士比亚（1564—1616）显然很熟悉也很喜欢香堇菜。他剧作里面的人物也多次提到 violet 也就是香堇菜，但莎士比亚的中文译者，多是把这个词误译为在中国知名度更高的紫罗兰的。

在《汉姆雷特》一剧中，效忠国王克劳狄斯的大臣波洛涅斯躲在帷幕后面偷听王后和汉姆雷特的谈话，被汉姆雷特当成谋杀了他父亲的克劳狄斯刺死了，他过去的恋人、波洛涅斯的女儿奥菲利亚因此发了疯。在第四幕第五场里，发了疯的奥菲利亚把她采集的各种鲜花分送给人，并说："I would give you some violets，but they withered all when my father died." 这句话朱生豪先生译为："我想要给您几朵紫罗兰，可是我父亲一死，它们全都谢了。"梁实秋先生译为："我愿给你一些紫罗兰，但自我父亲死后，全都枯了。"但这里的 violet 应该译成香堇菜。

为什么我觉得这里把 violet 译为紫罗兰是译错了呢？因为在培根的例子里可以看到，文艺复兴时候的英国，是把香堇菜称为 violet 的，而把紫罗兰称为 stock-gilliflower。并且从文学意象的角度来说，它象征着波洛涅斯对王室的忠诚。我所用的一册 Bantam Classic 版的《汉姆雷特》就在 violets 下面注道："Emblems of faithfulness." 也就是说，香堇菜在这里是"忠诚的象征"。

在《汉姆雷特》的第五幕第一场里，奥菲利亚落水死去，她的尸体被抬到坟场下葬。她悲伤的哥哥雷欧提斯说："Lay her i' th' earth，/And from her fair and unpolluted flesh/May violets spring!" 这句话朱生豪先生译为："把她放下泥土里去，愿她的娇美无瑕的肉体上，生出芬芳馥郁的紫罗兰来！"梁实秋先生译为："放她下土吧——从她美丽纯洁的肉体上会生长出紫罗兰！"

这里的紫罗兰也是误译，应该译成香堇菜。

因为如前所述，violet 就是香堇菜，不是紫罗兰；而且香堇菜是一种会长出匍匐茎的多年生地被植物，让它长在坟头上很合适，可以很好地保护堆土，而紫罗兰则是直立草本，让它长在坟头上就起不到那个作用了；从象征意义的角度来说，雷欧提斯觉得妹妹是个脑腆端庄的女孩，所以他祝愿从她纯洁的肉体上长出符合她性格的这种芳香的花来。

当然，"香堇菜"听上去没有"紫罗兰"那么有诗意。谁叫我们不给它起一个更有诗意的中文名字呢？相反，在英文里，violet 听上去倒比 stock 有诗意得多，入诗也比 stock 要多得多。

莎士比亚还在《理查二世》《第十二夜》《冬天的故事》和《泰尔亲王配力克里斯》等剧作里，也提及了香堇菜这种芳香的小花，这里我就不一一列举了。

莎士比亚是很熟悉植物的。他在作品中用到的植物意象也特别多，因此有学者专门研究这个题目。英国植物学者玛格丽特·威尔斯就写了《莎士比亚植物志》（Willes, Margaret. *A Shakespeare an Botanical*. Oxford: Bodleian Library, 2015）一书，里面也有一节专门写香堇菜，只是中文译本也译错了，译成了紫罗兰。

其实这本书是有配图的，图里分明画的是叶子为心形、开着单瓣紫色小花的香堇菜，下面还用拉丁文写着 Viola nigra sive purpurea，也就是"黑色或紫色香堇菜"的意思。译者如果熟悉植物的话，看了图就可以知道这里说的是香堇菜，不是紫罗兰了。

还有华兹华斯那首著名的"She Dwelt among the Untrodden Ways"（《她住在人间罕至的地方》，郭沫若译），里面提到的 violet 也一直被误译成紫罗兰了：

A violet by a mossy stone
Half hidden from the eye!

这两行被郭沫若译为：

苔藓石旁的一株紫罗兰，
半藏着没人看见！

正因为香堇菜贴地而长，所以才会"半藏着没人看见"；紫罗兰是直立而生，就不太会没人看见了。所以诗人选香堇菜来做比喻，也是有他特别的用意在里面的。

所以翻译真的是需要一些百科知识的。

二〇二二年十二月十四日

生逢其时的莎士比亚

一

　　莎士比亚出生在英国伊丽莎白女王统治的时期。他出生时，女王已在位五年，并仍将统治三十九年。这是英国从一个天主教国家向一个新教国家转变的时期。在伊丽莎白的治下，英国也从欧洲的一个相对的穷国、弱国，变成了一个富国、强国，并且击败了西班牙的无敌舰队。

　　有学者认为，莎士比亚的家族是站在天主教这一边的。但其实我们并不知道莎士比亚本人对宗教的态度。他的剧本极少涉及时事，极少涉及新教与天主教之间的争斗。但我想，作为一个演员和剧作家，他不会对新教，尤其是其中的极端分子——清教徒——抱有多大的好感，因为他们都是禁欲主义者，反对莎士比亚赖以为生的戏剧，将它看成一种伤风败俗的娱乐。莎士比亚的剧本，或者说伊丽莎白时代的戏剧的一个主要特点，就是世俗性，宗教问题并不是它们关注的中心。

　　莎士比亚的父亲约翰·莎士比亚（John Shakespeare）

是斯特拉福镇的一个富足的手套商，并在镇政府中担任了一系列职位，一直做到高级市政官（high bailiff，相当于镇长）。

根据斯特拉福当地教堂的记载，莎士比亚在 1582 年 11 月 23 日与一位名叫安妮·哈撒韦（Anne Hathaway）的女子结婚。这时莎士比亚只有十八岁，而安妮要大他八岁。而且他还出了一笔钱，申请了一个特别许可，以便婚礼能尽早举行。

婚礼后六个月他们就生了一个名叫苏珊娜（Susana）的女儿，这也许可以解释莎士比亚当时为什么急着要结婚。之后在 1585 年，安妮又生了一对双胞胎，一个是儿子，叫哈姆尼特（Hamnet），后来早夭了；还有一个是女儿，叫朱迪丝（Judith）。

在接下来的 1585 到 1592 年的七年之间，莎士比亚到底做了什么，没有人知道。我们不知道他为何离开斯特拉福，在何时来到伦敦，又是怎么成为一名剧作家和演员的。

关于在这一阶段他到底做了什么，只有种种的传说：有说他因为偷猎了贵族领地上的鹿，而不得不跑到伦敦的；又说他刚到伦敦时十分落魄，在剧院外给人牵马的；也有说他在英格兰北部的天主教贵族的家庭中，担任家庭教师的。但这些都是猜测和传说。

不管怎样，当一位名叫罗伯特·格林（Robert Greene）的诗人和剧作家在一本小册子里骂他是"暴发户乌鸦"的时候，他已是一个成功的剧作家了。

二

莎士比亚可以说是生逢其时，因为他来到伦敦的时候，正碰上英国戏剧蓬勃发展的时候，也可以说是英国戏剧的黄金时代。在这之前戏剧的演出没有专门的场地，只能在旅舍的庭院，或者在王公贵族宅邸的大厅里举行。1567年，也就是在莎士比亚三岁的时候，英国第一家专业剧院红狮（the Red Lion）在伦敦落成。而在莎士比亚从斯特拉福来到伦敦的时候，剧院正如雨后春笋一般在泰晤士河边出现。尽管清教徒们反对戏剧，但以伊丽莎白女王为首的宫廷和贵族支持与喜欢戏剧。因为一方面他们喜欢戏剧这种娱乐，一方面剧院也给政府提供了可观的税收收入。

当时的剧院是一种圆形的建筑，当中有一块圆形的空地，在一边有一个凸出的舞台。站在这块圆形的空地和舞台周围看戏的观众被称为"站客"，只需付一便士的门票；而在周围的楼座上就座的观众，则需付两便士的门票。在剧院还有种种的水果和零食出售，就跟我们以前的剧场一样。还有一样跟中国早期的京剧的相似之处，那就是莎士比亚时代戏剧中的女角，都是由男演员扮演的。当时的人们认为，女演员在舞台上抛头露面，是有伤风化的。

但就在莎士比亚在伦敦的剧坛取得了初步成功的时候，在1592年伦敦暴发了瘟疫。按照当时的惯例，在瘟疫流行期间，为防人群聚集在一起造成疾病的传播，剧院必须关闭。这一关就是两年。在这段时间里，许多剧团因为经济困难被迫解散，有的离开伦敦，到外地巡回演出。许多演员被迫依靠典当行头为生，生活困苦。

在这一段时间里，莎士比亚把精力转向了诗歌创作。他在1593年，出版了一首有一千一百九十四行的长诗《维纳斯与阿都尼》，写的是女神维纳斯与她钟爱的美少年阿都尼的爱情故事；在1594年，他又出版了另一首长达一千八百五十五行的长诗《鲁克丽丝受辱记》，写了贞烈的罗马妇人鲁克丽丝在被暴君塔昆污辱后，当众揭露他的罪行，然后举刀自杀。这一事件激起了人们的义愤，最后群起推翻了暴君的统治。这两首长诗，尤其是前面一首的出版，取得了很大的成功。还有一个一共由一百五十四首诗组成的十四行诗系列，估计也是莎士比亚在这一阶段写成的，但一直到 1609 年才正式出版。

莎士比亚尽管在诗歌写作上取得了成功，但在 1594 年剧院开张后，他又重新把精力集中到了剧本的创作上。他以后还写过一些诗歌作品，但诗歌创作从来没有在他的创作生活中占主导地位。

从 1594 年剧院重新开张，到 1603 年伊丽莎白女王逝世，是莎士比亚的一个多产期。我们所熟知的一些莎士比亚的名作，如《罗密欧与朱丽叶》《仲夏夜之梦》、《威尼斯商人》《亨利四世》第一部和第二部、《亨利五世》《裘力斯·恺撒》《第十二夜》，还有《汉姆雷特》，都是这一时期的作品。

三

1594 年，宫内大臣剧团成立。当时的剧团都要找一个有势力的贵族或大臣作为保护人，这样遇到麻烦时也有人替他们出面；而对充当保护人的贵族来说，剧团在传播他们的名声，扩大他们的影响，所以这是个对双方都有好处的安排。莎士比亚也成了这个剧团的剧作家、演员和股东。这个剧团还常常为伊丽莎白女王演出。到 1603 年伊丽莎白女王去世，宫内大臣剧团共为女王演出三十二次。当然，在更多的时候，剧团是在为普通的观众演出。

伊丽莎白一世去世以后，詹姆士一世登基。詹姆士比伊丽莎白还要喜欢戏剧。他登基后不久，就把宫内大臣剧团改组为"国王供奉剧团"。尽管莎士比亚常常被称作"伊丽莎白时代的剧作家"，但其实是在詹姆士一世的统治时期他的艺术达到了成熟期，并创作出了如《奥赛罗》《李尔王》《麦克白》和《安东尼与克莉奥佩特拉》等一系列伟大的作品。

晚年的莎士比亚可能大多数时间在他的家乡斯特拉福居住。他和别人合作了几个剧本，如《泰尔亲王配力克里斯》等。1613 年以后，也许因为健康状况的恶化，他再也没有写过什么作品。

1616 年 4 月 23 日，莎士比亚在斯特拉福去世，享年五十二岁。

他在遗嘱中，留下了著名的一条，那就是把他"次好的床和附属的家具"留给他的妻子安妮·哈撒韦。为什么是次好的床，而不是最好的床呢？于是有许多传记作家猜测，莎士比亚在去世前很久，跟妻子的关系可能已经冷漠。

到 1642 年，也就是莎士比亚去世后二十六年，英国就发生了清教革命，又称"英国国内战争"，清教徒关闭了全国所有的剧院。所以，英国戏剧的这一黄金时期，只持续了约七十五年。而莎士比亚，碰巧就生活在那个时代。

二〇一六年十二月十九日

关于莎翁剧作的语言的两个误解

一

　　关于莎士比亚剧作的语言，因为时代和文化的隔阂，当代的中国观众常常会有许多误解。其一，就是莎士比亚的剧作"是用十四行诗写成的"。

　　莎士比亚的剧作，确实是主要由诗写成的诗剧，但是由不押韵的素体诗、押韵的诗和散文组成的一个混合体。有学者统计，莎士比亚的剧本 70％是素体诗，5％是押韵的诗，还有 25％是散文。当然，不是说他的每个剧本里的语言都是这样的比例；在他早期的剧本里，有韵的诗占的比例就多一些。

　　1592 年，一位名叫罗伯特·格林（Robert Greene）的诗人和剧作家在一本小册子里攻击莎士比亚。他这样写道："是的，不要相信他们：有一个用我们的羽毛装扮起来的暴发户乌鸦，用伶人的皮包裹了一颗恶虎的心，并自以为能像你们中最优秀者那样，写出慷慨激昂的素体诗：他做了无所不为的打杂工，就自以为是全国唯一能'震撼舞台'的人。""震撼舞台"（Shake-scene）是影射莎士比亚的名字"挥舞长矛"（Shake-speare）。

格林是当时比莎士比亚要先在伦敦出名的四个"大学才子"之一，其余三个是约翰·黎里（John Lily）、托马斯·基德（Thomas Kyd）和克里斯托弗·马洛（Christopher Marlowe）。他们都受过大学教育，所以看不起没上过大学的莎士比亚，认为他不配写素体诗。但从格林会出手攻击莎士比亚这一点，可以看出莎士比亚当时在剧坛已经取得了一定的成功，以致引起了同行的嫉妒。

这件事间接地告诉我们，莎士比亚用素体诗写作他的剧本，取得了极大的成功。所谓素体诗（blank verse），就是一种不押韵的诗，只是每行规定十个音节，再用一轻一重两个音节组成一个音步，那样每行就有五个音步，这就叫"抑扬五步格"。中文里没有相对应的诗体。因为中文里的每个字有声调，所以中文的律诗和词讲平仄，英文里的词的每个音节没有声调，只有轻读和重读之分，所以讲轻重。中文的传统诗体都是押韵的，而在西方的诗歌传统里，一直有不押韵的诗。

素体诗这种形式，虽然并非大学才子中的马洛发明，但却是他把这种诗体在戏剧中广泛运用，并使之大放光彩。所以格林讽刺莎士比亚是"用我们的羽毛装扮起来的暴发户乌鸦"。

至于大家都听说过的莎士比亚的十四行诗，也是用"抑扬五步格"写的，但跟素体诗不同的是它有几种复杂的押韵格式。莎士比亚用的格式是 abab cdcd efef gg，也就是说一首诗十四行，前面每四句为一节，第一句和第三句押韵，第二句和第四句押韵，共三节，最后是一个押韵的对句。

莎士比亚的剧本里人物的对话有长有短，极少有正好十四行的，而且一般也不押韵。只有在他早期的剧本里，偶尔有一两段用的是十四行诗的格律。

但是，莎剧的语言在形式上的特点，在中文译本上很难体现出来。像朱生豪就用散文来翻译莎士比亚的诗体语言；而一些号称用诗体来翻译莎剧的中文译本，也体现不出抑扬五步格的素体诗的特色。关键在于中国诗歌在形式上的特点，是建立在平仄和押韵基础上的；而抑扬五步格的素体诗在形式上的特点，是建立在轻读和重读音节上的。

二

还有一点误解，那就是许多人都以为莎士比亚写的是"古英文"，因此很难懂。

这主要是因为莎士比亚（1564—1616）生活的年代，正是中国明朝的晚期，那时中国通行的书面语言还是文言文，也就是"古代汉语"，离白话文，也就是现代汉语在二十世纪初成为普遍使用的书面语言，还有很长时间。因此，有些人就想当然地认为，莎士比亚写作时用的也是"古英语"。

但实际上，"古英语"指的是盎格鲁-撒克逊人从欧洲大陆迁移到不列颠，也就是公元五世纪，一直到1100年，也就是诺曼底公爵渡过英吉利海峡，征服不列颠，成为英国国王这一段时间里面的英文。而"中古英语"，指的是从1100年，一直到1500年左右的英文，写作《坎特伯雷故事集》的乔叟是这一时期的伟大英国作家。而从1500年一直到现在，包括莎士比亚的作品在内，那就都属于"现代英语"的范畴了。

因此，现代英语的历史，比现代汉语要长得多。

而莎士比亚呢，就是用现代英语写作的。除了少数中古英语的残余，那主要体现在莎士比亚所用的代词，比如：第二人称单数主格的"你"（you），他常常用 thou；宾格，他用 thee；所有格，他用 thy。他有时也用 you 和 your，但那是对比自己地位高的，和比较陌生的人用的。还有，莎士比亚有时用现代英语在动词第三人称单数后面加"s"的动词词尾变化方式，而有时他又用中古英语在动词第三人称单数后面加"eth"的动词词尾变化方式，比如祝福"blesses"，他会写成"blesseth"。还有 has，他有时会用 hath；does，他会用 doth；says，他会用 saith。

在这方面莎士比亚自己也不统一。有人曾做过统计，发现他在全部作品中用了四百零九次 has，两千零六十九次 hath。除此之外，莎士比亚所用的英文，在词汇、语法上和现在的英文没有什么差别。当然，在他生活的时代，英语的许多词汇的拼法还没有固定，所以如果我们直接阅读当时印刷的莎士比亚作品的话，会有一些问题；但现在各个出版社所出的莎士比亚作品，都是经过编者修订过的，采用了标准的拼法。还有，他的词汇量比较大，也常使用复杂的句子结构，这使得他的作品比一般的作家作品要难读一些。

二〇一六年五月二十一日

莎士比亚剧本的电影改编

莎士比亚的戏剧人物，在被改编成电影的时候，会以各种不同时代人物的样貌出现，有时是当代人，有时是过去某个时代的人，但并不一定是莎翁的原作所写的那个时代的人。

根据莎士比亚剧本拍摄成的电影，根据其对待原著的态度，可以分为两类，一类是戏剧人类型的电影，一类是电影人类型的电影。前者可以1997年肯尼斯·布莱拿（Kenneth Branagh）执导并主演的《汉姆雷特》为代表，后者可以1996年巴兹·卢尔曼（Baz Luhrmann）导演、迪卡普里奥（Leonardo DiCaprio）和丹丝（Claire Danes）主演的《罗密欧与朱丽叶》为代表。

所谓戏剧人类型，就是它虽然采用了电影的现实主义布景和场景切换方式，但仍十分忠于原著。布莱拿在导演《汉姆雷特》时，没有删去一句原著的台词。出生于北爱尔兰的布莱拿毕业于英国皇家戏剧学院，多次在舞台上导演、主演过莎士比亚的剧作。迄今为止，他已三次把莎士比亚的剧作搬上银幕：1989年《亨利五世》，

1993年《无事生非》，1997年《汉姆雷特》。他还因《亨利五世》获得过奥斯卡的最佳导演和最佳男演员提名。

虽然布莱拿是一位极有经验的导演和演员，在西方名气也很大〔部分可能是因为跟爱玛·桑普森（Emma Thompson）的结婚和离婚〕，但我觉得他的戏剧出身，局限了他的电影视角。作为两种不同的艺术媒介，戏剧主要依赖的表现手段是对话，而电影的主要表现手段是画面。在观赏戏剧之时，我们不仅仅是在"看戏"，更主要是在"听戏"：舞台上可以只有很少的道具和布景，主要的信息都通过演员的台词表达出来。而电影就不同了，它有极强的现实主义表现能力，可以把许多东西，比如背景、动作、情绪、表情，通过纤毫毕现的画面，展示给我们。这样，电影所需要的台词就少得多了。我们在观赏电影时，用得更多的也是"看"的功能，而非"听"的功能。

但布莱拿显然对戏剧与电影之间的差异认识不够。他的《汉姆雷特》背景很逼真，是在一所真正的丹麦城堡拍摄的；演员的演技很娴熟，布莱拿本人把汉姆雷特的激情和忧郁演绎得非常好；演员的服装综合了十九世纪俄国和奥地利宫廷的服装式样，也很贴切，因为《汉姆雷特》表现的毕竟是一起宫廷阴谋；但是有一个致命的缺点，那就是台词太多。这一点在看戏时不会觉得，但在看电影时就会觉得《汉姆雷特》啰唆可厌。过多的台词，反而破坏了电影的真实感。整个电影长达四小时二十分钟，在家里看录像都要分几次看完。

常常有人把布莱拿和劳伦斯·奥利佛（Lawrence Olivier）相比，但从《汉姆雷特》来看，布莱拿不如奥利佛远矣。奥利佛对电影的理解，比布莱拿深刻得多。

他1948年的《汉姆雷特》片长只有两小时三十三分钟，比布莱拿的要紧凑和引人入胜得多。

和布莱拿的《汉姆雷特》的拖沓冗长相比，卢尔曼导演的《罗密欧与朱丽叶》则让我们紧张得喘不过气来。这位澳大利亚导演非常了解电影和戏剧之间的差异：虽然他没有把莎士比亚的原文改写成现代英语，但他把台词砍去了三分之一多。这样，整部电影的长度就只有紧凑的一小时五十三分钟，而不是冗长的四小时了。

这部电影的节奏非常快，台词也说得非常快：可能只有西方喜欢飙车，听惯摇滚乐和饶舌乐的青少年，才完全跟得上它的节奏，而据说青少年也非常喜欢这部电影。

电影《罗密欧与朱丽叶》真正把莎士比亚流行化了。它吸收了很多当代电影，比如动作片、警匪片和西部片的成分。动作片里的节奏和台词，常常就是这么快的。所以我们反而觉得这部电影里演员的说话方式很自然，觉得《汉姆雷特》里面的演员说话做作了：这些话剧出身的演员习惯了在舞台上大声说话，为的是让全剧场的观众都能够听见，但在电影里就像一直在大喊大叫了。

卢尔曼的片子里的维罗那，像是迈阿密的海滩；两个敌对家族的少年，就像是现代都市里两个敌对的流氓帮派，他们用商标名为"剑"和"匕首"的手枪决斗。这告诉我们，罗密欧与朱丽叶的故事，即便在二十世纪的今天，也仍然在继续着。

莎士比亚的剧作，蕴含了不断接受新的阐释的可能性。根据他的剧本改编的电影层出不穷，也反映了莎士比亚戏剧的历久不衰的生命力。

二〇一〇年十一月三十日

多年前去英国旅游时，就去伦敦的泰特美术馆参观过，那时候就知道它是收藏拉斐尔前派画家画作的重镇。最近在浦东美术馆举办的"光：泰特美术馆珍藏展"上，果然就展出了约翰·埃弗里特·米莱爵士所作的《奥菲利亚》，这是拉斐尔前派最广为人知，也是泰特美术馆重要的藏品之一。

一

《奥菲利亚》之所以这么有名，除了它本身在美学上的价值以外，还有两个重要的原因。第一个原因就是和画中的奥菲利亚的模特儿伊丽莎白·席黛尔（1829—1862）有关的故事。

席黛尔出身贫寒，一开始在一家女帽店做店员，被拉斐尔前派的画家得福瑞尔发现。这以后，她就成了这个画派的成员最喜欢用的模特儿。米莱在画《奥菲利亚》的时候，为了更真实地再现奥菲利亚漂在小溪上的情景，让她穿上长裙，躺在一个放满温水的浴缸里，下

米莱作品《奥菲利亚》

面点上许多蜡烛保温。可是有一次，米莱画得太入神，连蜡烛灭了也没注意，结果席黛尔因此着凉患上了严重的肺炎！

席黛尔后来和拉斐尔前派的另一成员但丁·盖布利尔·罗塞蒂相爱，并成为罗塞蒂的主要模特儿。我个人觉得，把席黛尔画得最美的并不是米莱。他画中的席黛尔，多少显得有点僵硬。罗塞蒂则画过多幅以席黛尔为模特儿的画，如《席黛尔小姐画像》和《进入天堂的贝雅特丽齐》（*Beata Beatrix*）。他在画中，把席黛尔柔和的美表现得最好。

罗塞蒂还是一位在英国文学史里也占有一席之地的诗人。在他的指点下，席黛尔也开始画画、作诗。但因为死得早，她在这些方面的才能都未能得到充分发挥。

席黛尔健康不佳，后来患上了肺结核，常常受到病痛的折磨。1860 年，在经过漫长的订婚期后她终于和罗塞蒂成婚。在 1861 年她产下一个死婴，这对她打击很大。医生给她开了当时广泛用来止痛的鸦片酊，造成了她的药物成瘾。与此同时，罗塞蒂可能又移情别恋。

1862 年，席黛尔因服用鸦片酊过量去世。她究竟是自杀，还是死于误服过量药品？和奥菲利亚一样，她的死因成了一个谜团。但有罗塞蒂的传记作者倾向于认为是自杀。

〔补充说明：在席黛尔死后，还发生了一件戏剧性的事，那就是罗塞蒂把他的唯一的一部诗歌手稿（那个时候没有电脑没有打印机，稿子还都靠手抄），放在她的棺中和她一起埋了。这是个戏剧性的姿态，放弃自己在诗歌上的抱负。但清醒过来的罗塞蒂，发现自己究竟不能为了死去的席黛尔放弃自己在诗歌上的抱负。〕

二

《奥菲利亚》有名的第二个原因，当然就是它画的是世界上最著名的文学作品之一《汉姆雷特》里的一个场景。根据王后的描述，奥菲利亚死于失足。神智失常的她采集了各种野花之后，做成了一个花环：

在溪边有一棵歪斜的柳树，
灰白的叶片倒映在如镜的水面上。
她用乌鸦花（crowflowers）、荨麻、雏菊和长紫兰（long purples），
异想天开地做了一个花环。
纯洁的姑娘们把长紫兰称作"死人指头"，
放肆的牧羊人则给它另起了一个粗俗的名字。
奥菲利亚在想把它挂上树巅的时候从树上摔了下来，掉入小溪中淹死了。但剧本里也提到，教会觉得她的死因很可疑，因此拒绝在葬礼上给她举行宗教仪式。

王后在这段话里一共提到了五种植物，但其中的两种到底是什么，到现在还有争论。

第一种是柳树。柳树，在西方的花语中一直是"哀悼""被抛弃的爱"的意思。奥菲利亚正是死于对父亲的哀悼和被情人抛弃的悲伤。而米莱在画《奥菲利亚》时，也在她的身边画了柳枝。

第二种是"乌鸦花"，这是我按照 crowflower 的字面意义做的意译。莎士比亚在这里用的是一种花的俗名。它到底指什么，学者到现在还有许多争论。一派意见认为它指的是白花水毛茛（White Water Crowfoot，学名 *Ranunculus aquatilis*），是生在湿地、沼泽的一种

毛茛科植物。它在花语中的意义是"迷人的美"。但在维多利亚时代，它又有"忘恩负义"的意思。米莱在画中，也画了白花水毛茛。

另一派意见，则认为"乌鸦花"指的是石竹科的剪秋罗（the ragged robin，学名 *Lychnis flos-cuculi*）。这也是在湿地中生长的一种野花，符合奥菲利亚死去的地方的环境。剪秋罗在花语中的意思是"机智"，似乎不太符合这里的上下文，米莱也没有在画中画这种花。

第三种植物是荨麻。荨麻这种植物在叶柄上长着密密的刺毛，人和动物碰到时会放出微量蚁酸，让人感到剧痛。所以，荨麻的象征意义显然是痛苦。一般人是不会把这种刺人的植物放在花束里的，所以王后会说奥菲利亚制作了一个"异想天开"的花束。奥菲利亚在死去时，心灵也正经受着巨大的痛苦。而米莱也在画中画了荨麻。

王后提到的第四种植物是雏菊，它的花语是"纯真"，而奥菲利亚又正是一个纯真的姑娘，所以米莱在画中也画了雏菊。

第五种植物是"长紫兰"。这也是我按照原文"long purples"翻译的，但它究竟指哪种植物，也有争议。王后说纯洁的姑娘们称它为"死人指头"，那么它很可能是英国的一种野生兰早花沼兰（early marsh orchid，学名 *Dactylorhiza incarnata*），这是掌裂兰属的一种兰花，在地下有手掌般的块茎，所以会有这个名字。但王后又说"放肆的牧羊人则给它另起了一个粗俗的名字"，那么它又很可能是英国另外的一种野生兰花斑点红门兰（early purple orchid，学名 *Orchis maculata*），因为这种兰花地下会有两个圆形球茎，样子很像睾丸。所以，它在英文里又有"狗蛋"（dogstones）

和"蛋蛋"（cullions）等不雅的俗名。那么莎士比亚到底指的是哪种兰呢？我倾向于认为，莎士比亚在这里是把两种地下块茎形状不同的兰花混在一起了。从上下文来看，长紫兰在这里应该指的是红门兰，因为它的块茎象征着性欲。米莱也在画中画了红门兰。我们可以看到，莎士比亚在写作时，利用了植物的象征意义；而米莱在作画时，也力图忠实地重现这些富有象征意义的花。他还画了一些其他的花，这里就不一一讨论了。

二〇二一年九月十三日

《李尔王》对中国人的特殊魅力

《李尔王》最早在书业公会注册簿的登记日期，是 1607 年 11 月 26 日，上面注明此剧曾于 1606 年 12 月 26 日在宫廷演出，并将在 1608 年出版。1608 年出版的本子，就是《李尔王》的所谓"第一四开本"。

《李尔王》与《汉姆雷特》一样，被认为是莎士比亚悲剧的巅峰之作，也是莎士比亚在中国非常有影响的一部作品，因为中国一直是个讲求"孝道"的国家，而《李尔王》这个戏，也涉及何为"孝道"。《李尔王》涉及了孝道的两个方面，即父母应该要求子女如何尽孝，而子女又该如何向父母尽孝的问题。

有人认为李尔的错误，在于把语言等同于实际；他的大女儿和二女儿说她们有多么爱他，他就相信她们有多么爱他。我想李尔虽有种种毛病，但也不至于蠢到这步田地。

身为国王，他让他的三个女儿公然宣示对他的爱，自有其政治上的目的。他在分割他的王国之后，还打算在生活上继续享有国王的待遇，所以他让三个女儿当着所有朝臣的面宣布对他的爱，实际是让她们公开认可她们对他承担政治上的义务。这是一种情感上的，也是政治上的安排。

这便是帝王之家的生活悲剧。对王室成员来说，任何东西，包括父女之爱，都既是私人的，同时又是公共的、政治的。但考狄利娅却不能接受这种安排。对她来说，她对父亲的爱是私人的，尽管强烈，却不适合在公共的场合大声宣扬出来。

所以当李尔第二次给她机会，让她重新发言的时候，她仍说，"我诚然不幸，不能用嘴把心中的情感说出来"。要她把对父亲的爱当作一种公共的、政治的东西来对待，她无法做到。所以她不发一言。

李尔的错误，首先在于把爱当作一种可以交换甚至购买的东西。李尔的大女儿、二女儿对他的态度也是做生意的态度：当他有国土可分给她们的时候，她们就对他极尽谄媚之能事；但当他把国土已经分完，对她们来说，已没有任何利用价值，而只是一个负担的时候，她们就毫不顾及亲情，无情地将他抛弃。

莎士比亚在这剧中反复使用的一个词，就是 natural（自然的，或者说出于天性的），还有它的反义词 unnatural（不自然的，或者说违反天性的）。对他来说，子女孝顺父母，便是出于或顺应天性的；悖逆父母，就是违反天性的。

但在绝对权力面前，人往往会失去了人性。儿子可以杀父亲，父亲也可以杀儿子，更不用说兄弟或皇（王）室亲属之间的相互屠杀了。这在中国的"二十四史"中，是经常可以读到的事情。所以，《李尔王》的主题之一，也是亲情在权力面前的异化吧。

李尔最大的痛苦，就是大女儿和二女儿对他的背叛，而且是双重的背叛：作为女儿，她们对父亲不孝；作为臣民，她们对君主不忠。而她们对他的伤害会如此之深，在他心中掀起如此情感的狂澜，使他走到疯狂的边缘，就因为她们是他的女儿。

孟子曾说："越人关弓而射之，则己谈笑而道之；无他，疏之也。其兄关弓而射之，则己涕泣而道之；无他，戚之也。"也就是说，如果有个陌生的野蛮人向我射箭的话，我根本不会拿它当回事；但如果我的兄弟向我射箭的话，我就会哭了，因为他应该是我的亲人啊。

希腊的亚里士多德在两千多年前写作的《诗学》中就提到，悲剧的最好题材，是"弟杀兄，子弑父，母杀子，子弑母"。也就是说，发生在家庭内部的悖逆天伦的可怕行为，因为它们最能引起我们的"怜悯与恐惧"。

所以，《李尔王》之所以如此动人，与它的题材有很大的关系。即便是不喜欢莎士比亚的萧伯纳，也曾说"没有人写得出比《李尔王》更好的戏了"。而在一向注重孝道的中国，《李尔王》的情节对观众也一直特别有震撼力。

二〇一七年二月二日

莎士比亚的历史剧《亨利四世》的第一部和第二部

一

以"亨利四世"为题的两部莎士比亚剧作，尽管在人物和事件上有一定的延续性，但从剧本的长度和情节的完整性来说，都是两部独立的戏。所以，我还是倾向于把它们称为《亨利四世·第一部》和《亨利四世·第二部》，而不是《亨利四世》（上）与《亨利四世》（下），后者容易让人误解为这是一部戏的上、下两场。

《亨利四世·第一部》是莎士比亚写的从理查二世、亨利四世（用了两部来写）到亨利五世这一段连续的英国历史的四部曲当中的第二部。

在这部戏的一开始，亨利四世就出场讲了一大段铿锵的素体诗，大意是他想结束英国国内血腥的内战（通过这场内战他废黜了他的堂兄理查二世，并最终谋害了他），而把战场转移到国外，去发动一场夺回耶路撒冷的圣战。

但这时从威尔士和苏格兰传来的消息，却使他不得不搁置这一计划。

首先是摩提默伯爵率领的英军在威尔士被葛兰道厄击败，他本人也被俘虏；其次则是亨利·潘西率英军在苏格兰击败了道格拉斯伯爵。亨利·潘西绰号"霍茨波"（Hotspur，意思是"烫马刺"，朱生豪音译为"霍茨波"，梁实秋借鉴《水浒》人物的绰号意译为"霹雳火"，倒也符合他的性格），他和他父亲诺森伯兰伯爵、叔父华斯特伯爵都为亨利四世立下过汗马功劳，这时却遭到了他的嫉恨：为什么诺森伯兰能有这么个勇武的儿子，而我的儿子亨利（在剧中常被昵称为哈尔亲王）却不成器呢？

刚好霍茨波想要亨利四世出钱，赎回被威尔士人俘虏的摩提默（摩提默是他妻子的哥哥，也就是大舅子），因而留下了一部分苏格兰俘虏，没有全部交给国王。这更让亨利四世觉得他居功自傲，因此想要挫下他的锐气。

国王召见了霍茨波和他的父亲与叔叔。霍茨波在国王面前辩解说，自己当时刚经过浴血奋战，这时却从国王这边来了一个娘娘腔的廷臣："他用两只手指撮着一个鼻烟匣子，不时放在他的鼻子上嗅着，一边嗅，一边滔滔不绝地说话；他看见一队兵士抬着尸体经过他的面前，就骂他们是没有教育，不懂规矩的家伙，竟敢把丑恶污秽的骸骨冒渎他的尊严的鼻官。他用许多文绉绉的妇人气的语句向我问这样问那样，并且代表陛下要求我把战俘交出。"（这里用的是朱生豪的译文，下同。这是剧本里极精彩的一段素体诗，朱生豪译为散文。）（朱译，第118页。）于是他一时气愤，用冷嘲热骂回答了这位廷臣，并未真的拒绝交出战俘。

国王并不接受霍茨波的解释，反而用傲慢的语气要他马上交出全部战俘，并且拒绝了他提出的由国王付钱赎回摩提默的要求（其实这是因为理查二世曾指定摩提默为他的继承人，因此亨利四世也记恨他）。

霍茨波心中大怒，回去就联合诺森伯兰、华斯特和摩提默的力量，并且跟先前的敌人葛兰道厄、道格拉斯结成同盟，起兵要推翻亨利四世。

而这时亨利四世的"不成器"的儿子哈尔却正在跟福斯塔夫爵士胡闹。他跟福斯塔夫还有他的一群下层阶级的伙伴们喝酒、互相取笑，但莎士比亚小心地不让他干真正的坏事——当福斯塔夫要哈尔跟他们一起去抢劫几个富有的朝圣者的时候，哈尔一开始拒绝了，后来又假意答应，跟波因斯一起设计了一个捉弄福斯塔夫的圈套。

哈尔让福斯塔夫和他的两个同伙先去抢劫朝圣者，然后和波因斯假扮强盗跳出来吓跑福斯塔夫和他的同伙，抢走他们的战利品。

福斯塔夫胆怯地逃走，事后却向哈尔大吹自己如何以寡敌众，跟人数不断增加的多名强盗奋战。王子和波因斯把他的谎话一一揭穿，让野猪头酒店里的众人大发一噱。

这就是这出戏的两条主要线索：一条是被国王侮辱的霍茨波及其同盟发动的旨在推翻亨利四世的叛乱，另一条是哈尔亲王和福斯塔夫等人的胡闹。这两条线索最后合二为一：为了证明自己的价值，哈尔亲王参与了国王对霍茨波的征讨，最后在战场上与他相遇，并杀死了这位有名的勇士。但他的战功却被在战场上装死的福斯塔夫窃取。

二

在这出以"亨利四世"的名字命名的戏里，国王亨利却并不是主角。他已经不是《理查二世》里面的那个血气方刚、向毛勃雷提出决斗挑战的波林勃洛克了，而是一个心胸狭窄、刻薄寡恩，为保住自己篡夺来的王位而殚精竭虑、寝食不安的国王。

霍茨波给读者与观众很深的印象，因为他一方面脾气火暴、做事鲁莽，另一方面又表里如一、充满勇气、视死如归。尽管葛兰道厄已经跟他成了同盟，但他还是看不惯葛兰道厄的喜欢装神弄鬼。葛兰道厄吹嘘说，"在我诞生的时候，天空中充满了一团团的火块，像灯笼火把似的照耀得满天通红；我一下母胎，大地的庞大的基座就像懦夫似的战栗起来"。霍茨波就当面嘲笑他道："要是令堂的猫在那时候生产小猫，这现象也同样会发生的，即使世上从来不曾有您这样一个人。"（朱译，第160页）

在与国王的军队相遇之时，就连他自己的父亲诺森伯兰也临时退缩，借口生病不带自己的军队来会战，葛兰道厄的军队也没有到达，他却执意要和人数超过自己的王军决战，最终战死沙场。

哈尔王子当然是勇敢的，也是正直的；他也显然享受跟福斯塔夫在一起胡闹所能得到的各种乐趣，可是他又在一开始就表明他将最终抛弃这些朋友和乐趣。他有那种政治人物的可怕的两面性，又多少有一点虚伪、无情。

他在第一次出场的时候就说："我正在效法太阳，它容忍污浊的浮云遮蔽它的庄严的宝相，然而当它一旦穿破丑恶的雾障，大放光明的时候，人们因为仰望已久，将要格外对它惊奇赞叹。"（朱译，第117页。）

还有就是福斯塔夫。他肥胖、好酒、好色、好财、好撒谎、好夸大，但他又有喜剧性的风趣和机智，日常生活对他来说就像演戏一样好玩，生活中的一切乐趣都令他兴味盎然。

可惜剧本里的语言的令人发笑之处，因为时代变迁已损失掉许多，因为翻译又损失掉许多。英国剧作家阿兰·艾克伯恩曾说："我认为，喜剧作家至少要在死后一百年，才能跟严肃作家一样真正受人尊敬。可是当然，到了这时大部分人已看不懂他的喜剧好笑在哪里，只能令学者发笑了。"（Alan Ayckbourn. The Crafty Art of Playmaking. London：Faber and Faber，2002. pp.3－4）他的话说的就是这种情形。

比如别人都说是福斯塔夫带坏了哈尔，他却说是哈尔带坏了他："我在认识你之前，哈尔，我是什么都不知道的；现在呢，说句老实话，我简直比一个坏人好不了多少。我必须放弃这种生活，我一定要放弃这种生活；上帝在上，要是我再不悔过自新，我就是一个恶徒，一个基督教的罪人，什么国王的儿子都不能使我免除天谴。"（朱译，第 113 页。）

如果把福斯塔夫的这些话当了真，那就是犯了错了。他在这里，其实是在戏仿当时的清教徒说话的口吻，比如把非清教徒的人都称为"坏人"（the wicked）。接下来他的赌咒发誓要改邪归正，也是在戏仿清教徒的口吻。（见 Signet Shakespeare 第 646 页 95—96 行注。）

清教徒是反对看戏这种娱乐的（在莎士比亚死后不久，在席卷全英的清教革命中，清教徒将会关闭全国的剧院），所以当时坐在剧院里看戏的都不会是清教徒。他们听到福斯塔夫对清教徒的种种腔调的戏仿，定会发出阵阵大笑。

莎士比亚既是剧作家又是演员（当时没有专职的导演，他很可能还兼做了导演的工作），什么样的东西会在剧场里起作用、会起什么作用，他都心知肚明。

福斯塔夫不能简单地被概括为一个坏蛋，一个无下限的腐化堕落者，因为他还有说话的无与伦比的风趣、对各种生活乐趣的热爱，和对各种官方话语的怀疑与无情的揭露。在思考是否要为了所谓"荣誉"而去为亨利四世打仗时，他说："荣誉能够替我重装一条腿吗？不。重装一条手臂吗？不。解除一个伤口的痛楚吗？不。那么荣誉一点不懂得外科的医术吗？不懂。什么是荣誉？两个字……谁得到荣誉？星期三死去的人。他感觉到荣誉没有？不。那么荣誉是不能感觉的吗？嗯，对于死人是不能感觉的。"（朱译，第 200 页。）

莎士比亚的伟大之处，在于他的主要人物都不是些简单的、脸谱化的平面人物，而是各有其复杂性、多面性。

三

历史剧在传统的戏剧理论里地位有些尴尬，因为它既非悲剧，也非喜剧。

《亨利四世·第一部》从霍茨波的角度来说，是悲剧；从哈尔亲王的角度来说，是成长剧；从福斯塔夫的角度来说，是喜剧。

《亨利四世·第一部》一直是莎士比亚的剧作中较受观众和评论家欢迎的一部，其中重要的原因，无疑是福斯塔夫这个人物。

因为第一部的成功，莎士比亚不久就写了第二部。

在第二部的开头，国王亨利四世的健康已经不佳，他还试图把哈尔王子和福斯塔夫分开，以免后者继续影响到王子。

同时，反王党还在继续叛乱，为首的是约克大主教。这次领军前去镇压的并非国王或哈尔亲王，而是哈尔的弟弟兰开斯特的约翰。

约翰先是假意答应满足叛乱者的要求，等他们解散军队之后，他就把全部头领都抓了起来处死。这是情节线索之一。

福斯塔夫在野猪头酒店里和一个妓女鬼混，哈尔假扮成酒保去偷听他讲话，却听到福斯塔夫在他背后大说他的坏话，将他描述为"一个浅薄无聊的小子，叫他在伙食房里当当差倒很不错，他一定会把面包切得好好的"（朱译，第 266 页）。最后，哈尔跳出来揭穿了他的两面派行为。

福斯塔夫的种种胡闹，构成了这个剧本的第二条情节线索，应该也是这个剧本的主要吸引力。

亨利四世对自己死后哈尔会怎样行事忧心不已。廷臣华列克却叫他不要担心："亲王跟那些人在一起，不过是要观察观察他们的性格行为，就像研究一种外国话一样，为了精通博谙起见，即使是最秽亵的字眼也要寻求出它的意义，可是一朝通晓以后，就会把它深恶痛绝，不再需要用它。"（朱译，第 305 页。）

听了约翰王子平定叛乱的捷报，国王反而病势转重。

哈尔亲王进寝殿去探望，看见亨利四世仿佛已经死去，就把王冠戴在头上出去了。

亨利四世醒来，以为哈尔迫不及待就想做国王，把他召进来痛加责备。哈尔告诉他自己只是试戴一下，他知道王冠所带来的责任与痛苦。

亨利四世接受了哈尔的解释。他叮嘱哈尔，为了转移国内矛盾，他继任国王后可以把战争导向国外。随后，未能完成远征圣地的夙愿的他就驾崩了。

哈尔继任为亨利五世。廷臣们以为他会重用福斯塔夫，继续他的放荡生活，可是他做了国王以后就全变了。

他出人意料地继续重用曾把他下狱监禁的大法官。福斯塔夫赶去参加他的加冕礼，以为自己可以鸡犬升天了，没想到国王冷淡地对他说，"我不认识你，老头儿"。

这一幕，被人描述为"令人心碎"。

福斯塔夫，在莎士比亚的时代显然是《亨利四世》的第一部和第二部里最受欢迎的人物，以至于在第二部的收场白中，还有一名舞者登场致辞，预告说："我们的卑微的著者将要把本剧的故事继续搬演下去，让约翰爵士继续登场，还要贡献你们一位有趣的角色，法国的美貌的凯瑟琳公主。"（朱译，第335页。）这里说的显然是《亨利五世》。但在《亨利五世》里莎士比亚并未兑现自己的诺言。福斯塔夫在这部剧里并未出场，我们只是听说他的死讯。他后来在《温莎的风流娘儿们》里再度出现，但在这出戏里他成了被人捉弄的蠢胖子，已经失去了原有的机智与风趣。

《亨利四世》的第二部没有第一部那么精彩，主要原因我想是因为第二部里有三条情节线索，但这三条线索却未能像第一部里面的两条线索那样最后合二为一，所以给人的感觉比较松散。

二〇一六年一月十一日

《亨利五世》的两面性

一

在莎士比亚以帝王为名的历史剧里，主角并不一定是那位帝王，比如在《亨利四世》第一部里，主角就更多的是福斯塔夫、哈尔王子和霍茨波而不是亨利四世；在《理查二世》里，主角也更多的是波林勃洛克而不是理查二世。但《亨利五世》这出戏是个例外，亨利是名副其实的主角。

莎士比亚的《亨利五世》被称作历史剧，但它和多数历史剧一样，并不是历史事件的按顺序罗列。

莎士比亚秉承自亚里士多德以来西方戏剧对"集中"的强调，对亨利五世统治时期所发生的国内、国际事件多有取舍，最后以英军与法军在阿金库尔进行的一场大战为核心，按"起因、过程、结果"的模式，打造了《亨利五世》这出戏。

说到亨利五世发动的对法战争的直接起因，莎士比亚给了我们两个，其中一个就是英国教士阶层的怂恿。

以坎特伯雷大主教为代表的教士阶层，为防剥夺教会土地的议案的再次被提出与通过，主动向亨利五世进献一笔巨款，并鼓动他用这笔钱去发动对法国的战争，以此来转移英国国内对教会产业的注意。

还有一个原因，则是法国王太子对亨利的侮辱。亨利提出了对法国的一些公国的领土要求，法国王太子则送他一些网球作为答复，意思是以浪荡出名的他还是打打网球算了，就不要去梦想夺取法国的领地了。受此刺激，亨利决意发动对法战争。

从历史的大背景下来看，亨利五世发动的对法战争实际上是从英王爱德华三世开始的、持续百年之久的英法战争（1337—1453）的一部分。这场百年战争的起因是英王爱德华二世娶了法王菲利普四世之女伊萨贝拉为王后。当时有法律规定法国王位不得由女性王室成员继承，这样伊萨贝拉就不能继承法国王位。当伊萨贝拉的三个兄弟都死去之后，她便主张应由她的儿子英王爱德华三世继承法国王位，法国方面当然拒绝了，王位最后落入了伊萨贝拉的堂侄菲利普六世手中。因此，英王爱德华三世（亨利五世的曾祖父）便率其子"黑王子爱德华"发动对法战争，并曾大胜法军。这场战争从本质上来说是两个王室对法国王位的争夺战，亨利五世只是继承了这场战争。

因此，《亨利五世》一剧虽似处处在赞美亨利战胜法国的伟大功业，但其实莎士比亚在一开始就在解构他的这种伟大功业。他点明了教士阶层是出于自私的动机煽动亨利对法作战的，而亨利发动这场战争，则是为他个人和英王室夺取法国王位的继承权，和人民的福祉并无多大关系。所以，这场战争的正义性也就大可怀疑了。

在《亨利五世》里，在每一幕开始和全剧结束时，都有一位解说者出现。他起的作用主要是说明背景情况和把有跳跃的情节联系起来，他还常常烘托气氛，对亨利五世的行动大加称赞。但莎士比亚同时还描写了一批小人物，亨利五世的军队中的下层士兵，他们也是他在做浪荡子时候的伙伴。这批小人物的所作所为常常和解说者与亨利五世本人的长篇大论形成对比，似乎在揭露他们所说的完全是虚假的宣传。

比如在第二幕的开头，在解说者刚说了在亨利发出战争号令之后，"现在全英格兰的青年们情绪炽烈，把绸缎的服装藏在箱里；现在铸造兵刃的人利市三倍，荣誉之想霸占住每个人的胸怀：现在他们卖掉牧场去买马，脚跟像生翅似的去追随那位基督教国王的典范"（梁译，第12页），莎士比亚就写了福斯塔夫因被国王抛弃心碎而死，尼姆和皮斯多在为了女人争风吃醋，还有他们去法国也并不是为了荣誉。皮斯多说："武装弟兄们，我们到法国去；像蚂蟥一般，我的小伙子们，去吸，去吸，去吸他们的血！"（梁译，第18页）

二

至于"过程"，莎士比亚先写了一场前奏性的战役——哈弗娄围城战。在这场战役里，亨利被描写成一个很好的鼓动家。在哈弗娄城墙被炸药炸开一个缺口时，他做了那段著名的激励士兵冲进缺口的演讲："再向那缺口进冲一次，好朋友们，再冲一次；否则就用我们英国的阵亡士兵去填补那城墙罢！在和平时期，静默谦恭是最好不过的美德，但是在战争的狂飙吹过我们耳边的时候，就要模仿老虎的行动；绷紧筋肉，鼓起热血，用狰狞的怒容遮掩起善良的本性！"

但是，亨利的豪言壮语，又跟他以前的那几个伙伴尼姆、巴道夫和毕斯托尔的畏懦行为形成对比：他们在城墙的缺口前贪生怕死，不敢前进，直到被上尉弗鲁爱林用剑驱赶了才冲上前去。

巴道夫甚至趁乱偷了教堂里的圣像牌，并因此犯了军纪要被绞死。当亨利得到报告，说一个叫巴道夫的兵士因抢劫教堂要被绞死时，他没有念及旧情提出要赦免这个从前跟他一起和福斯塔夫胡闹的伙伴，甚至没有流露出自己曾经认识他。

这和巴道夫的伙伴皮斯托尔在听说他要被绞死时的表现也形成了对比：皮斯托尔主动去向弗鲁爱林说情，试图营救巴道夫，最终当然是失败了。

这一情节设置当然也可以从两方面来看：从好的一面来看，是亨利在执行军纪上的铁面无私；从坏的一面来看，它也说明了亨利对故人的无情，就像他对福斯塔夫的无情。

接下来，作为剧本的高潮，莎士比亚在第四幕里写了阿金库尔战役。亨利又在这一幕里给将领们做了一次鼓劲的著名演讲。因为这一仗碰巧是在"克利斯品节"（克利斯品努斯与克利斯品阿努斯是古罗马时代为传播基督教殉教的两兄弟）打的，所以他说："今天是克利斯品节日，凡是今日不死能够安然生还的人，以后听人说起这个日子就会感觉骄傲，听人提起克利斯品就会兴奋。凡是今天不死能够活到老年的人，每逢这个节日的前夕就会宴请邻人，说'明天就是克利斯品节日'，然后卷起袖子展露他的瘢痕，说'这些伤是我在克利斯品节日所受的'。"（梁译，第 39 页）

战斗的结果是英军以少胜多，大获全胜，虽然莎士比亚对于英军的战果是夸大了的。

但是，莎士比亚在这一幕里也写了亨利命令士兵杀死法国战俘的不光彩行为，虽然他也写了这是因为他担心法军会再度发动攻势，这时俘虏有可能会反戈一击。

正是因为莎士比亚写了亨利和他所发动的这场对法战争的两面性，所以《亨利五世》这出戏有的时候会在战时的英国演出，来鼓舞人们的斗志，有时又会被用来反战。

比如在 1916 年，第一次世界大战期间，《亨利五世》就曾在伦敦上演，用来提高士气；在 1944 年，第二次世界大战期间，劳伦斯·奥利佛爵士主演的《亨利五世》电影又在英国上映，用来鼓舞人心。

但同样是这出戏，在 2003 年英国皇家剧院的一次演出中，又被用来影射、讽刺伊拉克战争，亨利在剧中也以一个现代军队的将军的面目出现。

三

在第五幕里，莎士比亚写了结尾，也就是亨利五世通过战争得到的一个对他来说比较满意的结果：英、法在特洛华签署条约（the Treaty of Troyes），亨利得到法国公主凯瑟琳为妻，还有作为陪嫁的领地，并被法王查尔斯六世认可为法国王位的继承人。

这里莎士比亚其实大大简化了亨利五世在法国的战事，因为历史上在 1415 年的阿金库尔战役之后，还要过五年和经过多次战役，亨利才最终与法王在 1420 年签署特洛华条约。但这些细节，都因为艺术的需要而被舍弃了。

解说者最后上场，说了一段简短的结束语，说亨利五世"挥剑征服了世上最美的花园，让他的儿子在那里为君。亨利六世，还在襁褓之中，就继位为英法两国之王；太多的人帮他摄理国政，丧失了法国，使得英国也把血淌"（梁译，第 55 页），这段话点出了亨利五世与他发动的对法战争的结局：在特洛华条约签订之后仅两年（1422 年），亨利五世就在法国凡塞纳城堡因暴病去世，时年仅三十五岁。他也没有能够继承法国王位，因为他死时跟他签订条约的法国国王查尔斯六世还活着。

他的儿子亨利六世即位时一岁都不到，政出多门，最终失去了他父亲在法国牺牲了这么多生命才夺得的所有权益。

四

跟《亨利四世》第一部相比，《亨利五世》没有福斯塔夫、霍茨波那样机智有趣、个性突出的人物，即便是亨利，也失去了《亨利四世》中的哈尔王子所有的那种活泼开朗。

做了国王的亨利，对自己虽然身居高位，可还是一个人，只是国王的位置使得他不能把自己的人性随意表露这一点，有所自省："国王也不过是一个人……所以他发现情形可怕的时候，他的恐惧是和我们一般无二；不过，平心而论，任何人都不该使得他露出恐惧的样子，怕的是他一表示恐惧，全军都要为之沮丧。"（梁译，第 34—35 页。）他认识到，在面对疾病、生死的时候，国王和普通人并无二致："啊！伟大的君王，你生一回病，让你的威仪来给你治疗，你以为阿谀的尊称可以使你的发烧消退吗？"（梁译，第 36 页。）但是这样的自省的时刻很少，在深度上也远不及汉姆雷特。

莎士比亚善于用语言来赋予人物个性与特色。比如他让上尉弗鲁爱林好谈古代兵法，并且说话啰唆，喜用一连串的同义词、近义词："亚历山大——上帝晓得，你也晓得——在他激怒中，在他狂怒中，在他盛怒中，在他愤怒中，在他抑郁中，在他恼恨中，在他愤慨中，还有一点点醺醉中，的的确确，在酒气和怒火支配之下，你要注意，杀死了他的最好的朋友。"（梁译，第42—43页。）

凯瑟琳公主要嫁到英国，莎士比亚就给她设计了一个学习英语的场面，还不忘记塞进去两个粗鲁的笑话。

在亨利追求凯瑟琳的一场，莎士比亚让他们分别一会儿用英语，一会儿用法语，一会儿英语、法语混用，完全靠语言制造了这一场的喜剧性。

本来在伊丽莎白时代，英国的剧场还没有布景，但舞台技术的发展，使越来越逼真的布景成为可能。在1839年的一次《亨利五世》的演出里，就在舞台上运用了活动画面，来展示英国舰队横渡英吉利海峡，以及在阿金库尔英、法两军对阵的情况。

尽管在由《理查二世》《亨利四世》第一部、第二部和《亨利五世》这几出戏组成的四部曲中，《亨利五世》在人物上是相对最弱的一出戏，但因为它里面出现了国王、公主、将军等为数众多的显贵人物，还有攻城与两军对战等壮阔的战争场面，从十八世纪末开始，它作为一出"场面剧"（pageant play），也就是靠显示华丽、宏大的场面来取悦观众的戏，越来越受欢迎。

二〇一六年二月二日

莎士比亚的几首著名的十四行诗

第一首

> 我们希望漂亮的生物能够蕃盛，
> 这样美的玫瑰才永远不会凋谢；
> 因为老成者终将逝去，
> 由年轻的承继者负载他的记忆。
> （莎士比亚《十四行诗集》第 1 首，第 1—4 行）
> (From fairest creatures we desire increase，
> That thereby beauty's rose might never die，
> But as the riper should by time decease，
> His tender heir might bear his memory.)

莎士比亚的《十四行诗集》，一共含有一百五十四首十四行诗。中国古代的诗歌，一般是独立成篇的；而莎士比亚的这一百五十四首诗，却是一个系列，也就是说，它们之间有相互的联系，有情节贯穿其中，最后构成一个整体。这并不是一个特例。文艺复兴时期欧洲的作家们写作的十四行诗集，基本上都是如此。但这是和中国的诗歌传统很不相同的一个方面。

莎士比亚的这部诗集的第一到第一百二十六首，是写给他的一位俊美的同性朋友的，这些诗的暧昧内容，引起了评论家们的种种揣测。第一百二十七到一百五十二首，则是写给一位黑皮肤的女性的，作者似乎对她有强烈的矛盾情感，有时是强烈的憎恶，有时又是不可抑制的爱情。最后两首，则是对爱神的颂赞，既可独立成篇，也可视为对前面写给黑夫人的那些诗的总结。

前面所引的四行诗，出自莎士比亚《十四行诗集》的第一首。在这首诗里，莎士比亚请求他的年轻朋友结婚生子，以便能把他的美好基因传递下去。当然，在那时候还没有基因这个概念。但父母能把自己的体貌特征遗传给自己的子女，却是人类自古以来就已知道的事实。

尽管中国人很重视传宗接代，可对我们来说这似乎是个很奇怪的诗歌主题。但对文艺复兴时期的英国人来说也许不是。因为在文艺复兴时期，柏拉图是个在西方世界受到广泛研究与推崇的哲学家。柏拉图在他著名的《会饮篇》中就写道，一切生物的生命目的究竟是什么呢？就是追求不朽，也就是说，产生后代。但对人类来说，则有两个选择：一个是产生生物学上的后代；一个是产生精神上的后代，也就是说，留下伟大的精神产品，如伟大的雕塑作品、绘画、诗歌、哲学著作等。这两者都可以使人获致不朽。

莎士比亚也许读过柏拉图，也许柏拉图就在文艺复兴时期的空气里，文化气氛中。身处这一时代，莎士比亚便受到了关于这一问题的讨论的影响。在他的《十四行诗集》中，他探讨了柏拉图所提到的两种获致不朽的方式，也即通过生育，与通过伟大的精神产品——

艺术。

在这首诗里，他请求他的朋友以第一种，也是最普通的方式——结婚生子——来获致不朽。

而且，因为他是一个美貌的人——我们更希望这个世界被美好的，而不是丑恶的事物所占据，所以他的朋友承担的传宗接代的责任也就更大。同时，这首诗也是一种委婉的对他的朋友的美的赞颂。

顺便说一下，莎士比亚的十四行诗，所用的格律是抑扬五步格，每个音步是一轻一重两个音节，每行五个音步，也就是十个音节；前面十二行是隔行押韵，也就是说，第一行与第三行押韵，第二行与第四行押韵，每四行换韵。依此类推，最后两句是一组押韵的对句。

有些译者在翻译莎士比亚的十四行诗的时候，也试图复制这些形式上的特点，那就是隔行换韵，然后用一对押韵的对句；然后每行力图用十个字，但做不到，于是换成同样是偶数的十二个字。

我觉得，中西语言有各自的特点，不必在中译中强行移植英诗的格律，因为这不一定符合中文的特点。中国传统的古体诗与律诗，一般是双数行才押韵，至于单数行是否押韵是不管的；当然，第一行与换韵时除外。

至于每句的字数，则除一开始的四言诗外，以奇数的居多，如五言诗、七言诗。由此可见，全用字数是偶数的十二字句翻译莎士比亚的十四行诗，未必符合中文的规律，况且在实践中也无法做到。

至于抑扬格的移植，那更是不可能了，因为英诗的抑扬格的基础，是轻读、重读音节；而中诗的格律讲的是平仄，并无轻读、重读音节一说。

而且，有时莎士比亚用十个音节表达的意思，中文用七八个字就很方便地表达了（Alas'tis true, I have gone here and there：唉，我确曾东奔西跑），不必把它拖成十个字；而有时他用十个音节表达的意思，中文又要用十几个字才能表达完整，这时我们也不必强求一律，硬把它裁剪成十个字（By chance or nature's changing course untrimmed：有时因为突然的变故，有时因为天道的循环）。

有人说，诗是在翻译过程中丢失掉的东西。是的，从语言特点上来说是如此。那就让我们至少把意义保存完整吧。所以，我在翻译本书中所引的莎士比亚十四行诗的时候，并未试图忠实于原文在形式上的特点。我所做的，只是尽量用精练的语言，来忠实地转达原文的意义。

第四首

可爱的人，你太奢侈了，
为何你把美的遗产要在你自己身上荡尽？
造化的赐予并非馈赠而是借贷，
而慷慨的她只借给那些大方的人。
美貌的小气鬼，
你为何挥霍那只是让你分赠别人的丰厚礼物？
（莎士比亚《十四行诗集》第四首，第一到六行。）
(Unthrifty loveliness，why dost thou spend
Upon thyself thy beauty's legacy?
Nature's bequest gives nothing but doth lend，
And being frank she lends to those are free.
Then beauteous niggard why dost thou abuse
The bounteous largess given thee to give?)

我们是否对自己的基因负有义务，尤其当我们身负美好基因的时候？

　　莎士比亚的回答是"是"。对他来说，我们身负的美好基因，并非我们所私有，而是造化"借"给我们的。父母将它们传递给了我们，我们只是负有暂时保管，甚至使它增殖之责，而无权使它消灭，让它在我们身上终结。

　　把这一想法和中国人传统上在这方面的想法相比较，是很有意思的。中国人也认为必须生育后代，而这主要跟"孝"有关系，跟传递这个世界中美好的基因没什么关系。孔夫子说"不孝有三，无后为大"；《孝经》说，"夫孝，始于事亲，中于事君，终于立身"。也就是说，没有子女，就没有小辈服侍长辈，没有下级服从上级了。至于"立身"这一点，似乎有些终极关怀的味道了，但其实目的也是"立身行道，扬名于后世，以显父母"，换句话说，就是传扬父母与家族的名声。

　　这种生育观，其实是相当自私的，因为它只从长辈、上级的观点来看问题，而没有从小辈、下级的观点来看问题（孩子们愿意被生出来，只是为了服侍长辈吗）。从这一角度来说，从莎士比亚的这首十四行诗里所透露出来的西方的生育观，是更为开阔、更有哲学意味的。

第十八首

　　我怎能把你比作夏日？
　　你比它更为可爱，更为温和；
　　狂风常常吹撼五月的嫩蕊，
　　夏季为时也过于短促。
　　有时那上天之眼照得太烈，
　　它金色的面容也会往往为乌云所掩。
　　所有美好的事物皆会渐渐凋残：

有时因为突然的变故，有时因为天道的循环。

但你的长夏将永不消逝，

也永远不会失去你所拥有的完美。

死神将不能夸口你在他的阴影中徜徉，

因为你会在不朽的诗行中与时间合为一体。

只要还有人类，只要他们还有眼睛，

这些诗篇就将长存，就将赋予你生命。

（莎士比亚《十四行诗集》第十八首，第一到十四行。）

(Shall I compare thee to a summer's day?

Thou art more lovely and more temperate：

Rough winds do shake the darling buds of May，

And summer's lease hath all too short a date；

Sometime too hot the eye of heaven shines，

And often is his gold complexion dimmed；

And every fair from fair sometime declines，

By chance or nature's changing course untrimmed；

But thy eternal summer shall not fade，

Nor lose possession of that fair thou ow'st，

Nor shall death brag thou wand' rest in his shade，

When in eternal lines to time thou grow'st.

So long as men can breathe or eyes can see，

So long lives this，and this gives life to thee.)

　　这是莎士比亚最广为人知，一般也被认为是较好的十四行诗之一，所以我在这里全文引用了。

　　中国的读者也许难以理解莎士比亚为何用"可爱"与"温和"这两个词来形容夏日，因为中国的夏日在多数地区是酷烈的：不管是在南方的广州还是北方的北京，夏季都艳阳高照，酷热难当，气温常常在三十摄氏度，乃至三十五度以上。但这是因为中国是大陆性气候，所以不管是在北方地区还是在南方地区，夏季的气温都会升得很高。

而英国是一个岛国，是海洋性气候，它的纬度也较中国大部分地区为高，所以夏季是它最可爱的季节：气温最高只有二十六七摄氏度，温和舒适；多数日子阳光普照，让人心情舒畅；白天一直延续到晚上十点左右，让人不必秉烛就可以夜游，所以夏日对英国人来说天然就是一个度假观赏游宴的好季节。

但在莎士比亚看来，跟他朋友的完美相比，即便是英国的夏日，也还有种种的缺陷：有时风刮得太猛，有时太阳照得太烈，偶尔也会有阴雨的时候。总而言之，比不上他的朋友。

那么，怎样使这种完美永存下去呢？

如前所述，一种方法，是生育生理上的后代；另一种方法，是生育精神上的后代——创作出伟大的艺术品或其他精神文化产品。在前面的几首诗中，莎士比亚也一直在鼓励他的朋友以前一种方式获致不朽。但在这首诗里，他似乎在说，没关系，即便你不结婚生子，你的美也会被记录在我的诗篇里，并因此而永存。因为他的友人并非诗人，所以他只能借助莎士比亚的笔，来获得不朽。

在这首诗里，我们可以看到莎士比亚对自己作品的生命力所拥有的强大自信。这种自信，是伟大的艺术家才配拥有的；而那些只会生产些"朝生暮死"的作品的"艺术家"，他们自己还活着，他们的作品却早已死去。这样的自信如果出现在他们身上，倒是有些可笑了。

第二十九首

当我受尽好运和世人的白眼，

独自痛哭我被人抛弃的境地，

用无益的呼喊去烦扰那耳聋的苍天，

我看着自己，诅咒自己的命运，

希望像别人那样有远大的前程，

长得也像别人，像别人那样交游广阔，

希图这个人的才艺，那个人的渊博，

我以前最喜爱的东西也不再能给我一丁点的满足；

但是，当我转着这些念头，鄙视着自己的时候，

我偶然想起了你，于是我的情绪，

便如同拂晓时分的云雀，一边唱着欢歌，

一边离开了阴郁的大地，向天门飞升。

想起你美好的爱使我觉得如此富足，

即便让我与国王交换位置我也不愿。

（莎士比亚《十四行诗集》第二十九首，第一到十四行。）

(When in disgrace with fortune and men's eyes，

I all alone beweep my outcast state，

And trouble deaf heav'n with my bootless cries，

And look upon myself and curse my fate，

Wishing me like to one more rich in hope，

Featured like him，like him with friends possessed，

Desiring this man's art，and that man's scope，

With what I most enjoy contented least；

Yet in these thoughts myself almost despising，

Haply I think on thee，and then my state，

Like to the lark at break of day arising

From sullen earth，sings hymns at heaven's gate；
For thy sweet love rememb' red such wealth brings，
That then I scorn to change my state with kings.）

人都有心情抑郁的时候。在这种时候，我们往往把自己已经有的，看得一文不值；对别人所有的，却艳羡无比。我们希望自己能有别人那样的才能，能有别人那样的朋友，甚至能有别人那样的相貌——换句话说，我们希望自己不是自己，而是别人。

但我们不可能成为别人——这是个不可能实现的任务。于是，我们便无法再从生活中获得乐趣，我们对自己已有的成就视而不见，即便是原来最让我们快乐的事，也不再能让我们开心。

莎士比亚的这首诗的前半部分，就描写了诗人处于这样一种自怨自艾、自寻烦恼的心境之中。但这时，他想起了他的爱人，于是，他的心境就马上改变了。云雀是一种生活在草原与半沙漠地区、在地上做窝的鸟儿。它相貌普通，但歌声非常动听，并且能边飞边唱。诗人在这里将他急剧上涨的情绪，比喻为从地上一飞冲天的云雀，与它那动听的歌声。

因为他自问，为什么我的爱人会爱我呢？那必定是因为我有某种内在的价值。我做别人，即便是国王，有什么好处呢？我的爱人爱的是我，不是别人，即便是国王，也不能得到他的爱。所以，我还是做回我自己吧。

也就是说，爱我们的人，用他们的爱，肯定了我们的价值，肯定了我们的存在。

因此，有爱人的人是幸运的，因为他们比没有爱人的人更为自信。

第一百一十首

> 唉，我确曾东奔西跑，
> 出乖露丑，让自己成为看客的笑料，
> 伤害自己的思想，把最珍贵的东西廉价卖掉。
>
> （莎士比亚《十四行诗集》第一百一十首，第一到三行。）
>
> （Alas'tis true，I have gone here and there，
> And made myself a motley to the view，
> Gored mine own thoughts，sold cheap what is most dear.）

这几句诗，也许是莎士比亚整个《十四行诗集》中，自伤身世、最为沉痛的一首诗了。

莎士比亚当时既是剧作家，又是演员。而作为演员，他必须随剧团东奔西走，巡回演出。写作显然会占据他的大部分精力，因此，他只能演一些次要的角色。那么他有没有可能演一些喜剧的，甚至是小丑的角色呢？我想这也是完全有可能的，因为不管是在莎士比亚的悲剧还是喜剧乃至历史剧、浪漫剧中，小丑式的次要人物都是很多的。看看现在中国电视上的小品演员就知道了，他们在舞台上的主要任务，就是出乖露丑，装疯卖傻，假痴假癫，以博观众一笑；但这并不排除，他们有时在这样做的时候，内心也会感觉悲苦。

但人类有一个奇怪的特点，那就是我们对娱乐了我们的人，往往心存轻蔑。娱乐业明星享有的巨大财富与所受到的高度社会关注（但在这种社会关注中，还是有轻蔑的成分在），在西方和在中国，都是近一两百年才有的事。

　　在莎士比亚的时代，演员的社会地位十分低下，往往被与"流氓"和"无赖汉"相提并论。为此，莎士比亚无疑感受过内心的痛苦。

　　在当时的英国，新教的势力正在上升，清教徒的影响正变得越来越大，他们把戏剧视为伤风败俗的娱乐，无疑对演员和剧作家也是十分敌视。身兼演员与剧作家两重身份的莎士比亚，应当也感受到生存空间所受的挤迫。

　　至于"伤害自己的思想，把最珍贵的东西廉价卖掉"这一句，则与莎士比亚作家的职业有关。任何时代，任何社会，都对言论有种种成文的、不成文的限制，即便在民主社会中也是如此（在像美国这样的国家里，也有"政治正确"的概念）。莎士比亚生活在专制制度下，并身处于一个宗教冲突激烈的社会里，人们往往会因自己的宗教信仰而失去生命。我们可以想象，作为一个剧作家的他，不得不谨言慎行，小心地避开任何可能给他带来麻烦的话题，不发表任何可能被理解为针对时事的评论，因为也许这一次你站在了在政治斗争中得势的一方，但下一次你就会站在政治斗争中失势的一方。我们在莎士比亚的剧本中很少能找到与当时的政治生活有关系的内容，可能就是为此。

　　同时，作为一个作家，他的个人生活、私人情感，与朋友、家庭、恋人的关系，不可避免地会成为他的作品的原材料。想象固然重要，但也不可能是无根之木、无源之水，多多少少会有一些现实中的来源。对他来说，这显然是作家这一职业令人厌恶的一面。

二〇一六年六月十六日

卡拉瓦乔与莎士比亚

一

意大利画家卡拉瓦乔（ Michelanglo Merisi da Caravaggio，1571—1610），跟莎士比亚是同时代人。他生于1571年，比莎士比亚晚七年；死于1610年，比莎士比亚早六年，

在十六世纪九十年代后期，卡拉瓦乔画了一幅名叫《果篮》的静物画。这是他相对早期的作品。在这幅画里，他画了一个藤编的篮子，里面堆满了水果，有苹果，有桃子，有梨子，有榅桲，有无花果，还有几串带霜的葡萄，桃子和葡萄还带着叶子。

如果我们看得仔细的话，就会看到苹果上有一个明显的虫洞；有一片葡萄叶子已经干得皱缩起来了；几片桃叶也已开始卷曲，上面还有虫子咬出来的破洞；一串葡萄最上面的几粒，已经干缩成了葡萄干了。也就是说，这是篮有毛病的水果，是篮被虫子、病菌侵蚀过，正在腐坏、变质的水果。

我们也许会问，要画水果的话，为什么不画些新

鲜、诱人，或者说完美的水果呢，就像在卡拉瓦乔之前和之后的许多静物画家所画的那样？完美的水果更"漂亮"，不是吗？

这显示了卡拉瓦乔的极端的现实主义，或者说自然主义。生活在文艺复兴晚期的卡拉瓦乔，抛弃了文艺复兴极盛期的大师拉斐尔和米开朗琪罗的理想化。因为在现实里的水果，常常是不完美的。尽管我们仔细挑选，回家还是会发现有的有虫洞，有的有摔伤的地方，放久了还会发霉、腐烂。但我们要求于艺术的，常常是它比现实要完美。

卡拉瓦乔就拒绝了这种理想化，即便是在画一篮水果的时候。

尽管这粗看是一幅装饰性的静物画，卡拉瓦乔却赋予了它深刻的寓意：生命并非只有丰美、甘甜，还有着疾病、衰败与死亡。他画的静物不单单是静物。他画的水果是水果的戏剧，或者说是生命的戏剧。

二

莎士比亚在他的戏剧里面，也写到了人性的两面性、人类处境的两面性。

《汉姆雷特》，是莎士比亚在 1598 到 1602 年之间的作品。它可能是莎士比亚最著名的一部作品。学者们在谈到《汉姆雷特》的时候，经常会引这段话，"（汉姆雷特：）人类是一件多么了不起的作品！他的理性多么高贵！才能多么无限，动作多么敏捷，体形多么令人赞叹！行为像天使，悟性像天神！宇宙之至美，众生之灵长！"一般他们都只引到这里，后面有一个否定性的转折被选择性地忽略了，因为只要再多引一句，我们就会发现汉姆雷特接着说："但在我看来，这尘土的精华又

卡拉瓦乔画作《圣马修殉道》

算得了什么?"就这一句,把前面所说的全否定了。

这段话里暗含着一个上帝按自己的形象以尘土造人的典故,所以汉姆雷特称人为一件"作品"(work)。他有很多像天神一样的伟大能力:他有理性,有音乐、绘画、文学等方面的各种创造能力;他有像天神一样的美丽外貌,能做出敏捷优雅的动作。但他还是上帝造的,并且材料是低贱的尘土,因此他有青壮年美丽、精力充沛的时候,但也会生病、衰老、死亡;他有创造性、建设性,能做出许多美丽的东西,但他也会有强烈的破坏冲动,毁灭许多美丽的东西;他能够向善,做许多好事,但他也会受恶的引诱,甚至做出十恶不赦的坏事。

《汉姆雷特》全剧所凸显的,正是人类的这种双重性。比如汉姆雷特在杀死波洛涅斯之后,罗森格兰兹追问他尸体的所在,他却答道:"和泥土混在了一起。他原是泥土的亲属。"他进而思考肉体的速朽,和生命的轮回:"我们喂肥了其他动物来喂肥自己,而我们喂肥自己只是为了给蛆虫享用""人类可以拿吃过国王的蛆虫去钓鱼,再吃那吃过蛆虫的鱼。"

汉姆雷特进而从人生的无常,思考起行动的意义来。

在这出戏的第五幕第一场,汉姆雷特和霍拉旭悠闲地看着两位小丑挖坟(他当时还不知道就是奥菲利亚的坟),他们一边抛出前人的尸骨(因为教堂的墓地空间有限,所以常常需要挖出入葬已有一些年份的人的尸骨,给后来者腾出空间,以前在西方这是常有的事),一边无动于衷地开着玩笑,唱着歌。这时,汉姆雷特又开始谈论起生死:"亚历山大死了,亚历山大埋了,亚历山大归于尘土,尘土便是泥巴,我们用泥巴做成烂泥。难道他们没有可能用亚历山大所变的那团泥巴，来封啤酒桶吗？"

也就是说，连亚历山大大帝那样建立过伟大功勋的帝王，死后也不过归于尘土，那么一般人的行为，究竟还有什么意义呢？

一开始从父亲的鬼魂那里听说他是被叔父谋杀的消息以后，汉姆雷特并不是很愿意采取行动的。他感叹道："这是个颠倒错乱的年代。哦，可诅咒的命运，恶意安排我生了出来，去重整乾坤！"（引自《汉姆雷特》第一幕第五场）他埋怨命运为了捉弄他，给他派了个他并不愿承担的重大任务，所以他要诅咒它了。

汉姆雷特对做国王并不太感兴趣。他更喜欢在威登堡（Wittenberg）做他的大学生（这其实是莎士比亚所犯的一个时代错误。德国的威登堡大学建于 1502 年，而戏中的汉姆雷特则生活在基督教传到丹麦之前的年代里），读他的书，做他的沉思去。在参加完父亲的葬礼后，他最初的想法，是回到威登堡，但被克劳狄斯阻止了，为的是把他留在眼前，加以更好的监视。

他跟克劳狄斯的过节也主要不是后者抢了他的王位，因为当时丹麦的王位并非世袭，而是推举的（推举时也注重王族的血统和前任君主的举荐。如果汉姆雷特的父亲是寿终正寝的话，他没有理由不在死前举荐自己已成年的儿子，而汉姆雷特也没有理由不被推举为国王。正是因为他的暴死，汉姆雷特当时又在国外，而克劳狄斯想必也玩了一些花样，使得自己被推选为国王），而是他谋杀了他的父亲，又通奸了他的母亲。

父仇不得不报，人民不得不救。因为在这出戏一开始，克劳狄斯就被描述成了一个坏国王：他最大的毛病，就是好酒。这在一般人身上，也许并不是一个了不得的毛病，但好酒的国王，没有一个不荒废国事的。

作为他父亲唯一的儿子，和丹麦王位最直接的继承人，这事除了他，又无人能做。

所以，尽管是自己不情愿做的事，尽管心里对命运满怀着怨恨，但如果天降大任于己，无可奈何，硬着头皮也要做。

这就是汉姆雷特的勇气。

三

是率性而为，还是忍辱苟活（To be, or not to be）：这是个问题。

（存在还是不存在：这是个问题。）

是默然忍受暴虐的命运射来的矢石，

还是拿起武器，通过奋战，

扫清如海的烦恼，

更为高贵呢？

这段话的第一句，"To be, or not to be"，也许是莎士比亚最有名的一句名言了。许多没有读过莎士比亚的人，也知道这是莎士比亚的一句名言。

对 be 这个词的理解，可以分为两种，一种是将其理解为"活"，那么 not to be 就是"不活"或者说"死"；另一种是将其理解为一个哲学上的术语，也就是"存在"，我是同意后一种看法的。因为汉姆雷特既是个大学生，在剧本中，他又是个好作深思的角色，所以他考虑问题，肯定是站在哲学的高度。

西方哲学从亚里士多德开始，就在讨论"存在"的问题。这位古希腊哲学家认为，存在表现在十个范畴上面，那就是实体、数量、性质、关系、何地、何时、所处、所有、动作、承受。他这是把人和物合在一起说的。我觉得，对人来说，特别有意义的是他提到的最后两个范畴"动作、承受"，也就是所施、所受，他对别人做了什么和别人对他做了什么。对人来说，别人对他做了什么，和他对别人如何反应，实际上是存在的一种重要方式。

而对二十世纪的存在主义哲学家萨特来说，行动是人存在的一种基本方式。存在就是行动。人的自由，实质上就是选择行动的自由。换句话说，如果我们不选择，不行动，我们就不存在了。汉姆雷特所面对的，正是一个重大的选择。

在这里，莎士比亚首先给了我们一个选择，To be or not to be，也就是"存在，还是不存在"？换句话说，在克劳狄斯对他做了那些事以后，自己到底是按自己向往的方式行动，还是不行动？

但因为"存在"这个词进入白话文的历史还较短，还是没有被归化为文学或诗的语言，所以我觉得也可以采取意译的方式，将这句话译为"是率性而为，还是忍辱苟活"，同时让这两种译法并列，让读者各取所爱。

在提出"存在，还是不存在"这个问题之后，莎士比亚马上觉得它过于抽象，所以又加了一句作为解释："是默然忍受暴虐的命运射来的矢石，还是拿起武器，通过奋战，扫清如海的烦恼。"在第一句里面，莎士比亚给了我们一对选择；在第二句里面，我又给了我们一对选择。它们之间是一一对应的关系，也就是说，"存在"对应于"拿起武器，通过奋战，扫清如海的烦恼"，而"不存在"，则对应于"默然忍受暴虐的命运射来的矢石"。

在这里，莎士比亚显然是在借战争做比喻。当敌人来进攻的时候，是默然忍受，任其宰割呢，还是拿起武器，奋力战斗？

作为一名武士，汉姆雷特的答案是不言自明的。是的，武士。他不但是个知识分子，还是个武士。因为他是一名王子，而西方封建时代的王室成员与贵族，就是一个专门的武士阶级。汉姆雷特的剑法还是非常高明的，在决斗中能胜过雷欧提斯。他的父亲也是一名伟大的武士。

当然，战斗的一个结果，可能是死。所以他接下去说，"死，不过是睡眠——通过这睡眠，可以说我们结束了，心中的伤痛，与肉体注定要接受的，那无数打击。这是我们，衷心期望的结局"。（引自《汉姆雷特》第三幕第一场）

也就是说，死也没什么了不起，因为我们本来就是要死的，而且死可以让我们结束种种的挣扎，最终得到休息。

所以，经过了忧郁、拖延，汉姆雷特最后发出了奋力的一击，与杀父仇人同归于尽。

从这里，我们可以看出莎士比亚非同寻常的戏剧天才，与这出戏内在的钢铁般的逻辑。

拒绝片面化、脸谱化，而把人看成一个复杂的、具有两面性的那么一个存在，写出人性的复杂性，是文艺复兴时期的一批大师们的共同特点。不同于文艺复兴极盛期在新柏拉图主义影响下的理想化倾向，这也是一种文艺复兴的精神，也是我们今天还要阅读莎士比亚的一个重要原因。

二○一六年六月九日

莎士比亚与汤显祖

——中西戏剧史上的双峰并峙

一

1564 年，莎士比亚生于伊丽莎白一世治下的英国；1616 年，他死于詹姆士一世的治下，卒年五十二岁。1550 年，汤显祖出生于中国明朝嘉靖皇帝的治下，死于1616 年万历皇帝的治下，卒年六十七岁。今年，正好都是他们逝世的四百周年。

莎士比亚出生时，伊丽莎白女王已在位五年，并仍将统治三十九年。这是英国从一个天主教国家向一个新教国家转变的时期。伊丽莎白的父亲亨利八世（1491—1547，1509—1547 年间在位）为了跟妻子凯瑟琳（Catherine）离婚，切断了英国教会与天主教的联系，并自任英国国教会的首脑。在他的治下天主教会的财产被剥夺，天主教徒受到迫害。亨利八世去世之后，他年幼的儿子、伊丽莎白的同父异母兄弟爱德华六世（1537—1553、1547—1553 年间在位）继位，在他的统治期间，天主教徒继续受到迫害。短命的爱德华六世死后，伊丽莎白的另一个同父异母的姐姐、信奉天主教的玛丽（1516—1558、1553—1558 年间在位）继位，英国又变回到一个天主教国家。玛丽处死了近三百名新教教士与教徒，并因此被称作"血腥的玛丽"。

信奉新教的伊丽莎白登基后，英国又变回到一个新教国家。但她对天主教徒采取了相对宽容的态度，并未对他们进行大规模的迫害。

这时期的英国是一个正在崛起的新教国家。它打败了老牌世界强国、信奉天主教的西班牙，并通过大规模的海外扩张，建立了弗吉尼亚殖民地，成了一个工商业强国。它在文化上也成了一个强国，戏剧的繁荣，也是这个时代的一个重要成就。詹姆士一世时代，继续了这种势头，英语世界影响最大的两本书首版对开本的《莎士比亚全集》和詹姆士国王钦定本《圣经》，都产生在这个时代。

汤显祖历经嘉靖、隆庆、万历三朝，自二十四岁以后就一直生活在万历皇帝治下。这期间发生了万历"三大征"，明朝平定了宁夏哱拜的叛乱；派兵援朝，击败了日本丰臣秀吉的侵朝军队；讨平了四川播州土司杨应龙的造反。尤其是征倭的告捷，让明朝维持了自己在东亚的霸主地位，但也让明朝陷入了在财政上入不敷出的境地。

表面上看，这似乎跟英国击败西班牙无敌舰队相似，但其实在英国是一个新兴的国家击败一个老牌世界强国，在中国则是一个老牌世界强国勉强战胜了对它的地位的挑战者。

为解决财政问题，除加派田赋外，明朝皇帝又派太监到各地开矿、征收矿税，在大城市对商业货物征税。东南地区的工商业虽有发展，但工商业主从未在政治上取得重要地位，反而成为重税剥夺的对象。这在多地激

汤显祖画像

起了民变。晚年的万历皇帝又荒怠政事，多年不上朝。明朝逐渐走向衰弱。

二

文艺复兴是一个席卷了欧洲的伟大文化运动。它最早是十四世纪晚期在意大利开始的，在十六世纪早期又在意大利盛极转衰。它在西方被视作是中世纪的结束和现代世界的开始。在这一阶段，我们看到了西方文学、艺术、建筑和政治研究的极大发展和繁荣，而这些都是在对古希腊与罗马文明的重新发掘、认识与研究的影响下发生的。

和文艺复兴相关的一个重要概念，那就是人文主义。所谓"人文主义者"，一开始指的就是一个研究与教授拉丁文学的人。后来，"人文学科"又被用来指通过研读希腊、拉丁文学的经典作品，来对语法、诗歌、历史、修辞学和道德哲学这样一些非神学的学问进行的研究。因为在中世纪，西方主要的学问就是神学。而在文艺复兴时期，宗教和神学已经不能主宰人们的精神生活，西方的知识分子把精力和注意力转移到了这些不是针对神的学问上去。所以，所谓人文学科，是相对于神学来说的。当时的人文主义者们认为，通过学习这些学问，可以让学生养成高尚的品格，拥有丰富的知识，并成为雄辩的演说家和文章写手。这样的人不仅能够在人类社会中过上道德、成功、负责任的生活，而且能够成为有素质的领导人才。再到后来，人文主义又被理解为这样一种哲学观点，即注重人类的价值、个人的尊严和自我的完善。

文艺复兴从十五世纪开始从意大利向其他欧洲国家传播。法国与意大利接壤，因此得风气之先。英国因为与欧洲大陆隔着一个英吉利海峡，所以到十六世纪初才开始接收到文艺复兴的影响，然后一直延续到十七世纪查尔斯二世复辟时期为止。因此，英国文艺复兴一般指的是从十六世纪二十年代到十七世纪六十年代这样一个约一百四十年的时期。而莎士比亚正生活在这一时期。

英国戏剧在莎士比亚时代获得了长足的发展。比如在莎士比亚的童年，他所看的剧就是神话剧，也就是取材于《圣经》故事的戏剧；这些戏剧的主要目的，也就是让观众熟悉《圣经》的内容，进行宗教教育。

他童年时所看的另一种剧，应该是道德剧。这种粗糙的戏剧里面的人物，都代表着抽象的道德品质，比如好的就叫作"慈善"（Charity）、"谦卑"（Humility）、"勤奋"（Diligence），坏的就叫"懒惰"（Idleness）、"好色"（Lechery）、"邪恶"（Vice）等。这种剧的主要目的，从它的名字可以看出来，就是道德说教。

是成年的莎士比亚和跟他同时代的其他剧作家，把英国戏剧的内容从宗教灌输和道德说教，转移到了人，转移到了人的丰富复杂的情感、欲望、道德和政治上来。他们并且把英国原来粗糙、简单、内容单薄的戏剧，改造成了一种丰满、复杂、人物众多、情节曲折、表现手法多样的戏剧。莎士比亚的戏剧，不再是以宗教或道德说教为唯一目的的戏剧，而完全是一种世俗的戏剧，这就是文艺复兴时期英国戏剧的一个鲜明特点。

除莎士比亚外，这个时代还产生了许多其他的重要文化人物：在诗歌方面，这一时代还产生了如《仙后》的作者爱德蒙·斯宾塞（Edmund Spencer）和《失乐园》的作者约翰·弥尔顿（John Milton）这样伟大的诗人；在戏剧方面，这是个极为多产的时代，除莎士比亚外，还产生了克里斯托弗·马洛（Christopher Marlowe）、本·琼生（Ben Jonson）等一大批剧作家；在哲学方面，产生了像《乌托邦》的作者托马斯·莫尔爵士（Sir Thomas More），还有《新工具》和《论科学的价值与发展》的作者弗朗西斯·培根爵士（Sir Francis Bacon）等重要的哲学家。培根提出的科学方法论，成了现代实验科学的先驱。

莎士比亚是个专业的戏剧家。戏剧是莎士比亚的衣食饭碗。莎士比亚不但写作剧本，还要兼做演员。但因为他写作剧本要投入巨大的精力，所以他不太可能是主要演员，只能演一些次要角色，如《汉姆雷特》里面的鬼魂。因为当时没有专职的导演，所以他还可能兼做导演。作为剧团的股东之一，他还要操心剧团的经营与管理。

万历年间，中国也有不少的文化成就，在思想界，产生了李贽、达观等人物，在科技上，有李时珍著成《本草纲目》，宋应星著成《天工开物》，但现代科学的方法论并未形成。尤其是李贽在文学上提出"童心说"，主张要"绝假纯真"，并批判道学家的虚伪，在明末形成了一个小小的思想解放运动，但这一运动的深度和广度，与文艺复兴还是不能比拟。

和莎士比亚不同的是，汤显祖并非专业戏剧家。首先科举考试耗费了他大量的精力。他二十二、二十五岁时两次考进士不第，又拒绝首辅张居正的延揽，不肯跟他的儿子们交游，直到三十四岁才考取进士。之后又为官十五年，直到四十九岁时弃官回到临川，才写了《牡丹亭》《还魂记》，又于五十一岁时作《南柯梦》，五十二岁时作《邯郸梦》，由此可见他致力于戏剧创作的时间不多。他的创作以诗、文为主，总共留下了两千二百首以上的诗、文、赋。

三

　　莎士比亚现在存世的剧本一共有三十八部，一般可分为三类，即喜剧、悲剧和历史剧。我们不知道他的许多剧本的具体写作年代，但一般认为，他的喜剧和历史剧属于比较早期的作品；他的悲剧，属于比较晚期的作品。但在他创作的最后阶段，也有我们可以归类为喜剧和历史剧的作品。

　　如果不算那些介于悲喜剧之间的剧本的话（如《特洛伊罗斯和克瑞西达》），莎士比亚一共写了十七部喜剧。这些剧本中最著名的作品，包括《十二夜》《无事生非》《仲夏夜之梦》《威尼斯商人》和《温莎的风流娘儿们》等。

　　总的来说，他的喜剧的内容是一对相爱的年轻人，在经历了许多曲折磨难之后，终于得以结合，也就是中国人说的"有情人终成眷属"的故事。在这些剧本里，莎士比亚歌颂了青春、纯洁、真诚和爱情的力量。如果我们把当时的喜剧分为浪漫喜剧和讽刺喜剧的话，那么莎士比亚所写的喜剧主要属于前一类。

　　莎士比亚的剧作取材于历史的非常多。如果我们把它们全部称为历史剧的话，那么在他的全部作品中历史剧所占的比例会达到一半。

　　他有取材于古罗马史的《裘力斯·恺撒》《安东尼与克里奥佩特拉》等剧本，这些又被称作"罗马剧"；还有取材于早期不列颠历史传说的剧本，比如《麦克白》和《李尔王》等。因为这两类剧本的主要内容不是人物的政治生活，所以一般把它们归到悲剧的范畴里。

　　他还写了十个取材于离他生活的时代不远的英国历史的剧本，从《约翰王》开始，一直到描写伊丽莎白一世的父亲的《亨利八世》结束。除这一头一尾两部外，其中的从《理查二世》到《理查三世》的八个剧本，连续地写了英国从 1398 到 1485 年近一百年的历史。这十部剧本，就是莎士比亚严格意义上的历史剧。

对莎士比亚时代的观众来说，这些历史剧就像是一面镜子，他告诉了君主该如何统治，臣民该如何效忠国家。但是，尽管莎士比亚的历史剧写了篡位与暴政的危害，他的历史剧却不是简单的说教。除了政治上的教训之外，他的历史剧里总有一些个性鲜明的人物，使他的剧作成为能给人留下鲜明印象的艺术品。

莎士比亚留给我们的悲剧一共有十一部，这里面包含有他最著名和最伟大的一些作品，如《汉姆雷特》和《李尔王》等。他的悲剧的主角，一般都是些身居高位的人，如国王、王子、将军，或至少是名门望族的子女，如罗密欧与朱丽叶。亚里士多德曾在《诗学》中说，悲剧中的主角必须是身居高位的人物，他们遭受毁灭与不幸，才特别会引起我们的怜悯与同情。在这一点上，莎士比亚是继承了古典悲剧的传统；但另一方面，他的悲剧英雄所面临的问题，又都是所有人可能面临的问题，所以他的悲剧又具有广泛的、长久不衰的感染力。这些悲剧人物有的是社会偏见的牺牲品，如罗密欧和朱丽叶；有的总的来说是好人，但由于性格中的某些缺陷，再加上人性中的邪恶或人类社会中的黑暗势力的作用，造成了他们的悲剧，如李尔王；有的性格高尚，但为恶人所利用，犯下了严重的错误，如奥赛罗；还有的甚至说不上是好人，但并非完全处于邪恶，而是由于性格的软弱，而犯下了严重的罪行，造成了自己的毁灭，如麦克白。

英国批评家赫兹列特提出，莎士比亚最伟大的作品就是他的《汉姆雷特》《李尔王》《麦克白》和《奥赛罗》这"四大悲剧"，这一说法受到了广泛的认可。

莎士比亚是一位多产的作家。他的一生，一共给我们留下了三十八部剧作、一个十四行诗系列，还有几首长诗。他是英国伊丽莎白时代，也是英国文艺复兴时期最有代表性的作家。

1594年，宫内大臣剧团成立，莎士比亚就是这个剧团的剧作家、演员和股东。这个剧团还常常为伊丽莎白女王演出。到1603年伊丽莎白女王去世，宫内大臣剧团共为女王演出三十二次。当然，在更多的时候，剧团是在为普通的观众演出。

汤显祖的剧本的演出，则主要是通过官僚士大夫的家庭戏班，和民间的职业戏班。前者具有很大的重要性。当时就有《牡丹亭》在太仓王锡爵家班、无锡邹迪光家班、徽州吴越石家班等演出的记录。（见《汤显祖研究论集》，第233页，江巨荣著，上海人民出版社，2015）因为《牡丹亭》的文辞典雅深奥，只有经过长期经典学习的文人阶层才能欣赏。因为服务的观众的不同，也造成了这两位戏剧家趣味的不同。莎士比亚的戏剧，是雅俗共赏的；而汤显祖的戏曲，投合的是文人的趣味。

在比较莎士比亚和汤显祖这两个戏剧家的时候，首先要看到他们写的虽然都属于广义的戏剧，但莎士比亚的戏，主要是靠演员说出来的，虽然是诗剧，但对形式的要求，不是非常高。内容或情节的重要性比较大。汤显祖写的则是戏曲，或者用西方的术语来说，是歌剧。戏曲语言对形式的要求，就要比素体诗高许多，不但有字数，还有平仄、押韵的要求。很多时候形式美的重要性，也就是所谓文辞之美的重要性，超过了情节或内容的重要性。

正因为对戏曲来说情节不那么重要，所以到后来《牡丹亭》虽然偶尔有全本的排演，但越来越多的是折子戏的演出。

我觉得：在文字的形式美上，汤显祖是超过了莎士比亚的；但是在戏剧内容的丰富性和现代性上，莎士比亚是大大地超过了汤显祖的。

四

要比较莎士比亚和汤显祖的话，也许拿《罗密欧与朱丽叶》和《牡丹亭》来比较，最能看得出这两个剧作家的异同了，因为这两出戏题材接近，都是写的一对青年男女的恋爱。把它们放在一起比较，更能看出莎士比亚和汤显祖之间的异同。

汤显祖的《牡丹亭》，在很大程度上是迎合文人趣味，为满足文人的欣赏口味而创作的一部戏曲作品。

比如汤显祖把戏里的主要角色柳梦梅写成是唐朝著名文人柳宗元的后人，他的朋友韩子才是韩愈后人，太守杜宝是杜甫后人（那么杜丽娘也是杜甫后人了），都是著名文人的后代！而且竟然连柳梦梅的仆人，也是柳宗元的文章《种树郭橐驼传》里写到的郭橐驼的后人，并且也是驼背！难道驼背也是遗传的，并且能遗传十几代、几十代吗？这种极端的巧合或然性非常低，只能认为是汤显祖是出于对唐朝著名文人的爱好，才这么写的。

又如第六出《怅眺》里柳梦梅与韩子才的笔谈，除了讲到许多韩愈和柳宗元的掌故以外，还感叹韩、柳遭际，抱怨读书人得不到好的待遇，"你费家资制买书田，怎知他卖向明时不值钱"，还羡慕汉朝的陆贾被封关内侯。这些都反映了一大批为科举考试而读书的文人内心的怨恨与企求。

所有这些，都是投合熟悉经典的文人阶层的爱好的。

再如第十七出《道觋》里面，石道姑把《千字文》的内容，整整地编排了一大篇文字游戏，这对当时熟悉这篇启蒙读物的文人来说也许是有趣的文字游戏，但对今天的观众来说就索然无味了。

这些酸溜溜的书生掉文的内容，是《罗密欧与朱丽叶》里所全然没有的，因为英国当时并没有那么庞大的一个靠着对一批儒家经典的熟悉和写作技巧，通过考试而取得官位的文人。

在《牡丹亭》里，尽管书生们对科举制度有种种的牢骚，但最后的结局却是对这一制度的价值的确认。它反映了书生阶层对科举制度寄托的意淫和幻想：通过苦读，考取功名，得到皇帝青睐，赢得高官厚禄，娶得官宦家的小姐为妻，传宗接代，光宗耀祖。

在《牡丹亭》里，皇帝的作用也很有意思。皇帝有无穷的智慧，经他用"照胆镜"鉴定，杜丽娘就被认定是人，而不是像她父亲所坚持的那样是妖或鬼。皇帝被视为神一般的存在，可以打破一切的规则。有了皇帝的认可，便是违反了礼教"无媒而嫁"也没有关系。当然，他还是富贵的来源。最后他颁布诏命，除授柳梦梅为翰林学士，杜丽娘为阳和县君。这出戏的结尾，是对皇帝"无所不能"的权力的确认。

在《罗密欧与朱丽叶》里面虽然没有出现国王，但在莎士比亚的其他剧作里，经常有君王出现。

《理查二世》里的理查一开始坚持君权神授："汹涌的怒海中所有的水，都洗不掉涂在一个受命于天的君王顶上的圣油；世人的呼吸决不能吹倒上帝所拣选的代

表。"(《莎士比亚全集》三，第 52 页，朱生豪译）可是
后来，当他得到自己的军队已经退散，"年轻的年老的
一起叛变"（第 54 页），人民已抛弃他这个国王的时候，
他坦然自承自己和普通人一样软弱："像你们一样，我
也靠着面包生活，我也有欲望，我也懂得悲哀，我也需
要朋友。"（第 56 页）

在写到君王的时候，莎士比亚常常强调他们也不过
是人，有着跟普通人一样的人性。

五

《牡丹亭》里的女性和《罗密欧与朱丽叶》里的女
性一样，都比男性更为大胆。

和那些热衷于文字游戏的书生不同，杜丽娘对那些
被编排出来限制女性自由的文字，怀着深深的厌恶：
"《昔氏贤文》，把人禁杀，恁时节则好教鹦哥唤茶。"
（第七出《闺塾》）

活泼的丫鬟春香，更是对所谓"囊萤映月、悬梁刺
股"的文人苦读故事，进行了无情的嘲讽，"待映月，
耀蟾蜍眼花；待囊萤，把虫蚁儿活支煞""比似你悬了
梁，损头发；刺了股，填疤疤。有甚光华！"并骂老学
究陈最良"村老牛，痴老狗，一些趣也不知"。

杜丽娘在《寻梦》这一出中，更大胆地唱道："这
般花花草草由人恋，生生死死随人愿，便酸酸楚楚无人
怨。"她发出了这出戏里对爱情自由的要求的最强音：如
果能自由地追求爱情，她愿意付出孤独与死亡的代价。

但是，也应当看到，汤显祖把这种对爱情的渴望，
主要是写成了一种性苦闷，当然是美学化了的性苦闷。

朱丽叶在跟罗密欧一见钟情之后，就直截了当地对
他说："要是你的爱情的确是光明正大，你的目的是在

于婚姻，那么……告诉我你愿意在什么地方、什么时候举行婚礼，我就会把我的整个命运交托给你。"（《莎士比亚全集》四，第639页）在神父给她那种可以让她假死的麻药的时候，尽管她对这种药的药性不明、效果有疑惑，但还是大胆地说："给我！给我！啊，不要对我说起害怕两个字！"

她为了追求爱情的自由，不惜牺牲自己的生命。在看到罗密欧已经服毒而死的时候，她也勇敢地用匕首自刺而死。

六

《牡丹亭》里的情节的或然性，也就是它里面所描写的事件在现实中发生的可能性，是极低的。柳梦梅在根本没见过杜丽娘的情况下，就会做梦梦到她；而杜丽娘呢，不但会做梦梦到他，还会梦见和他在花园中成其好事，之后便患相思病一病不起。更让人觉得匪夷所思的，是杜丽娘死后三年还能复生，跟柳梦梅结为夫妻。

如汤显祖自己在题词中所总结的，杜丽娘"梦其人即病，病即弥连，至手画形容，传于世而后死。死三年矣，复能溟莫中求得其所梦者而生"。连作者自己也知道这一情节在事理上说不通，所以解嘲地说："第云理之所必无，安知情之所必有邪！"

但在我看来，这还是因为当时礼教的压力实在太大，让一个官宦人家的小姐去后花园跟一个书生幽会乃至发生关系，是当时的社会所不能接受的，所以就让她在梦里来做。

所以，我觉得对汤显祖来说，梦只是他用来规避和礼教冲突的一个策略。

至于杜丽娘的死，我觉得也是汤显祖让她规避礼教、逃脱父母掌控的一个策略。她死前就要求父母把她葬在后花园里，然后父亲杜宝又方便地被皇帝调往别处任职，这就给了她与柳梦梅相会并结为夫妻的机会。

（尽管如此，这一点最后还是被拿出来诟病。）

但结了婚却不侍奉父母，又不为孝道所容，所以汤显祖还是要安排柳梦梅被杜宝抓住，然后靠考中状元，皇帝亲自出马认可他和杜丽娘的婚姻解围。

《罗密欧与朱丽叶》的情节的或然性，就比《牡丹亭》要高得多，除了一处地方，那就是神父让朱丽叶喝下的能让她假死的麻药。当时，还没有这种可以让人服下后看上去像死去一样的麻药的存在。

在《罗密欧与朱丽叶》里，死，或者说假死，也被用作逃脱父母控制的一种手段，只是它造成了悲剧性的后果：罗密欧在朱丽叶醒来之前就来到了她的墓室，因为不知道她是服药假死的，就自杀了。朱丽叶醒来后见爱人自杀了，就也自杀殉情而死。

《罗密欧与朱丽叶》的结局是悲剧的，说明它对当时社会制度对青年男女自由恋爱的压抑的控诉是直接的、激烈的、大胆的；而《牡丹亭》的结局却是大团圆式的，这说明它的抗争是委婉的、妥协的。

综上所述，莎士比亚和汤显祖，是人类历史在相同阶段所产生的两个伟大的戏剧家，是中西戏剧史上的双峰并峙。他们的作品，在当时都有重大的进步意义。但由于他们所处的地域不同，社会发展阶段不同，观看他们的创作的观众也不同，他们的创作还是呈现了不同的面貌。

二〇一六年五月二十日

一

　　德·波顿小说的特点，一言以蔽之，就是不像小说。

　　一个年轻的建筑设计师，在一次英国航空公司的航班上，结识了他的邻座，一个年轻的女平面设计师（典型的城市白领工作，又带一点艺术的味道）。当他们在机场的海关出口处分手的时候，建筑师已经爱上了平面设计师！

　　他约了她在国家美术馆一起看画，然后又约了她吃晚饭，然后他们就上了床。第二天早晨，克洛艾（那个女平面设计师的名字）为他准备了丰盛的早餐，而他却因为没有他爱吃的草莓酱而与她发生口角。两人在几天后重归于好。

　　然后，他又因为克洛艾买了一双他认为非常丑陋的鞋子（"木屐式的坡形鞋底，跟部急剧升到一把匕首那么高，但宽度又宽似平底鞋的鞋面。高高的后帮用一根装饰着蝴蝶结和星星的结实带子围拢，有点儿洛可可式的纤巧烦琐"）而与她发生激烈的争吵。当然，他们最后又言归于好。

然后，他们逐渐对对方习以为常，不再注意在对方眼中保持良好的形象（"克洛艾会躺在床上一边看书，一边把手指伸进鼻孔，掏出点什么，在指间捏成又干又硬的小团，然后整个儿吞下去"）。

最后，克洛艾移情别恋，爱上了建筑师（书中始终没有出现这位叙事者的名字）的同事——一个有才华的美国设计师。在从巴黎（他带克洛艾去那里度假，以挽回克洛艾正在失去的对他的爱情）回伦敦的又一次英国航空公司的航班上，克洛艾告诉了他这个消息。

他经历了一段时间的消沉，其间曾一度试图自杀，结果误吞了大把的维生素 C 泡腾片。

在小说结束时，他去参加一次晚会而结识了蕾切尔。她接受了跟他下周共进晚餐的邀请。

这，便几乎是《爱情笔记》（*Essays in Love*）这部书的全部情节了。谁要是告诉我凭这点平庸的材料，就能写成一部译成中文有十五万字的长篇小说，而且还能够畅销，那是打死我也不会信的。

但问题是《爱情笔记》并非一部以叙事的精彩引人入胜的小说，而是一部哲理小说。事件的平庸结局的可以预料，也许更显示出作者用它们来引发出精妙的哲理思考的功力。比如在英国航空公司的航班上的邂逅（在英国人的生活中，这也许是件再平常不过的事），就引发出了叙事者关于"爱情宿命论"的思考：当我们身陷爱情时，我们都以为自己所爱的对象是如此特殊，以至于我们认为冥冥之中一定有一种神奇的力量，安排我们的相遇。

其实，叙事者用一本正经的概率计算（正是在这种地方，德·波顿显示出他的冷面滑稽）证明，售票处的计算机把"他"和克洛艾安排在这天早晨的同一趟航班上相邻而坐的概率为五千八百四十点八二分之一。在小说写作中引入概率计算，这也是我首次见到。

因此，情人之邂逅，完全出于偶然，并没有什么命定的因素在那里，可是人总喜欢自欺欺人，认为是命中注定。而当爱情消失时，又把原先有关姻缘注定的种种胡思乱想忘于脑后。

正因为"爱情宿命论"的毫无根据可言，德·波顿的主人公得出了这样一个令人"难以置信的论断：我们先有爱的需要，然后再爱一个特定的人"。这对浪漫爱情显然是一大打击。

二

我觉得，谈论爱情的文字之多，与人类对产生爱情的过程的无知，形成鲜明的对比。或者说，正因为爱情的产生是一件说不清道不明的事，才会产生如此之多的关于爱情的话语。

爱情的产生，无疑与荷尔蒙有无可否认的关系。也就是说，爱情首先是一种化学现象。儿童也会产生关于爱情的想象（他们关于爱情的观念，多半得之于故事、卡通、电影、电视），但只停留于此，并无付诸实践的欲望。只有到了青春期，当与性爱有关的荷尔蒙开始大量分泌时，人们才发生爱情的强烈体验。

但如果爱情仅仅是一种化学现象，那么人与动物之间不是没有区别了吗？德·波顿发现，我们之所以爱上某个特定的人，还因为我们在对方身上发现了某种楚楚动人的东西（"她身着蓝色衬衫，膝盖上放着一件卡迪根式的灰色开襟羊毛衫，肩头瘦削，显得弱不禁风""她经常就是这个样子，脸上看去永远凄楚欲泪，眼神中有一种担忧，似乎有人要告诉她一个不幸的消息"）。

这就牵涉到爱情与美的关系了。我们之所以爱某人，是因为他美丽动人。但这美丽动人，是否有客观标准？换句话说，究竟是某人美丽动人，我们才爱他，还是我们爱某人，所以觉得他美丽动人？

在讨论这个问题时，德·波顿回到了柏拉图与康德——在西方的美学传统中要讨论这个问题，似乎不得不回到这两位哲学家那里去——柏拉图认为，我们之所以认为一个人美，是因为他在某些地方符合美的理念。也就是说，在某个地方（尽管我们不知道那是哪里）存在着美的客观标准。康德则认为，"美的判断是一个'决定性的基础只能是主观的'判断"，也就是说，我们看一个人是否觉得美，完全取决于我们看他的主观方式。

德·波顿显然同意康德的意见。用一句中国的老生常谈来说，那就是"情人眼里出西施"。这就造成了一个"自我确认的循环"：我爱某人，因为我觉得他美；我觉得他美，因为我爱他。这更说明了爱情的毫无道理。

读完这部书，我们发现，也许爱情与哲学并不互相排斥；甚至可以说，哲学即起源于对爱情的思索。德·波顿反复提到的柏拉图，他的《对话录》中的《斐德若篇》和《会饮篇》这两篇最精妙的文字，即是对爱情的讨论。理念这个概念是柏拉图哲学的基石，它的提出，可以说正是为了解释爱情这一现象。既然柏拉图是西方哲学的源头，也许可以说西方哲学即起源于对爱情的思索吧。其实中国哲学中的重要概念阴、阳，又何尝不是起源于对男女之爱的考察与体认呢？

三

德·波顿的这部小说与其说是一个故事，不如说更多的是思索。他对爱情的各个阶段、多个方面做了半认真、半开玩笑的分析。因此，它不是作用于我们的情感，而是作用于我们的智力。因此，德·波顿是一个以机智为主的作家。他是博学的，但并不掉书袋，他以他的聪明与幽默，而不是以他讲故事的能力，来娱乐我们。

这是德·波顿迄今为止出版的《爱情笔记》（*Essavsin Love*，1993）、《爱上浪漫》（*The Romantic Movement* 1994）、《亲吻与诉说》（*Kiss and Tell*，1995）三部小说的共同特点。

《爱上浪漫》（The Romantic Movement：Sex，Shopping and the Novel）一书在许多方面和《爱情笔记》很相似，也许太相似了。它原来的英文题目直译的话是《浪漫主义运动》，如果不是它的副题"性，购物与小说"的话，读者简直会以为是一部文学史著作。《爱情笔记》一书的英文题目 *Essays in Love*（美国版为 *On Love*）其实也不像小说，而是像一部论著，直译的话可译成《论爱情》。从题目来看，德·波顿原来写的就是一种介于小说与非小说之间的东西。

《爱上浪漫》叙述的也是一对城市白领的爱情故事，但故事是次要的，更重要的是德·波顿对他们的所作所为的分析，在这过程中他旁征博引，涉及卢梭、笛卡儿、福楼拜、黑格尔、马克思、柏拉图、赫拉克利特等作家和哲学家关于爱情的论述。

《亲吻与诉说》则是一部伪装成传记的小说，其中有索引，还有家庭照片，但其实与前面两书有许多相同之处：它也是以年轻的城市白领之间的爱情为主题的。它的主要内容也不是情节，而是对人的个性及传记作家的任务的思考。在这过程中，他涉及文学史上著名的传记作家如利顿·斯特拉奇（Lytton Strachey，《维多利亚女王传》的作者）、詹姆斯·鲍斯威尔（James Boswell，《约翰生传》的作者）和乔治·佩因特（George Painter，《普鲁斯特传》的作者）等关于传记写作的论述。

这部书是由一个情人来为他的爱人作的传，这一点并非偶然。德·波顿想说明的是：只有当我们对某人发生了情感，我们才会产生出了解他的兴趣。传主和传记作家的关系也是如此，后者总是多少对前者有一些喜好，才会花费精力去写作他的传记。

四

在 1997 年，德·波顿出版了他的第一部非小说作品《拥抱逝水年华》（*How Proust Can Change Your Life*）。

其实，小说与非小说的分类，对德·波顿而言全无意义。这不过是为了方便书店（现在还有网站）把他的作品归入一个特定的部门而已。他的小说里面，本来就有许多"非小说"的写法；而他的非小说里面，又有许多小说的成分。但总的来说，他的小说更像非小说。

他的非小说比小说更成功，当然我说的不仅仅是在销量上，也包括在艺术上。他的《拥抱逝水年华》一开始就在英、美都是畅销书，后来的《哲学的慰藉》（*The Consolations of Philosophy*，2000）和《旅行的艺术》（*The Art of Travel*）也是。我觉得，在写作非小说的时候，德·波顿显然更少羁绊，文笔更自由挥洒。

德·波顿 1969 年出生于一个巨富之家，父亲是一个瑞士的银行家。他的名字很古怪，一方面，因为那个"de"而带有贵族味；另一方面，他的姓"Bottom"又因发音很接近英文里的"屁股"（bottom）而显得十分滑稽。他在苏黎世长大，一直到八岁的时候被送往英国读书。他进的是英国的贵族学校哈罗公学，大学读的是剑桥。"他身上有一股欧洲特权阶级的臭味。"一个作家这样评论他说。（注：见 http：//www. alaindebotton. com/reviews/proust eveningstarldard. htm.）

他在三十五岁时已写了七部书。他的第一部书《爱情笔记》，是在他二十三岁时出版的。能写而又博学的作家是不多的，即便在英国也是如此。

德波顿也许并不是一个伟大的作家。他太想取悦读者了。但是，他的作品好读好看，并能给我们以一定启示，这就够了。

二〇一四年一月九日

缺的就是那一点幻想

——看《玻璃动物园》的演出有感

一

幻想，在《玻璃动物园》中占有极大的重要性。作为叙事者的汤姆一上场便说，"他（魔术师）给你们的是伪装成真实的幻想，我给你们的是伪装成美丽幻想的真实"①。这里，汤姆是在代替威廉姆斯说话。

对威廉姆斯来说，幻想是远比现实中的细枝末节更为重要的东西。它对我们的心灵是一种更高的真实。

他在《上演笔记》一文中写道："真实、生活或现实是一样活的东西。在根本上，只有通过变形，通过改变那些仅以表象的方式存在的事物的形式，诗人的想象力才能再现或者暗示真实。"②

《玻璃动物园》中的几个人物，都生活在各自的幻想之中。

---

① Tennessee Williams, *The Glass Menagerie*, New York: New Directions, 1970, p.22.

② Tennessee Williams, "Production Notes", *The Glass Menagerie* p.7.

汤姆生活在有朝一日成为诗人，和参加商船队远航的幻想之中。他对自己在鞋厂仓库的工作厌恶透顶。在没有能够逃离那个地方之前，他就靠晚上去没完没了地看电影，来生活在一个别人创造的幻想世界之中。

母亲阿曼达呢，则生活在自己年轻时曾被许多南方大家子弟追求的回忆之中，尤其是自己曾在一下午接待了十七位"绅士追求者"的光荣纪录。可这究竟是回忆还是幻想呢？我们知道，当现实不那么尽如人意的时候，回忆有时会变得富有创造性。

从阿曼达的年龄来推算，她应该出生在二十世纪初，或十九世纪末的时候。那时南北战争已过去许久，在比威廉姆斯年长十四岁的福克纳的小说中，传统的南方早已分崩离析，阿曼达哪里还会有那么多讲究礼仪的南方种植园主家庭的富家子弟来追求她呢？

至于汤姆的姐姐劳拉，更是全然生活于幻想之中。她无法应付外部世界，连去一所秘书学校学打字和速记也学不下去。那个由几只玻璃动物组成的玻璃动物园，就象征着她的幻想世界：它们是那么晶莹、透明、单纯，可又是那么脆弱、易碎，不堪一击。

童年时的疾病让劳拉微微有些瘸腿，可是这个轻微的缺陷却在她的头脑中被放大成了她和外部世界交流的一个不可克服的障碍——她的外在或者说肉体的缺陷，是她更大的内在或者说心灵的缺陷的象征和对应物。

还有那个轻薄的吉姆。他在中学时是个受人瞩目的运动员，长得帅气，歌又唱得好听，大家都以为他会有远大前程。可是到了社会上以后衡量人的标准变了，那些令他在中学里大受欢迎的品质，到了社会上一文不值。吉姆毕业后多年一事无成，跟汤姆一样，不过是鞋厂仓库里的一名普通工作人员而已（想想看后来的美国电影里出现过多少个类似的人物吧）。

吉姆也生活在幻想之中——不然他为什么要去上夜校，学习公开演讲呢？也许他梦想着有朝一日会成为一名政治家，并向世界证明他们在他中学时没有看错他，他确实是个有所作为的人物。

吉姆已经有了未婚妻，却还是忍不住要和劳拉调情并且吻了她，最后却又坦白自己已经有了未婚妻，不能跟劳拉交往下去。他是劳拉内心世界里的一个闯入者、外来者，他扰动了劳拉内心的平静并且伤害了她——被他打碎的那只玻璃独角兽便是这种伤害的象征。

即便是那个我们只看到照片，却从未出场的人物——那个温菲尔德先生，我们知道他年轻时英俊帅气，充满魅力，是什么让他在婚后开始喝酒，并最终抛弃了妻子和孩子，并且"爱上了远方"呢，如果不是关于远方的幻想？

也许，幻想是让生活变得可以忍受的东西，是剧中汤姆所说的那种能让魔术师逃脱钉起来的棺材，却不用拔掉一根钉子的那种魔术。

在威廉姆斯的这出戏里，每个人物都是单独的一出戏，或者说可以写成单独的一出戏。这就是为什么我们爱看这位伟大的剧作家的作品——他给我们的，总是物超所值。

一

2016 年 6 月 8 日晚，在上海话剧艺术中心看了大卫·埃思比约恩松（David Esbjornson，美国）导演，宋茹惠、朱杰、兰海蒙和贺坪主演的话剧《玻璃动物园》（*The Glass Menagerie*）。

这出戏部分取材于美国剧作家田纳西·威廉姆斯

（Tennessee Williams）的个人生活的作品，1944 年首度在美国芝加哥上演，并大获成功。它令威廉姆斯一举成名。

威廉姆斯后来还在 1948 和 1955 年，因《欲望号街车》和《热铁皮屋顶上的猫》两剧，两次获得普利策戏剧奖。他跟尤金·奥尼尔和阿瑟·米勒一起，被认为是美国二十世纪伟大的三位剧作家。

导演埃思比约恩松的工作做得细致、扎实。演出本几乎完全忠于威廉姆斯的原作，没有什么删改；连舞台布景也基本遵守了威廉姆斯在原作中的指示，只是去除了两堵墙和门帘，没有在墙上放温菲尔德先生的照片，并且省略了原作中的投影。

投影也许是威廉姆斯当时从布莱希特的史诗现实主义那里借用的手法（还有一开头汤姆身兼的叙述者的使用，但其实这个叙述者相当多余，如果删除他的话对剧本的完整性几乎不会发生什么影响）。通过删除投影，导演把这出戏变得更现实主义了。但拿掉照片和去除墙与门帘，又让这出戏变得更抽象。关于这出戏，导演的思考也许并不是很深入，做了一些自相矛盾的事情。

如果有了温菲尔德先生的照片，这位从未出场过的人物的在场感也许会更强，因为毕竟，汤姆最终的远走高飞，是对他在十六年前的远走高飞的模仿。

而且墙和门帘组成的封闭的室内，我觉得是象征了劳拉乃至温菲尔德一家那封闭而丰富的内心世界。所以去除墙和门帘，也许损害了这出戏的总体效果。

从场景和人物来说，威廉姆斯的这部戏是极经济的。全部情节都在温菲尔德一家的家里发生，没有改变过场景。英国当代剧作家阿兰·艾克伯恩曾写道："地点的统一总是很经济和令人满意的，不仅仅在费用上，也在戏剧上。"① 是的，威廉姆斯的这个剧本告诉我们，一出戏并不需要带我们去许多地方。

时间也很集中。虽然我们不知道确切多长，但剧本中的所有事件都可以在几天或一两个星期之内发生。人物也是少到不能再少。

但如前所说，这出戏的内容又是如此丰富。这是因为威廉姆斯只写出了他必须写出的，他只写出了冰山露出水面的部分，而把水面下的部分留给了观众的想象。

所以，在这出戏里，威廉姆斯对观众的幻想能力其实也提出了很高的要求。

至于演员们，他们的演技娴熟，形象也够漂亮，可是我们总觉得还缺点什么。阿曼达的外表坚强可是内心的痛苦和忧虑，劳拉的那种极度的羞怯和脆弱，汤姆无从实现自己的抱负的苦闷，和他在家庭负担的重压之下所感到的疲倦和内心压力，似乎都表现得有些不够。

也许，缺的就是那一点幻想的强度和深度吧。

二〇一六年六月十五日

---

① Alan Ayckbourn, *The Crafty Art of Playmaking*, London: Faber and Faber, 2004, p.29.

似真的艺术

一

《瓦尔德玛先生病例之事实》（*The Facts in the Case of M. Valdemar*）是埃德加·爱伦·坡发表在 1845 年的一部短篇小说，那年他三十六岁。

这篇小说 1845 年 12 月 20 日发表在坡自己的《百老汇杂志》（*Broadway Journal*）上。2 月 21 日坡获得了这本杂志三分之一的权益，并成为两名编辑之一；7 月 14 日又获得这本杂志的一半权益，并成为唯一的编辑；10 月 24 日坡又买下这本杂志的全部权益，成为它唯一的老板。但到 12 月 26 日他就因为付不出欠账，只能把杂志转手了事。所以这篇小说，是发表在坡自己就要失败的杂志上的。后来还在英国，以《濒死状态下的催眠》（"Mesmerism in Articulo Mortis"）为题，印成小册子出版。

身为编辑的坡，曾让《南方文学信使杂志》（*Southern Literary Messenger*）和《格雷厄姆杂志》（*Graham's Magazine*）的发行量大增，却不能使自己唯一拥有过的杂志获得经济上的成功。

埃德加・爱伦・坡

在这之前，从 1840 到 1843 年年间，坡也曾试图拥有过自己的杂志，先是给它起名叫 *Penn Magazine*，后来又叫它 *Stylus*，可是不是因为经济原因，就是因为健康原因，都最终没能出版。

所谓"文章憎命达"，大抵如此。

二

从这篇小说的题目来看，里面既有"病例"又有"事实"，是在暗示内容的真实性，似乎小说中的内容，是由一位医生记下的、容不得半点虚假的病史。

等看到小说的正文，我们发现叙事者其实是位催眠术士——一种半医生、半巫师式的人物，但他开出口来，却完全是实事求是的口气，字里行间充满了医学术语，更加强了这篇小说的"似真性"。

小说要打动人，在读者的身上引起情感反应，当然首先要让他们"入戏"，对小说中叙述的事情信以为真，坡在这一点上做得很成功。

然后，这位叙事者以神秘兮兮的口气，说关于瓦尔德玛先生的病例，他本来拟加以保密，但鉴于种种不实之传说已经在社会上流传，所以他不得不出来正本清源云云。制造神秘的气氛，当然也是吸引读者兴趣的最好方法。

在把读者骗入彀中之后，这位催眠术士就开始引入私货了。他说，他一直想在一位处于濒死状态的人身上实验一下催眠术，为的是发现"一、磁力对这样的病人是否还有作用；二、如果有的话，病人的病情是否会削弱或增强这种作用；三、催眠能在多大程度上中止死亡的进犯，或者能中止多久"？（Poe, Edgar Allan. *The Complete Edgar Allan Poe Tales*. New York：Avenel

Books，1981. p.521. 谈瀛洲译。）

前两点当然是扯淡，谁都知道，所有跟磁的医学用途有关的东西，都是半科学半迷信，如果说不是全迷信的话。但这第三点其实是非常惊人的，因为这位催眠术士所建议的，是用催眠术来延缓死亡的进程。这惊人的一点，就被他以就事论事的半科学语言，悄悄地夹带了进来。

这位催眠术士的实验对象叫瓦尔德玛，他曾编纂过一本《法医学书目》，书名为拉丁文 *Bibliotheca Forensica*。这本书的书名，在我所找到的两种中文译本中，一本将其译为《法庭用书书目大全》，一本将其译为《图书馆论坛》。我不懂拉丁文，但这两个拉丁词的意思很容易查到，竟也会被两位译者译错。现在的翻译之粗疏，可见一斑。

在好的文学作品里，任何一个细节都有其作用。坡设置这个细节的用意，我想是说明这位瓦尔德玛先生是位法医学专家，因此非常熟悉有关死亡的种种可怕现实，所以会同意在自己身上做这样一个实验。但作者这样的良苦用心，在现在的翻译中，被这里流失一点，那里流失一点，最后的总体效果，就大打折扣了。

三

这位瓦尔德玛先生所患的，是结核病，在这篇小说中，坡将其称为 phthisis，这个源于希腊语的词其原义就是"消耗病"（a wasting away），也就是中文以前将结核病称为"痨病"的意思。

之所以选结核病患者，是因为这种疾病让人慢慢地、逐渐地虚弱下去，但不会一下子突然恶化，所以比较容易预测其死亡时间，可以在他将死未死的时候来施行催眠术。

结核病是在坡的生活中萦绕不去的一种病症。在他还只有三岁时，他的亲生母亲就死于结核病；而在他发表这篇小说的时候，他的妻子弗吉尼亚也已经患上了沉重的结核病，并将在两年之后死去。所以，坡对结核病的症状很熟悉。

他在小说中这样描述瓦尔德玛的症状："左肺处于软骨化或半骨化的状态已有十八个月，已经完全失去生理机能。右肺的上部也已部分或全部骨化，而下部则是几乎已相互连接起来的一堆脓结核。已经有几处大面积的穿孔，还有一处已与肋骨发生永久性粘连……"（第522页）

坡在这里用了大量的医学词汇，来给我们描述人类肉体腐坏的可怕状况。这让我想到了戈蒂耶在谈到波德莱尔时对"颓废"这种文学风格的定义："《恶之花》的作者热爱被误称为'颓废'的风格，其实不过是日薄西山的古老文明所产生的极度成熟的艺术：它是一种精致、复杂的风格，富于探索和微妙的变化；它不断拓展话语的疆域，引入技术性词汇，从各种调色板上借来色彩……颓废的风格是走投无路的语言发出的最后叫喊。"（Ellis, Havelock. "Introduction." *A Rebour*. New York：Illustrated Editions，1931. pp.25—6）在这里，坡就是在"从各种调色板上借来色彩""引入技术性词汇"。

坡是欧美唯美主义与颓废主义运动的先驱。他的作品先是传到法国，为波德莱尔所钟爱；后者翻译的坡的作品集，已成为法国文学中的经典。但问题是颓废主义不是说是"日薄西山的古老文明所产生的极度成熟的艺术"，怎么会发生在美国这个十分年轻的国家呢？

王尔德曾说："美国是唯一一个从野蛮状态直接发展到颓废主义，中间没有经过文明阶段的国家。"（"America is the only country that went from barbarism to decadence without civilization in between."这句话在许多关于王尔德的书里都有，但我就是在王尔德的著作中找不到出处。别人也说过类似意思的话。）我觉得王尔德这样说的时候当然是在开玩笑，或者是他身上的宗主国文化优越感在作祟。

美国的南方，还有以波士顿为中心的北方地区，文化水平一直很高，而且那是从欧洲直接带过去的文化，所以美国的"颓废"，也是欧洲文明在这块新领地上达到烂熟之后并开出的"病之花"。所以，十九世纪上半期的美国，在南方就能产生像坡和马克·吐温这样成就卓著的文学家，在北方就能产生像霍桑、梅尔维尔这样成熟的小说家，和爱默生、梭罗这样深邃的思想家。

四

催眠术士在把瓦尔德玛催眠之后，问他："你还感觉到胸部的疼痛吗？"瓦尔德玛答道："不痛了——我快死了！"

但在不久之后，病人出现了显著的变化："眼睛慢慢地转动、张开，瞳仁往上一翻，不见了；皮肤整体呈现尸体的颜色，不太像羊皮纸，更像白纸的颜色；两颊中央那两块清晰的潮红，突然一下熄灭了。我用'熄灭'这个词，是因为它们的突然消失，恰似被一口气吹灭的烛火。同时死者上唇龇起露出原来完全包住的牙齿，下巴'咔嗒'一声掉了下来，嘴巴大张，让人可以清晰地看到肿胀、发黑的舌头。"（第524页）

　　看到这一段的描写，我们不禁会怀疑，这究竟跟唯"美"主义有何联系？

　　但其实，文学上的唯美主义，并不在于用文字去再现一些视觉上悦人的意象。唯美主义有一部分是这样的，比如王尔德的《莎乐美》，但王尔德只写了一部这样的戏，后面的喜剧，就完全不一样了。

　　唯美主义的关键，在于在读者身上引起情感反应，这一点坡在他的《作文之哲学》一文中说得很清楚。这种情感可以是愉悦、同情、恐惧、悲伤、怜悯等根据比较传统的美学手段在读者身上引起的情感，也可以是恶心与恐怖，如坡的这篇小说。所以王尔德后来把唯美主义的口号，从"为艺术而艺术"（art for art's sake），改为"为情感而情感"（"emotion for the sake of emotion."）（Wilde, Oscar. "Critic as Artist." *The Artist as Critic: Critical Writings of Oscar Wilde*. Ed. Richard Ellmann, 1969. Chicago: U of Chicago P, 1982. p.380）。

　　这时催眠术士问已经完全失去了生命体征的瓦尔德玛是否还在睡，他答道："是的——不；我刚才在睡——可是现在——现在——我已经死了。"（第525页）

　　这其实是很可怕的一刻——瓦尔德玛死了，可是仍在说话——这是一种可怕的矛盾。坡对瓦尔德玛这时说话的声音，也有可怖的描写："首先，这声音似乎是从远处，或者是从地下的某个深洞发出，传到我们的耳朵里的——至少在我听来是这样。其次，它就像是某种胶状或黏性的物质给人的感觉（这里我恐怕读者很难理解我的意思）。"（第525页）

　　当然，坡这里是在暗示，这声音是死亡的声音，是从地狱里传来的声音。

五

小说中，瓦尔德玛就这样停留在催眠状态七个月，也就是说，处于这种在生与死之间的状态七个月。催眠术确实中止了死亡。

当然，这种悬而未决的状态，对瓦尔德玛来说不是舒服的状态，因为这等于延长了他死亡的痛苦。所以，七个月后，当催眠术士问瓦尔德玛现在的愿望时，他答道："看在上帝的分上——赶快！赶快！——让我睡着——不，赶快！——把我唤醒！赶快！我告诉你我已经死了！"（第526页）这时唤醒瓦尔德玛，等于让他马上死去。但他所要的就是马上死去。

上海人有种说法叫"冷面滑稽"，而坡可以说是"冷面腻心（恶心）"。他善于用冷冰冰的术语、拉丁词根的大词，为读者描写出一幅幅极为令人恶心的场面。

他描述催眠术士在跟瓦尔德玛说话时，他上翻的瞳仁翻了下来，这时他的眼睛里"流出大量恶臭熏人的发黄腐败液体"（第526页）。对腐败的兴趣，也是颓废主义的特征之一，因为"Decadence"这个词，本身在词源上就跟"Decay"（腐败，衰亡）相联系。

小说的最后一段，是通篇中最为精彩的一段，当然也是最为令人恶心的一段。

催眠术士赶紧手忙脚乱地把瓦尔德玛唤醒，他的"整个身体马上——在一分钟之内，或者更短——收缩，崩溃——在我的手底下完全烂掉了。在床上，在所有人面前，是令人恶心的一摊烂汁"（第526页）。

也就是说，被催眠中止的死亡及之后的腐烂过程，马上赶了上来——因为瓦尔德玛其实已经死去很久了。

故事的主题？当然是不要人为去干扰死亡。

评论家乔治·爱德华·伍德贝利（George Edward Woodberry）曾说，"就生理上引起的反胃和恶臭引起的厌憎来说"，坡的这篇小说"在文学上还没有对手"。（"For mere physical disgust and foul horror，has no rival in literature." Philips，Mary E. Edgar Allan Poe：The Man. Chicago：The John C. Winston Company，1926. p.1075）诗人菲利普·潘德尔顿·库克（Philip Pendleton Cooke）写信给坡，说这是"任何头脑所能想象出来，或者手能够描绘出来的最为恐怖、可憎、巧妙、貌似真实、令人震惊、让人毛骨悚然的一篇小说了。还有那胶状的、黏稠的声音！还没有人想到过这样的主意。"（"The most damnable，vraisemblable，horrible，hair-lifting，shocking，ingenious chapter of fiction that any brain ever conceived or hand traced. That gelatinous，viscous sound of man's voice! There never was such an idea before." Meyers，Jeffrey. Edgar Allan Poe：*His Life and Legacy*. New York City：Cooper Square Press，1992. pp.179—180）

六

坡知道人们对催眠等科学/迷信边缘的东西感兴趣。即便是今天，许多人对包括催眠在内的许多这类事物仍有浓厚的兴趣。作为一名艺术家，他决定利用人们的这种兴趣。他那时常去听一位名叫安德鲁·杰克逊·戴维斯的人所做的关于催眠术的系列讲座。不过他去听这些讲座只是为了获取材料，而不是因为相信催眠术有什么神奇的效果。（Allen，Hervey. *Israfel: The Life and Times of Edgar Allan Poe*. New York：Farrar & Rinehart，Inc. on Murray Hill，1934. p.493）他写作于这一阶段的，还有一篇关于催眠术的小说，叫作《催眠的启示》（"*Mesmeric Revelation*"），但这篇小说没有《瓦尔德玛》这么生动，这么广为人知。

他的故事太像真的了，引得议论纷纷，有人认为这是纪实文学，也有人认为这完全是虚构。

有一人从波士顿写信给他：

尊敬的先生：

您对瓦尔德玛先生的病例的记述在这座城市里人手一份，引起了很大的轰动。我可以不加辩解地宣称，对这类现象出现的可能性我毫无怀疑，因为我自己曾用催眠术救活了一个因过量饮用烈酒而死去、已经放在棺材里准备下葬的人。（Allen. p.539—540）

当时还有许多人（包括从海外）写信给他，要求他出面证明这故事里说的全是事实。但坡让他们失望了。

坡在给一位苏格兰药剂师的信中写道："有些人把它当真了——但我没有——你也不要。"（Bittner, William. *Poe: A Biography*. Boston：Little, Brown and Company. p.212）

让人遗憾的是，西方现在更重视的是长篇，而不是短篇小说的艺术——但在短篇之中，也常常可以找到笔力万钧之作。在坡的这篇短小的作品里，他就把"似真的艺术"推到了极致。

二〇二〇年九月二十四日

重读索尔·贝娄

一

前些日子，又去学院图书馆借了索尔·贝娄的小说《洪堡的礼物》的英文原版本来看。这本书，我在十几岁的时候就读过它的中译本了——当时是如此喜欢蒲隆的中译，以至在大学读了英文专业之后找了《洪堡的礼物》的原著来看，反而不喜欢——因为一个文本有一个文本的内在语调和节奏，习惯了一种语调和节奏，就不能接受另一种语调和节奏。（对于约瑟夫·赫勒的《第二十二条军规》也是如此。记得当时是在中学的图书馆里借了看它的中译本的，后来再读原文反而不喜欢。前些日子我又找到那个译本，发现它居然是出于众手，是属于我后来一直不赞成的那种翻译。）

到了现在已经三十年过去了，中译的印象已然淡忘，于是又把《洪堡的礼物》的原著找来读，当然是好的。但蒲隆先生在七十年代末的时候翻译这本书，当时没有很多的参考书也没有因特网更没有维基百科，也真不容易了。为此我还是要向他表示十二分的感谢。

最早读这部书的中译本的时候是在 1981 年，我十五岁，正是如饥似渴般吸取知识的年龄。虽然小，却已读了不少的小说，包括中国古代的白话小说和外国翻译小说，还有当时的文学杂志，如《萌芽》《收获》《小说界》《上海文学》等上面的伤痕小说。

那时我姐姐毕业后在西藏中路音乐书店工作。记得当时外国翻译小说还很难买，常常要排长队，她因为近水楼台的关系，自己又爱看书，就买了许多这一类的书回家，这就便宜了我。

于是有一天，她就携了厚厚的一本翻译小说回家，封面上印着这样几个大字：《洪堡的礼物》。我捧着这部巨著就读了起来，而且读得津津有味。之所以称之为巨著，是因为维金在 1975 年出的这本书的英文精装本有四百八十七页，我记得姐姐带回家的中文译本也是厚厚的一本。现在手头所有的译文出版社在 2007 年出的重版本，字印得很小，也有四百五十二页。

当时父母不在上海，没有人管束我。现在想来，如果他们那时在我身边的话，可能会因为这本书里关于性和美国人的"腐朽"生活的描写等，禁止我读这本书呢。所以，我在当时同年龄的孩子里，是显得有点早熟的。

现在如果有个十几岁的孩子跟我说他读了索尔·贝娄的《洪堡的礼物》，我会笑的。因为美国当代社会的纷繁复杂，和贝娄在饱看人世沧桑以后的喟叹感悟，又岂是一个未涉世事的少年所能理解的呢？

但我确实是在十五岁的时候，就捧读了这部巨著，而且读得那么入迷。现在想起来，那恐怕主要是因为小说中呈现的完全陌生的美国生活，当然还有那新鲜的语言。可是对它的主题，作为一个孩子的我，并没有什么会心。也就是说，读这部书，对我来说是超前了。

二

现在想想，这部书在当时的译介与出版也是超前的——毕竟那时离"文革"结束，还只有五年。《洪堡的礼物》是贝娄成熟期的作品。1973 年他首次出版此书时，已经五十八岁了。在这之前他已出版《奥吉·马区历险记》《雨王汉德森》《何索格》和《塞姆勒先生的星球》等七部长篇。当然，贝娄活到了九十岁，他在《洪堡的礼物》之后还出了六部长篇，但《洪堡的礼物》是他小说创作的巅峰。此书替贝娄赢得了 1976 年的普利策奖。他在 1976 年还获得了诺贝尔奖，也主要是因为《洪堡的礼物》。蒲隆没有译介贝娄早年的作品给中国读者做个铺垫，而是直取皇冠上的明珠——这当然是好的。但在那个时候介绍贝娄的这部书，我觉得从它的主题上来说，对中国读者也是超前的。

我想，那时候译介贝娄的《洪堡的礼物》，可能主要是因为他刚获诺奖，这个对中国人来说一直是如雷贯耳的一个奖项，而这书又是他获奖的主要原因。但贝娄在这本书中所写的，是在美国资本主义高度发达，物质生活高度丰富，政治、法律、文化生活极为复杂的这么一种情况下，知识分子的精神状况。

中国其时"文革"刚刚结束，经济还处在计划经济的模式下，整个社会的物质与文化生活都极为贫乏。要当时的中国读者去理解书中写到的美国知识分子的内心痛苦与精神危机，恐怕是十分困难的。

但是，伟大的文学作品，都是经得起反复阅读的。在时隔三十年之后再阅读《洪堡的礼物》，四十五岁的我，觉得特别有感触。因为在今天，中国的社会和经济情势改变了。我们的知识分子，越来越多地面临着和这本书中的洪堡和西特林所面对的同样的问题。

三

《洪堡的礼物》中的故事是这样的：查理·西特林在写了一部在百老汇走红的戏，并赚了一大笔钱之后，回到了他的出生地芝加哥，那座对贝娄来说象征着物质主义的美国的巨大城市，它"庞大的外部生活，包含了美国诗歌及内心生活的全部问题"（Saul Bellow, *Humboldt's Gift*, New York：Viking, 1975, p.9 译文为本文作者所翻。下同）。

西特林回到芝加哥是因为他想完成一部巨著——结果他受到离婚妻子的缠讼、黑帮分子的暴力威胁与骚扰、美国国内收入署（IRS）的审计。所有这些琐事、干扰与烦恼让他心烦意乱，许多年过去了，一事无成，直到多年前就已去世的、与他亦师亦友的诗人洪堡留给他的一份遗产唤醒了他。

小说中的西特林不停地回忆着他与洪堡的友谊。多年前他从美国中西部来到纽约的格林尼治村，去拜访早已成名的诗人冯·洪堡·弗莱谢尔。洪堡热情地接待了他，跟他谈论文学、思想，并引他走上了文学之路。

洪堡曾对他说："诗人应当想出对付实用主义的美国的办法。"（第11页）但他自己却最终没能战胜实用主义的美国。这也是由于他自己的两面性。他是个诗人，是个幻想家，但他同时又是个物质主义的美国人。他关心体育比赛，跟踪肯尼迪家族的活动，留心二手汽车价格。他大把服药，大量饮酒。他已经有了四份闲差，但还是渴望着出名、发财。

洪堡还抱有政治上的幻想，希望能够有一个爱好哲学与艺术的美国总统来主政，并引他进入华盛顿来建立一个歌德的魏玛，结果他给予厚望的候选人史蒂文森却输给了艾森豪威尔，他进入政界的希望落空了。洪堡收入不少，但他还想获得一个普林斯顿大学的教职。这一期望，也随着他所从属的政治派别的失利而落了空。在这双重打击之下，洪堡发了疯。

西特林还在不断思考的，是洪堡与他的反目。其中最重要的原因，当然是金钱。洪堡妒忌西特林的成功，当他的戏在百老汇热演的时候带了一批人在剧院外举着标语牌无理取闹。西特林感叹道："其实我赚的大笔钞票，是钞票自己赚来的，是资本主义制度为了它自己阴暗可笑的理由赚来的。"（第 3 页）这个制度让他赚到了一大笔钱，可是又想尽方法夺走他那笔钱："之前对我的灵魂毫无兴趣的政府，马上要从我灵魂的创造性努力所带来的利润中拿走百分之七十。"（第 50 页）

洪堡最后在贫病交加中死在纽约的一家蹩脚小旅馆里。但他在死前却有片时的清醒，留了一个剧本给西特林和已经跟他离婚的妻子，这便是"洪堡的礼物"了。

西特林是主要生活在他的头脑中的一个人物。他惋惜洪堡的苗而不秀，秀而不实：他的那些学问、天才、内心的痛苦、辛勤的写作，都白费了，仅仅过了三四十年，他的诗歌就被人遗忘了。西特林感叹道："也许美国并不需要艺术和内心的奇迹。它已经有了这么多外部的奇迹。美国是一桩大买卖，很大很大。"（第 6 页）贝娄的最后这句话，可以说是抓住了资本主义的美国的本质。

西特林在书中历数美国的那些走上自我毁灭之路的文人："埃德加·艾伦·坡被人从巴尔的摩的阴沟里拖起来，哈特·克莱恩从船边走进了海里，贾雷尔倒在了一辆小汽车下，可怜的约翰·贝里曼从桥上跳了下去。"（第118页）美国人对这些自杀的文人津津乐道："不知道为什么商业和技术的美国特别欣赏这种可怕的事……这些诗人证明，美国太粗糙，太庞大，太过分，太严酷，美国的现实太让人无法接受，而美国从中得到极大的满足。"（第118页）从这一角度来看，《洪堡的礼物》也可以理解为是对物质主义的美国的一个控诉。

中国二十世纪八十年代以来自杀的诗人就包括蝌蚪、海子、方向、三毛、戈麦、顾城、昌耀……他们的死，除了证明他们无力对抗现实之外，又证明了什么呢？他们在物质的、现实的攻势前退让了。

西特林对那些自杀的美国文人寄予了同情，但同时也认为，这是由于他们自己的内心不够强大："你不能靠发疯、怪癖或者诸如此类的东西来吸引人们的兴趣，而是靠你抵消世界的纷乱、忙碌、嘈杂，并因此能倾听到事物之本质的力量。"（第312页）也就是说，诗人不能放纵自己的软弱，并试图把自己的软弱，变成比自己的诗歌更令人感兴趣的东西。他所应当做的，是更深地沉静下去。用他们的内心的深沉，来抵消这个世界的肤浅、浮躁与纷乱。

洪堡是被毁灭的，但同时他也毁灭了他自己。

他放弃了诗人的天职。

四

西特林最终意识到，诗人应当是台风中心的台风眼，是纷乱的世界中的一个宁静的角落。艺术家要靠自己强大的内心，来对抗这个世界的嘈杂。他说："古代的哲学区分了通过努力获得的知识（ratio），与通过倾听灵魂接收到的知识（intellectus），后者可以听到事物的本质，最终理解那些不可思议的东西。但这要求有异常坚强的灵魂。"（第 306 页）也就是说，对艺术家来说，更重要的是通过内省而得到的知识，而不是像实证科学那样，需要靠外在的"证据"来加以证明的那种知识。

贝娄写的是美国当代知识分子的这样一种困境：当代生活如何使知识分子魂不守舍，心神不定，无法投入艺术创作，无法沉浸于哲学的思考。他们外表的忙碌，遮掩了他们内心的懒惰。

贝娄通过西特林之口，敏锐地指出了在身体的忙碌与心灵的懒惰之间，实际存在着这么一种貌似悖论的关系："懒惰其实是一种忙忙碌碌的、过分活跃的状态。这种活动赶走了美妙的休息或平衡，没有它们就不可能有诗歌、艺术或思想——这些都是人类最可贵的能力。"（第 306 页）要抵制这种虚假的、表面的忙碌，要沉静下来倾听自己内心的声音，其实需要强大的灵魂。

贝娄受德国哲学家鲁道夫·斯坦纳的影响很大。后者认为，"在行动的设想与意志的执行之间，存在着一道睡眠的鸿沟。这道沟也许不宽，但是很深"（第 109 页）。当代的艺术家也许有许多美妙的想法，但是在这些想法和想法的实现之间，还隔着实践的勇气和精力。他们的"繁忙"给他们提供了一个借口，让他们懒于沉思，懒于创作。

西特林对洪堡进行了温和的批判："他始终未能挣扎到进入更高层次的清醒状态。"（第 396 页）贝娄要求艺术家要有强大的内心、完全的清醒，那是灵魂的清醒。

今天生活在市场经济中的中国知识分子，不是也面对着洪堡和西特林所面对的同样的问题吗？在拜金主义与实用主义的氛围中，他们的心灵空间不也受着类似的挤压吗？

中国社会过热的经济活动，越来越多地侵入到艺术家和人文知识分子的内心，引发共振。他们正在陷入无休止的活动中，似乎有一根无形的鞭子，在驱使他们去举行与参加越来越多的讲座、讲学、座谈、讨论和学术会议，尽管这些活动越来越少地吸引到圈外人的兴趣。

他们面对着无数让他们分心的事：要填无穷无尽的表格（而计算机软件又让管理层设计表格，变成了一桩极轻易的事），来申请讲师、副教授、教授、博导，申请各种层次的岗位津贴，汇报年内的工作量、科研成果，申请校内、市级、省部级、国家级的各种项目基金，这些项目可以带来一笔笔既不算太多也不算太少的钱。但吊诡的是：谈论学术的时间多了，钻研学术的时间少了；申请项目的时间多了，做项目的时间少了。

他们神魂不安，无法倾听自己内心的声音，因为外在的生活，挤占了他们太多的内心空间。

这全是别人的错吗？不全是别人的错，部分也是他们自己的错。他们正在用关于艺术与思想的活动，来代替艺术与思想。

五

这一切都是因为什么呢？为什么物质能够获得对内心的如此巨大的胜利呢？

贝娄的答案，是艺术在二十世纪技术的巨大进步面前显得尤其无力。他写道："古代的俄耳甫斯能感动木石。但现在的诗人不会做子宫切除术，也无法把飞船送出太阳系，他已经不再拥有奇迹与力量。"（第 118 页）

对这一点的感受，当代中国人可能尤为深切吧。

贝娄在《洪堡的礼物》中写到的七十年代的美国人在驾驶私家车，在乘坐喷气飞机旅行，这些事他们已习以为常，但在七十年代的中国，这些是普通人根本不敢想象的。那时童年的我在上海夏季闷热的夜晚躺在凉席上摇着蒲扇，想着家里要是能有一台电扇就好了。空调是不敢想象的，计算机更是只有在科普小说里才有的庞然大物。后来就有了电扇，有了单喇叭录音机，有了黑白电视，然后慢慢地，彩电、冰箱、空调、洗衣机，西方人有的家电，差不多都有了。

二十世纪九十年代初期，我结了婚住在浦东，那时家里还没有电话，别人有事联系我还要写信或者是传呼。现在是家里每个人，包括十二岁的小女儿都有了手机，随时可以拿起电话跟人联系。

空调也是从九十年代家里开始有的。电脑也是从九十年代初开始用的，那时还没有互联网，在电脑上写了东西还要用打印机印出来，给编辑寄过去，但已经觉得很方便了。现在呢，写了东西一个电邮就能发出去了。坐飞机旅行，也是经常的事。而像手机和互联网，都是在七十年代的那个闷热夜晚我想也想不到的。

生活的发展，已经超过了想象。而推动它发展的力量，并非文学艺术。

中国三十多年来在物质上取得了巨大进步，在三十多年里走过了西方花了一百多年走过的路程。这一点给人带来的冲击尤其巨大。

那么，在这个时代，文学还能跟科学与技术竞争吗？在科学发展以后，诗歌、艺术就必然陷于无用的境地吗？

六

正因为科学与技术对我们冲击的巨大，造成了我们在对待思想上的虚无主义态度。我们不再把艺术与思想，看成是实在的东西，必须跟行动联系起来的东西。

洪堡曾这样批判西方的知识分子："对他们来说，艺术的唯一目的就是启发思想和话语。"（第32页）

在二十世纪八九十年代，学者与作家很容易成名。谁只要引进一种新的"主义"或写作技巧，开创一种新的时髦，就可以成名了。像心理分析这样在二十世纪二十年代就被引进过中国的东西，又被作为"新的"东西引进了。

在写作技巧方面，我们模仿而又抛弃了的榜样、主义与流派，包括了象征主义、表现主义、未来主义、心理分析、意识流、存在主义、迷惘的一代、新小说、垮掉的一代、荒诞派戏剧、黑色幽默和魔幻现实主义。所有这些主义只不过是让我们眼花缭乱，它们帮助我们迷失了自我，而不是让我们沉静下来，去正视自我与现实。

有一个时期，只要读一个作家，你就可以轻易发现他所崇拜或模仿的外国作家是谁，比如卡夫卡、伍尔芙、艾略特、里尔克、海明威、艾特玛托夫、萨特、加缪、贝克特、福克纳、博尔赫斯、马尔克斯、普拉斯、塞林格、凯鲁艾克、海勒、索尔仁尼琴、密勒或是罗伯-格里耶。

在文学批评的领域，也有一波又一波的外国影响：新批评、心理分析、存在主义、现象学、俄国形式主义、结构主义、阐释学、符号学、西方马克思主义、后结构主义、女权主义、叙事学、后现代主义，还有后殖民理论。在后殖民之后，似乎没有什么新的主义可以进口了，文评界也一直没有从这个打击中恢复过来。

我们的学者在西方思想史上进行学术圈地，然后妒忌地看护着自己的一块领地，并且以所有者的口气，居高临下地对圈外人说话。

我们在引述这些外国理论时，只是把它当作了思想沙滩上的一块有趣石子，哪一样又是真正学到家了呢？人们对所说的东西自己也不真正相信，有的时候自己也没真正搞明白，只是碰巧拿来就说了，为了时髦、新鲜、好玩。我们用一些貌似"客观"的理论术语，来把文学批评"学问化""科学化"，而不敢让"我"、让"我的感受"进入到论文中。

现在想来，在文学领域，中国也在二三十年中走过了西方花了一百多年才走过的路程。但问题是，接下来怎样？

七

但是，在生活中，文学艺术一直是派不了什么实际用场的。文学在实际生活中的功效，一直是有限的，在古代就是如此。

即便是小时候读《警世通言》中《李谪仙醉草退蛮书》的故事的时候，也觉得是出于文人自我安慰的胡乱想象：既是番邦之人，又怎能读懂李白的文章呢？即使能读懂，又怎能体会他文字的气势与美呢？即便能体会他的文字的气势与美，又怎会傻到会把它当真，把它跟真正的铁与血的武力混淆起来呢？文学与艺术在现实世界中，终究是软弱无力的。像宋徽宗这么伟大的画家、书法家、鉴赏家，也并不能挽救北宋在金人军队前的灭亡。

但是，只有物质就够了吗？

西特林眼中的美国，原来就是那样子的。年轻时代的美国，强调的是身体的舒适，喜欢感觉到身体在运动，喜欢速度。美国过去是、现在也主要是一个物质主义的国家，中国现在也是。但即便是美国人，也发现这样下去不行了。

中国有比美国古老得多的文化。可是因为"文革"，我们已经把那古老文化的大部分都丢诸脑后。现在我们中的大多数人心中所想的，也只有物质上的成功。

我们现在大多数人所追求的，可能不比"年轻时代的美国"所要求的更多。但即便是美国，也早已发现物质上的舒适并不能带来真正的满足。

那么，在物质生活如此进步之后，人还需要精神生活吗？精神生活还有意义吗？贝娄的答案是肯定的。

那么，是什么使我们还要从事文学和艺术，是什么还令我们需要文学和艺术呢？

贝娄的答案很奇怪，但也很自然：这其实跟爱有关。

爱，这是一个多么经常被我们遗忘的词啊！

但只要还有人存在，就会有爱存在。只要爱存在，那么就会有艺术存在。因为只有艺术，才能使爱长存。贝娄说："没人会在注定会被遗忘或浪费的东西上面，倾注这么多心思，或者说爱。爱是对存在的感谢。"（第 392 页）那些美好的情感，不应从地球上永久消失——那么只有什么才能把它永久地记录下来呢？只有艺术。

《洪堡的礼物》其实是一本关于死者的书，是一本关于生者对死者的怀念的书，是一本关于死者对生者还在继续发生着影响的书。

西特林说："如果我们选择让死者活着，那么他们就会在我们的心中活着。"（第 311 页）艺术可以把我们关于我们所爱的人的回忆，永久地记录下来，并且让他们不但活在我们的心里，甚至活在从未见过他们的人的心里。

贝娄在写这几句话的时候，似乎在传递这样一个信息，即他写《洪堡的礼物》也是出于爱，出于他对已故的诗人、短篇小说家、评论家朋友德尔墨·斯瓦茨（Delmore Schwartz，1913—1966）的爱。通过他的笔，贝娄让他的朋友的形象，他的痛苦、斗争与煎熬，永久地在我们的心中存活下来。

这大概也是《洪堡的礼物》在更深层面上的含义吧：洪堡的礼物，不单单是一部电影剧本以及它带来的可观收入，也是他对曾受他错待的朋友西特林和曾被他错怪的前妻凯瑟琳的爱吧。

二〇一四年九月五日

　　西方文学中出现的花种类非常多，写一本几百页的书，也不能竭尽这一题目。有一位名叫玛格丽特·威尔斯的英国女作家，前几年就写了一本二百页左右的书，来历数莎士比亚在他的作品里提到过的各种植物。（注：Margaret Willes. *A Shakespearean Botanical*. Oxford：The Bodleian Library，2015.）这还只涉及一位作家。所以，我打算从另一个角度，也就是花在西方文学中所起的不同的作用，来写这篇文章。

　　在西方的文学作品里，植物最通常是环境描写的一部分。比如英国唯美主义作家奥斯卡·王尔德（Oscar Wilde，1854—1900）在童话《西班牙公主的生日》里面，是这样描写小侏儒所来自的森林里的环境的："树林里也有花，也许不及这儿的花园里的富丽，但是却更香。早春有风信子波浪起伏般的紫花，开满了清凉的幽谷，开满了长满青草的山丘；有黄色的报春花，一丛一丛地在橡树扭曲的树根旁半隐半现；还有鲜艳的白屈菜，蓝色的婆婆纳，浅紫与金黄色的鸢尾花。榛树长出灰色的柔荑花序，毛地黄多斑点的花房常有蜜蜂光顾，因沉重而低垂下来。栗树开了星星般的白色穗状花，山楂苍白的花就像美丽的月亮。"（奥斯卡·王尔德：《夜莺与玫瑰》，谈瀛洲译，杭州：浙江文艺，2015，第109页）当然，文学作品里的环境描写，多数时候不仅仅是为了给故事提供一个背景。这段对小侏儒居住的森林里的各种野花的描写，描写了一个空气清新流通，花儿鲜活美丽，充满了自然生机的这么一个环境。这和这篇童话里对公主所居住的宫殿的那种人工的美，虽富丽堂皇，却憋闷、压抑和死气沉沉形成对比。

在王尔德的长篇小说《道连·葛雷的画像》的开头，画家贝泽尔·霍尔渥德和亨利·沃顿勋爵在前者的画室里聊天，王尔德在这里有一段环境的描写："画室里弥漫着浓郁的玫瑰花香，每当夏天的微风在花园的树丛中流动，从开着的门外还会飘进来紫丁香的芬芳或嫩红色山楂花的幽香。亨利·沃顿勋爵躺在用波斯毡子做面的无靠背长沙发上……他从放沙发的那个角落只能望见一丛芳甜如蜜、色也如蜜的金链花的疏影，它那颤巍巍的枝条看起来载不动这般绚丽灿烂的花朵；间或，飞鸟的奇异的影子掠过垂在大窗前的柞丝绸长帘，造成一刹那的日本情调。"（奥斯卡·王尔德。《道连·葛雷的画像》，荣如德译，《王尔德全集》第一卷，北京：中国文学，2000年，第5页）

霍尔渥德是艺术家，而沃顿勋爵是花花公子和唯美主义者。在这一段描写里面，花儿的各种不同的香气（玫瑰的浓香、紫丁香的芳香、山楂花的幽香、金链花的甜香）和丰富的不同色彩（丁香的紫色、山楂花的嫩红色、金链花的蜜黄色。玫瑰的花色王尔德没有写，可以是粉、红、黄、橙、紫、绿等各种颜色），与异国情调的波斯毡子和日本风格的柞丝绸（应该是柞蚕丝）长帘，一起组成了一个唯美的环境，和这两个人物活动的最协调的背景。

其次，在西方的文学作品里，花儿也往往起到比喻和象征的作用。不同的花儿，又在传统上有不同的比喻或象征意义，比如玫瑰象征爱情，雏菊象征天真，水仙象征自恋，报春象征青春，垂柳象征哀悼，等等。下面就用玫瑰来举例说明吧。

在西方，在古希腊、罗马时代，玫瑰就被认为是美与爱情的象征。著名英国社会人类学家杰克·古迪在他的名著《花的文化》一书中写道："在地中海以北的区域，是玫瑰而不是莲花，既在生活中又在艺术中，既在花园里又在文学里，占据了主要的地位。在文学里玫瑰是最美的花，它让神灵们喜悦，它是丘比特（注：爱神）的枕头，阿芙洛狄忒（注：希腊神话中爱与美的女神）的衣服。"（Jack Goody. *The Culture of Flowers*. Cambridge：Cambridge U P，1993. p56）

读过一点英国文学史的人，多半都读过苏格兰诗人罗伯特·彭斯（Robert Burns，1759—1796）的那两行有名的诗：

哦，我的爱人就像是在六月，
新冒出来的一朵红红的玫瑰。
（O my luve's like a red, red rose,
That's newly sprung in June.）

苏格兰纬度高，所以玫瑰开得比较晚，要到六月才开放。在中国的长江中下游地区，一般 5 月初就开放了。在这首诗里，彭斯把他所爱的女孩，和一朵美丽的红玫瑰相比。

在这首诗里，彭斯用的是一个简单的明喻，这是用花来做比喻或象征的一个最简单的例子。

但有的时候，这种比喻或象征却可以十分复杂，甚至在一部作品里面是不断发展的。

英国作家威廉·莎士比亚（William Shakespeare，1564—1616）在他大约作于1593至1594年间的《十四行诗集》中，就多次提及玫瑰。这部诗集是由一百五十四首十四行诗组成的一个系列。中国古代的诗歌，一般是独立成篇的；而莎士比亚的这一百五十四首诗，它们之间有着相互的联系，有情节贯穿其中，最后构成一个整体。

莎士比亚的这部诗集的第一到第一百二十六首，是写给他的一位俊美的同性朋友的；这些诗的暧昧内容，引起了评论家们的种种揣测。正是在这一部分里，莎士比亚多次提到玫瑰，并且其象征意义在不断地发展变化。第一百二十七到一百五十二首，则是写给一位黑皮肤的女性的；最后两首，则是对爱神的颂赞。在这一部分里面他没有提到玫瑰，我们就暂且不论。

莎士比亚在《十四行诗集》的第一首中就写道：

对天生的尤物我们要求蕃盛，
以便美的玫瑰永远不会枯死。

（用梁宗岱先生译。见《莎士比亚十四行诗》。上海：华东师范大学出版社，2016。下同。）

（From fairest creatures we desire increase,
That thereby beauty's rose might never die.）

他在这首诗里劝这位青年早早结婚生子，把他的美貌遗传给后代，就像我们喜欢保护其他美好生物的种系，比如说玫瑰，希望它们能繁殖下去一样。在莎士比亚生活的时代还没有基因这么个概念。但父母能把自己的体貌特征遗传给自己的子女，却是人类自古以来就已知道的事实。

这首诗内在的逻辑是这样的：因为这位朋友是一个美貌的人——我们更希望这个世界被美好的，而不是丑恶的事物所占据——所以他承担的传宗接代的责任也就更大。同时，这首诗也是一种委婉的对莎士比亚的朋友的美的赞颂。在这首诗里，莎士比亚是把玫瑰作为美的生物的象征和代表了。

在第三十五首十四行诗里，莎士比亚的朋友做了冒犯他的事。他意识到，这位俊美青年并不是完美的，但他却为这位青年的过错辩护：

> 别再为你冒犯我的行为痛苦：
> 玫瑰花有刺，银色的泉有烂泥，
> 乌云和蚀把太阳和月亮玷污，
> 可恶的毛虫把香的嫩蕊盘踞。
> (No more be griev'd at that which thou hast done：
> Roses have thorns，and silver fountains mud，
> Clouds and eclipses stain both moon and sun，
> And loathsome canker lives in sweetest bud.)

在这首诗里，莎士比亚从玫瑰花，进而提到玫瑰花的刺：玫瑰花虽美，但它的刺却可能刺伤你；就像俊美青年虽美，却也可能伤害爱他的人一样。玫瑰的刺，在这里成了人的缺点的比喻。莎士比亚接着又进而提到了会吃玫瑰花的叶子，有的时候还会躲在花心

里吃花，并用粪便玷污花心的尺蠖（cankerworm）。（注：梁宗岱先生译为毛虫，其实 canker 有特指，专指尺蠖，尺蠖蛾的幼虫）。玫瑰上常常会有这种虫子，英文里又叫 inchworm、spanworm 或 looper，因为它爬行的时候会把身体伸直然后再弓起来，伸直然后再弓起来，就好像在丈量枝条的长度。

在这里，尺蠖比喻比较严重的缺点，它最终会破坏玫瑰（俊美青年的美名）本身。

在第五十四首十四行诗里，莎士比亚又进而提到了玫瑰的香气：

> 哦，美看起来要更美得多少倍，
> 若再有真加给它温馨的装潢！
> 玫瑰花很美，但我们觉得它更美，
> 因为它吐出一缕甜蜜的芳香。
> 野蔷薇的姿色也是同样旖旎，
> 比起玫瑰的芳馥四溢的姣颜，
> 同挂在树上，同样会搔首弄姿，
> 当夏天呼息使它的嫩蕊轻展：
> 但它们唯一的美德只在色相，
> 开时无人眷恋，萎谢也无人理，
> 寂寞地死去。香的玫瑰却两样；
> 她那温馨的死可以酿成香液；
> 你也如此，美丽而可爱的青春，
> 当韶华凋谢，诗提取你的纯精。
> (O how much more doth beauty beauteous seem,
> By that sweet ornament which truth doth give!
> The rose looks fair, but fairer we it deem
> For that sweet odour which doth in it live.

The canker-blooms have full as deep a dye

As the perfumed tincture of the roses,

Hang on such thorns and play as wantonly

When summer's breath their masked buds discloses:

But, for their virtue only is their show,

They live unwoo'd and unrespected fade,

Die to themselves. Sweet roses do not so;

Of their sweet deaths are sweetest odours made:

And so of you, beauteous and lovely youth,

When that shall fade, my verse distills your truth.）

在西方文学里，花的香气，常常是美德的象征。这和中国文学其实是一样的。中国人在谈到兰花时，常常会引孔子的话说"芝兰生于深林，不以无人而不芳；君子修道立德，不为穷困而改节"。也就是说，君子不会因为没有人欣赏、提拔他，就改变他的操守；就像兰花，尽管长在深林中，没有人会闻到它的香气，但仍会散发芳香。

莎士比亚在这首诗里，把玫瑰和不香的野蔷薇（canker-bloom）对比：正是因为有香气，玫瑰才显得比野玫瑰更为可贵。没有美德的美貌，只会像没有香气的野玫瑰那样："开时无人眷恋，萎谢也无人理；寂寞地死去。"而既有美德又有美貌，才会得到诗人的歌颂："当韶华凋谢，诗提取你的纯精。"就像玫瑰的香精，可以被人提取制成香水，得到长久保存："香的玫瑰却两样，她那温馨的死可以酿成香液。"

在第九十五首十四行诗中，莎士比亚又一次提到了玫瑰上的尺蠖：

耻辱被你弄成多温柔多可爱！
恰像馥郁的玫瑰花心的毛虫，
它把你含苞欲放的美名污败！
(How sweet and lovely dost thou make the shame
Which, like a canker in the fragrant rose,
Doth spot the beauty of thy budding name!)

在这首诗里，莎士比亚是在警告这位俊美青年，不可以自恃美貌就恣意放荡。他的俊美也许最初会让他的邪行显得可爱，但最终放荡会像尺蠖的排泄物污坏一朵芳香的玫瑰那样，破坏他的美名。

在第九十八和第九十九首里，莎士比亚则除了玫瑰外，还提到了紫罗兰、百合花和牛至花（梁宗岱译为茉沃兰）等，不过是简单地类比俊美青年的脸颊上的红晕和呼吸之芬芳、皮肤之白皙和头发之柔顺等。下面是第九十九首：

我对孟浪的紫罗兰这样谴责：
"温柔贼，你哪里偷来这缕温馨，
若不是从我爱的呼息？这紫色
在你的柔颊上抹了一层红晕，
还不是从我爱的血管里染得？"
我申斥百合花盗用了你的手，
茉沃兰的蓓蕾偷取你的柔发；
站在刺上的玫瑰花吓得直抖，
一朵羞得通红，一朵绝望到发白，
另一朵，不红不白，从双方偷来；
还在赃物上添上了你的呼息，
但既犯了盗窃，当它正昂头盛开，

一条怒冲冲的毛虫把它咬死。

我还看见许多花，但没有一朵

不从你那里偷取芬芳和婀娜。

(The forward violet thus did I chide：

Sweet thief，whence didst thou steal thy sweet that
smells，

If not from my love's breath? The purple pride

Which on thy soft cheek for complexion dwells

In my love's veins thou hast too grossly dyed.

The lily I condemned for thy hand，

And buds of marjoram had stol'n thy hair：

The roses fearfully on thorns did stand，

One blushing shame，another white despair；

A third，nor red nor white，had stol'n of both

And to his robbery had annex'd thy breath；

But，for his theft，in pride of all his growth

A vengeful canker eat him up to death.

More flowers I noted，yet I none could see

But sweet or colour it had stol'n from thee.)

　　这首诗的特别之处，是在一般的文学作品里作者会说人像花，而莎士比亚在这首诗里说花像人，也就是说人比花更美。

　　和莎士比亚一样，英国浪漫主义诗人威廉·布莱克（1757—1827），在他的诗《病玫瑰》（"The Sick Rose"）里，也写到了玫瑰花心的虫子：

　　哦，玫瑰，你得病了，

　　在呼啸的暴风雨中，

　　飞舞于夜间的，

　　看不见的虫子，

　　找到了你那，

　　快乐的深红色的床，

　　他那黑暗隐秘的爱，

　　会毁灭你的生命。

　　(O Rose, thou art sick

　　The invisible worm

　　That flies in the night

　　In the howling storm

　　Has found out thy bed

　　Of crimson joy,

　　And his dark secret love

　　Does thy life destroy.)

　　在这首诗里，蚕食玫瑰心子的虫子，成了有时会啮食我们内心的隐秘、有毒、可怕的欲望或情感的象征。

　　王尔德在他那篇著名的童话《夜莺与玫瑰》里，写了夜莺把它的胸脯抵在一根玫瑰的尖刺上，用它的心血，才造出了一朵鲜红的玫瑰。

　　当刺尖碰到夜莺的心脏的时候，她"唱到了因死亡而变得更完美的爱，唱到了在坟墓中也不会死去的爱"，就像是杜丽娘的爱，就像是罗密欧与朱丽叶的爱。

　　在这篇童话里，夜莺是艺术家的象征，而玫瑰则是他的作品的象征。艺术家的作品，是他的痛苦的结晶。他用自己的心血，染红了他的作品，赋予它以感人的力量，就像夜莺用它的心血，染红了那朵玫瑰一样。但是，他的心血结晶，却得不到只重视金钱价值的市侩社会的理解，甚至常常被轻贱与抛弃。

综上所述，在西方，从古希腊、罗马时代开始，花儿就在文学中起着重要的作用。首先，它最通常是环境描写的一部分。但这种环境描写又不仅仅是给人物的活动提供背景，而往往和人物的性格相协调。

其次，花儿也往往起到比喻和象征的作用。不同的花儿，在传统上有不同的比喻或象征意义。在有些作家的作品里，花儿所起的比喻或象征作用可以十分复杂，并且不断发展，进而牵涉到花儿周边的东西，比如它的香气，它的植株上的刺，乃至昆虫，等等。

二〇二〇年十一月八日

一位天才的生平

——评《冯·卡门：航空航天时代的科学奇才》

一

《冯·卡门》一书，是由冯·卡门口述，《华盛顿晚邮报》科学新闻记者李·埃德森执笔写成的一部科学家自传。冯·卡门去世时此书只完成四分之三，后来由埃德森根据冯·卡门遗留下的资料撰写完成。

他是一个科学全才，既是数学家、物理学家，又是航空和航天工程师。作者在"引言"中写道："作为基础理论学家，他揭示出了有关大气和作用在飞机及其他飞行器上难以想象的力、气流、涡流的种种奥秘……然而，他并不局限于理论研究，航空史上最引人注目的那些里程碑，如齐柏林飞艇、风洞、滑翔机、喷气式飞机和火箭——可以说，二十世纪的一切实际飞行和模拟飞行的成功都和他密切相关。"

要说清楚这些具体贡献，非我这个文科生力所能及。但只要晓得这一点，就知道冯·卡门的贡献有多大了：1963 年，美国的第一枚国家科学勋章，就是由肯尼迪总统亲自颁给冯·卡门的。

二

出生于奥匈帝国治下的布达佩斯的一个犹太家庭的冯·卡门，小时候就是一位数学神童，六岁时就能靠心算做出六位数乘以五位数的乘法，以致他父亲担心他心智反常，将来会变成一个畸形发展的人。

冯·卡门在德国哥廷根大学最早走上工作岗位，那时他就在涡流理论上做出了重要贡献。

他一生经历了一战和二战两次世界大战，所以他的许多实用性研究，都和军用技术有关。比如他在一战期间，就替奥匈帝国的空军解决了怎样让机枪的子弹从螺旋桨旋转叶片的空当里发射出去而不打坏螺旋桨叶片的问题。他还参与设计了一架系留式直升机，这可能是世界上最早的直升机。

1928年，他就觉察到德国反犹情绪的不断高涨，看到了种种大难临头的不祥迹象。

这样，1929年10月，在已年近五十的时候，他才移居美国，任加州理工学院古根海姆实验室主任。在那里，他和大科学家波尔、费米、爱因斯坦等来往，并为发展喷气飞机、火箭、导弹等做出了许多贡献，最终得到了美国的国家科学勋章。

虽然冯·卡门的许多贡献都是在工学和实用技术的领域做出的，而这些都有商业上的价值，他却一直主张在这个领域要保持思想上的自由交流："我认为科学上是没有独占权的。今天，即使在政府和工业界加强保密的情况下，我仍然坚信让思想自由敞开为好。只有通过公开思想，才能促使创造性见解不断更新，才能对人类有所贡献。"这样的想法，在贸易战蔓延到科技领域的现在，也特别有启迪意义。

读这本书，既可以知道二十世纪在科学和技术上的一些重大发明，也可以了解一些大科学家、大发明家的为人，真是一本妙趣横生的书。

比如关于冯·卡门在哥廷根大学时接触过的理论数学大师大卫·希尔伯特，这书就写了这样一件轶事：有一次希尔伯特家请客吃饭，他夫人提醒他领带脏了，让他上楼去换一条。他上楼之后好久不下来，他夫人担心地上楼一看，发现他居然已上床睡着了。

原来他平时睡觉前的一个固定动作，就是解下领带，所以那天他解下领带后，就自动解衣上床睡觉了，把请客吃饭的事完全忘在了脑后。

三

捧读《冯·卡门》的时候，译者曹开成先生的音容笑貌，又宛然于目前。他是我在复旦大学读书时的好友曹峥的父亲，我们称他为"曹伯伯"。

他是北京矿业学院矿山机械系的毕业生，后来在上海城建学院任教，并任学报编辑部主任。他在大学时读的是俄语，但很喜欢英文，通过勤奋的自学，掌握了这门语言。他觉得学英文的人在正在改革开放的中国会大有作为，让高考时本来想报考中文系的儿子改报英文专业。所以，他跟我们这些英文专业的学生很有共同语言。记得他当时常说的一句话就是："英文好的人，总会有饭吃的！"

在同寝室同学的父母中，曹伯伯来学校来得最多，这当然因为他当时是在城建学院上班，离复旦比较近，也因为他真的是很爱他的儿子。他来学校之后，又最能和儿子的同学们打成一片。在关心完儿子的学业和生活后，他会请我们出去吃饭，抽烟（我在大学读书期间短暂地抽过烟，后来就不抽了），喝酒，聊天，海阔天空地都会聊，从各种烟酒的牌子、质量、口味，到各地风土、民俗，还有历史掌故、八卦。直到今天，说起曹伯伯，我就会想起他眯缝着眼睛，笑嘻嘻地抽着烟，和我们谈天时的样子。（我们都说他眯着眼睛笑的样子和上海当时的一位市领导特别像。）他虽然比我们长着一辈，但跟他的交往中很少感受到年龄的距离，和长辈的架子。

聊天中的一个内容，就是他正在翻译的《冯·卡门》一书中的主角的种种很"牛"的事例，以及后来出书的过程中碰到的一些奇事。

曹伯伯是怎么会选这本书来翻译的呢？我想，这跟当时举国建"四化"的气氛有关系。中国数学家陈景润，外国科学家爱因斯坦、居里夫人等，都是大家的榜样；当时最好的理科生，报考的都是物理系、数学系。我二姐第一次考大学时报的就是数学系。所以，曹伯伯会选以冯·卡门这样一位世界著名的数学家、工程师和物理学家为传主的传记来翻译。

虽然有当时举国建"四化"的气氛，但在二十世纪八十年代末时出版社出书的总量还比较小，要出本书还是很难的。记得听曹伯伯说，他找到一位"老法师"，据说有办法出书。但"老法师"说，出书可以，他要署名，而且他的名字要在前，曹伯伯的名字要在后；稿费要三七开，而且是他拿七，曹伯伯拿三。

"老法师"并且声明，他这么做，并不是对曹伯伯特别苛刻，而是"规矩如此"。曹伯伯感叹说："如果是我的名字在前，他的名字在后；如果稿费是我拿七，他拿三，我就同意了。"

但好书稿不会长久埋没，最终还是有人识货。

《冯·卡门》在1991年由上海科技出版社正式出版，封面上曹伯伯是唯一译者。我记得他当时还题赠过我一本。

2018年4月，曹伯伯以八十多岁的高龄作古，这时《冯·卡门》已绝版多年。2019年，复旦大学出版社将此书再版，并补充人物、机构、专业术语对照表等，使读者能更加准确地理解译著内容。

捧读曹伯伯译著的漂亮的新版，我不禁感慨万千：强要占有别人劳动、在别人作品上署名的"老法师"已灰飞烟灭矣，曹伯伯的译作，却将传诸后世。

二〇一九年六月二十五日

何频《开到荼蘼》集序

一

《开到荼蘼》，是何频老师最新的一部散文集。

何频老师一直以来的一个主要关注点，就是全球气候变暖带来的物候上的变化，体现在植物的开花在时令上的提前。比如《开到荼蘼》这本集子里的开头两篇文章《又见暖冬》和《谁是东风第一枝》，写的都是这个内容。这是很有时代性的题目，也是很有意义的工作。如何频老师所说："我的'爆料'，或者要被地方志里的新'五行志'采纳。"

这本散文集里，也有几篇是写到动物的，除气候变化外，还写到城市环境的变化，生态的改善给动物的活动范围、迁徙时间和出现频率带来的变化，如《燕燕于飞》《清明蝉》和《三春鸟为何变多了》等几篇。

还有的文章考核植物的名实，如《荼蘼蔷薇》一篇，旁征博引，既引到古代小说《红楼梦》《金瓶梅》，和古人的笔记《墨庄漫录》，又引到今人的杂著《吃主儿二编——庭院里的春华秋实》，与植物学家陈俊愉的专门著作《中国花经》，最后终于确定荼蘼就是悬钩子蔷薇。由此也可以看到何频老师阅读面和知识面极广。

对荼蘼究竟是什么，我以前也有疑惑，读了何频老师这篇文章之后，这个问题终于找到了答案。

这本集子里非常打动我的一篇，是《一番话惊了采风赏花人》。在这篇文章里，何频老师写了他去南召县寻访大辛夷也就是玉兰花的经历。玉兰花除了观赏，花蕾采了下来还可以作为中药材出卖，于是就有了商业价值。何频老师进到伏牛山里，"山深了，明显又发现此地畸人多，矮个子或谈吐不囫囵的人多了"。原因是"玉兰的树枝比柿子树要松脆，种花人攀缘登高采辛夷，难免发生坠伤事故，甚至塌天大祸陡降，闹出人命来"。

正因为此，他"意外发现一片古树群，大树玉兰被截肢——高而直的参天树干被无情拦腰斫断"，而这样做，只是为了采花容易。玉兰树开花本不是为了让人采的，人为了自己的利益，竟然对古树下此毒手！何频叹道："谁知道堂堂'辛夷之乡'，人们世世代代不为看花为采药，人和树，共同背负着如此沉重而残忍的负担？"金钱摧残了人，人又摧残了树。人不幸树亦不幸。读此文可发浩叹！

二

中国最早的一部诗歌总集《诗经》，里面的作品多以植物和动物起兴，许多已成为传诵千古的名句。如《周南·桃夭》"桃之夭夭，灼灼其华"，《小雅·苕之华》"苕之华，芸其黄矣。心之忧矣，维其伤矣！"，都是以植物起兴的例子。如《周南·关雎》"关关雎鸠，在河之洲；窈窕淑女，君子好逑"，《鄘风·相鼠》"相鼠有皮，人而无仪！人而无仪，不死何为？"则都是以动物起兴的例子。

所以孔老夫子曾说，学习《诗经》的作用之一，就是可以"多识于鸟兽草木之名"，也就是说，可以多认识一些鸟兽草木的名字，或者说，多了解一些关于鸟兽草木的知识吧。

有孔老夫子发话在先，中国的古代文人就多留心于草木。作咏花诗文这些且不去说它，这是文人的本分；他们还写作了许多花谱，来对花木的品种和栽培方法进行收集、整理。如唐宋八大家之一的欧阳修，就曾作《洛阳牡丹记》。在这书里，他记载了当时牡丹最著名的一些品种及其来源："姚黄者，千叶，出于民姚氏家。此花之出，于今未十年……洛阳亦不甚多，一岁不过数朵。"他也描述了当时对牡丹的爱好之广泛："洛阳之俗，大抵好花。春时，城中无贵贱皆插花，虽负担者亦然。"

这以后，又有南宋的范成大作《梅谱》，陆游作《天彭牡丹谱》等，络绎不绝。

何频老师的《开到荼蘼》一书，以及之前的一系列植物散文集，可以说是继承了中国文人的这一爱好植物、研究植物和以植物为写作对象的博雅传统。

然而，今天在受过高等教育和学习、研究文学的人当中，对植物的无知又极为普遍。古老的博雅传统已岌岌可危。

我曾在一门小说课上讲过海明威的短篇《关于死者的博物学》。他写到了在意大利的战场上，在六七月间大自然的美丽：桑树已长满了新叶，而麦田里总夹杂着美丽的罂粟花。我提到了对作家和对文学研究者来说，认识自然的重要性。这时我让学生们看看窗外，外面是复旦第五教学楼和文科楼之间的一个中庭，里面种着一些比较常见的绿化植物：石榴、茶梅、罗汉松、棕榈树、八角金盘等。我问他们，有没有谁能讲出窗外的植物的名字的？结果全班二三十个学生，没有一个能讲出一种的。这不能不让我觉得是我们的中小学生物课教育和大学通识教育的一大失败。

我觉得，与其给孩子们讲一些抽象的课本上的生物学知识，还不如给他们发几粒一年生或两年生植物的种子，让他们从发芽、成长，一直养到开花、结子，完成一个生命的循环，来得教育意义大。

小女在读小学时，老师就曾让学生把绿豆裹在湿纸巾里，看它们发芽。这固然是很有教育意义的一件事，然而到绿豆发芽后，实验就结束了，老师让他们把豆芽丢弃了。小女不忍心，就把豆芽带了回家，我和她一起把豆芽种了起来，一直养到开花和结绿豆。

我觉得要求更高也更有教育意义的，则是让学生饲养一两种小动物，知道要养活这么个活生生的生物，需要满足它的哪些需求。

所以，我觉得，像何频老师的《开到荼蘼》这样的书，十分可贵。它对充实我们的常识，乃至恢复古代的博雅传统，是绝对有作用的。

三

我和何频老师的弟弟武平相识已久。最早武平在《中华读书报》做编辑，就发了我不少外国文学评论方面的文章。后来我又参与过他主编的《王尔德全集》的翻译。到武平任职于上海译文出版社的时候，又和他有许多的合作。因此很早就知道武平有一位叫何频的兄长，热爱植物、观察植物，并且写作了许多关于植物的散文。我也常常在报刊上读到何频老师的大作。

　　但直到去年，才真正认识了何频老师，并获赠他亲作插图的《蒿香遍地》一册。文人而能作画，过去是不少的，现在却很少。听他自述，2005年在浦东学习半年，他从张扬河畔的一枝黄花开始，练笔写生，直到现在，因为他想要通过绘画，准确把握花草的结构与特点，完全是无师自通。我觉得，何频的画虽和丰子恺的在主题上不同，在笔意上却有相似之处。

　　因为我也写一些关于植物的散文，何频老师让我为他的新作《开到荼蘼》写一篇序。他年长于我，我来作序实是有僭。辞不获已，便恭敬不如从命，写成这样一篇小序。

二〇二一年二月二十一日

切开自身的解剖刀

安妮·阿尔诺及其作品
——谈诺奖获得者

　　法国作家安妮·阿尔诺（Annie Ernaux，婚前姓Duchesne 杜什纳）1940 年出生于法国诺曼底的利勒波恩镇。父亲做过农场的雇工，后来又当过工人，婚后与妻子搬到伊夫托特镇，在那里开了一家咖啡馆兼杂货店。

　　生活逐渐步入小康的父母，对女儿的教育十分重视，没有送她去法国工人阶层的子女会去的公立学校，而是去了一所天主教会办的私立学校。正是在那里，埃尔诺学会了标准的法语，并因此常常在回家时纠正父母所说的地方土语；获得了比他们"更高层次"的文化，又读上了大学，成为了一名中学教师，还嫁给了一位中产家庭出身的丈夫。正是这一在我们看来并没有多了不起的"阶层跃升"，使她后来觉得自己"背叛"了原来的阶级，并对父母产生了强烈的内疚感。

　　她在 1974 年出版了首部虚构性的文学小说《空衣橱》。在这之后，她就自称放弃了所谓"文学性"的写作，而是开始写作一种基于自身经历和回忆的、介于自传、社会学、人类学之间的写作。

她在 1983 年出版的《一个男人的位置》（上海人民出版社 2022 年版，郭玉梅译。法文名 *La Place*，我觉得可以译成《地位》，也可以译成《位置》，也许《地位》更好，因为这在很大程度上是一本关于地位或阶层，以及他父亲在这个问题上的敏感性的书），就是这样的一本书。

在这本加上译后记也只有八十九页的小书里，作者简短地叙述了父亲的主要生活经历（这似乎违反了所有小说教科书里的金科玉律：要展现而不是叙述），然后很大比例的文字用在了描写父亲的阶级特征上。而这主要并不取决于金钱，而在于品味、语言和行为方式。也许这就是为什么埃尔诺说自己写的"字不是传记。可能是介于文学社会学和历史学之间的某种东西"（《一个女人的故事》，第 65 页，上海人民出版社 2022 年版，郭玉梅译）的原因吧。

比如埃尔诺写父母"不清楚什么是美，应该喜欢什么"（《一个男人的位置》，第 36 页）。家里没有装饰品，也不懂怎么挑选家具。不会欣赏音乐，也没有自己的音乐偏好。喝咖啡会用勺子喝，还一边喝一边吸气，就像喝汤一样。

埃尔诺的父母送女儿去接受他们自己也没有接受过的"更好的"教育，造成了女儿和他们自己之间的隔阂。她父亲显然是个慈爱的家长，一有空就会带女儿去看马戏、看电影和看焰火等。他对地位极其敏感，总是害怕自己搞错了位置，曾因为买了二等车票而误入一等车厢，感到极为耻辱。当女儿要带出身中产家庭的男友回家时，她父母极其小心地准备接待，唯恐被人轻视、被人看低。

　　他们说话只会说方言土语，而不会说标准的法语。而上了天主教私立学校的她，回家时常常会自作聪明地纠正父亲的法语，让他大发雷霆。

　　看到这里我们可以感觉得到埃尔诺强烈的内疚，这也许就是为什么她说自己要放弃文学的语言，而用她父母的工人阶层的语言来写作的原因吧。但是在译本里，我们已很难看出埃尔诺所使用的语言的特点了。也许译者是无法找到对应的工人阶层的中文吧，只能用普通的中文文学语言来翻译她的书。

　　如果尝试写下过去生活中的某个事件，我们就会发现，很难写成连贯的叙事：人的遗忘真的是很厉害。即便是一件很重大的事，常常在我们的脑海里只剩下几个片段或一些画面，而中间有大量的空白或缺失很多的细节。记录事实并不比创作虚构容易。

　　我想埃尔诺在写作她的这些回忆录时，想必也遇到类似的问题。于是我们也看到她尝试了一些方法，来解决材料的贫乏，比如看家里的老照片；写信或打电话给老熟人，请他们帮忙回忆过去一些事件中的细节；故地重游，让眼前的实景来激活自己对当时的一些感受的记忆；还有就是去图书馆阅读当时的报刊杂志，或者是去互联网上找资料。尽管如此，没有虚构，书的内容总是没法丰满起来。埃尔诺的书都不长，都是些薄薄的小册子，这和她坚持的写作方法是有很大关系的。

　　在《位置》这部书里，没有虚构，也没有文学性的小说里通常有的情节和悬念。埃尔诺在书中写道，"为了叙述一个受生活所迫的一生，我没有权利采用艺术的形式。"（《一个男人的位置》，第11页）但我觉得，不采用文学性小说的形式，仍是一种艺术上的选择。这表明了埃尔诺的一种态度，即对中产阶级文化的摒弃或拒斥。在这部书里阿尔诺一边写他的父亲，一边对自己的写作方式有很多的反思。

我觉得，埃尔诺是十分幸运的。她幸运地出生在一个文学十分繁荣，并且对不同文学风格的宽容度和接受度极高的文化里。这个文化里既产生过像普鲁斯特这样的感受性极强，以至于到了啰嗦程度的作家，也产生了像巴尔扎克那样的能够把写实和虚构结合得极好的作家，但也能接受像埃尔诺这样的诚实到干枯程度的作家。这就像油腻大餐吃多了的人，有时也会想吃吃野菜。但这样的作品，换一个国家，甚至只是换到更注重"市场"以及"可销售性"的英美，也许一开始要出版都会有问题。

埃尔诺迄今已出版二十四本书，我读了其中的七本。因为篇幅所限，我在这里只写了其中的一本，但《一个男人的位置》是她作品中比较典型的一本。窥一斑而知全豹，我们据此也可以大致知道她的写作风格。她的文风简洁，对世事，尤其是对自身、对自己的家庭，有一种近乎冷酷的冷静观察与剖析，所以我将之比为一把"切开自身的解剖刀"。

二〇二四年五月三十日

依拉草原上的太极扇

——记藏族作家查拉独几

一

2013 年的 6 月底，我在依拉草原度过了快乐的数天。

6 月底的草原上，正点缀着星星点点的小花，有蓝色的龙胆，粉色的马先蒿，蓝色的琉璃草，黄色的百脉根，浅紫色的车轴草，蓝紫色的短莛飞蓬。周围的山上开着白色的扁刺蔷薇，还有红、黄二色的狼毒花。据说在七八月份花会更多。

当然，当时我并没有认出这么多。只是我掏出相机，拍了许多，然后回家到微博上请植物学高手们"帮看"，一一都鉴定出来了。

云南本来就是植物的宝库，十九世纪的时候就有西方的植物学家到云南来采集植物，它们的后代迄今还在伦敦的邱园或爱丁堡植物园之类的地方繁衍生长着。

二

上午，我跟查拉独几等几位藏族作家在这美丽的依拉草原上快乐地走了一会儿，然后坐下来休息。查拉从随身的背包里拿出一柄太极扇，开始演练。一招一式像模像样，发劲时还带着风声。

他说，这是他在昆明拜了正宗的陈氏太极传人学的，不但学了太极扇，还学了太极拳。锻炼是他每日的功课，所以即便在外开会，也不能间断。

查拉，同行的中年藏族作家都称他为"查拉大哥"，是迪庆地区藏族作家中的前辈，知名的作品有小说集《雪域风景线》等。他自称"查拉图斯特拉"，说因为上网一查"查拉"，出来的都是"查拉图斯特拉"。

在文学上他出道很早，跟上海许多老一辈的作家如白桦、戴厚英、程乃珊等都有来往。

关于文学，他有许多活跃的、独立的思考。比如他说："我就觉得扎西达娃的小说比莫言写得好，更配得诺贝尔奖。"顺便说一句，我也觉得扎西达娃是个写得非常好的作家。

可惜聚首的时间太短，文学上的事没能更多地向他讨教。

三

查拉的背包里"宝物"很多。我已经注意到，他每天都戴顶不同风格的牛仔帽，都是从他这个背包里取出来的。

打完太极扇，查拉在大家的掌声中跟大家一起坐下。这时草原上中午的毒日头出来了，虽然阳光看上去不烈但人很快会被晒黑甚至晒伤。这时查拉又从背包里取出另一顶帽子，这帽子顶上还有一把可以打开的小伞，打开后整个人都在它的遮阴范围之内，防晒的效果真是好极了。

查拉说，这原是他钓鱼时防下雨戴的帽子，但是防晒的效果同样好。"我钓上来的鱼不吃，总是放回河里去，"他说，"有的鱼被我钓上来好几次，都认识了。"

查拉身材厚重敦实，高原上的人，都特别有实在感。他年纪大概比我大二十岁，但常常觉得他脑筋比我更活跃、心态更年轻，什么都会玩，不但会上网，还用微博、微信、QQ，而我当时还没微信，QQ 也是刚刚才装。

他还自己开车（又是一样我不会的东西），在昆明有房子，带着老伴冬住温暖的昆明，夏住凉爽的家乡香格里拉。

他说，自己在昆明的时候从来不跟小区里的老人扎堆，因为他们聚在一起，无非说的是自己这里病、那里痛啊什么的。"人总是要病，也总是要死的，多说又有什么意思呢！"他说。

真是一位豁达开朗，善于生活又善于养生的老人啊。透过他，我仿佛看到了依拉草原这片土地上人们的活力，和他们对生活的热爱。

二〇一四年一月二十二日

原来花可以这么拍

——东信康仁的《植物图鉴》

一

《植物图鉴》的第一册，是一位作家朋友送我的。这本摄影图册给我的第一印象，可以用"震撼"这两个字来形容。那种奇特的光线（在第一册里东信和椎木用的是人工光，也就是闪光灯打的光）斜斜地掠过那些千奇百怪的植物的集合，不但把植物的色彩还有它们的质地都显现了出来，每一片花瓣、每一张叶子都是那么鲜明。光与影交织着，明与暗变换着，鲜艳的色彩和浓重的黑暗并列着。

第一册是 2021 年出版的，包括了东信在 2009 至 2012 年间的花艺作品。现在《植物图鉴》已出版到第四册，每一本我都买了。它的中文名字有点干巴巴的（在日文里就是《植物图鉴》这四个汉字），英文版的名字则是 *Encyclopaedia of Flowers*，直译就是《花卉百科全书》，听上去就像一本供人查阅的植物参考书的名字，但其实它是一套最富戏剧性的花卉与植物的艺术摄影集。有这样名字的一套摄影集能出到第四册，这本身就说明了它

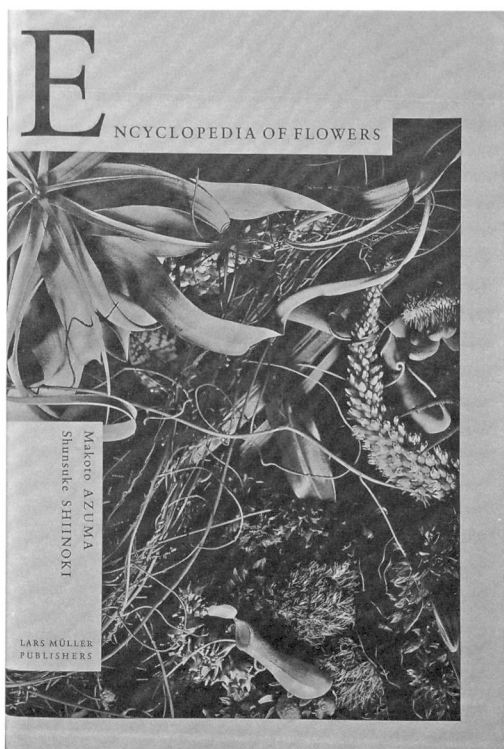

E

NCYCLOPEDIA OF FLOWERS

Makoto AZUMA
Shunsuke SHIINOKI

LARS MÜLLER
PUBLISHERS

东信康仁、椎木俊介摄影集《植物图鉴》

的成功。我还买了《华丽的植物》（*Floris Magnificat*），
这是英国的一家出版社给东信出的花艺摄影集。

二

东信的全名是东信康仁。他 1976 年出生于日本福
冈。中学时代的他热衷于朋克摇滚乐，还和同学与朋
友一起组织起了一支摇滚小乐队，他后来的合作伙伴
椎木俊介就是他当时的同学，也是这支乐队的成员。
中学毕业后，他带着乐队去东京发展，可是入不敷出，
于是就到一家超市旁的花店里打零工。就是在那里，
他发现了自己对花卉的特殊敏感，和对花艺的特别
才能。

东信去了东京的花卉批发市场——大田市场（Ota
Market）。这是日本最大的花卉批发市场，也是世界第
二大花卉批发市场，在那里，有来自世界各地和各种气
候带的奇花异草与各种花艺材料，可以给他的创作提供
丰富的素材。

2002 年，他和椎木俊介一起在银座开了一家高级定
制花店。可是他的想法太领先了，一开始顾客很少。开
头两年东信连公寓的房租也付不起，只能住在太太的娘
家。这以后他制作了一些别出心裁的花艺装置作品与行
为艺术作品，比如他的"瓶中花"和"植物雕塑"系
列，这才开始声誉鹊起，事业也慢慢走上了正轨。这篇
小文主要讲他和椎木的花艺摄影，他的装置作品和行为
艺术作品就不细谈了。

事业上轨道之后，东信和椎木开始了分工合作：东
信主要负责制作花艺作品，而椎木则在作品完成之后，
把它们拍摄下来。这些照片积累起来以后，就有了我们
所看到的那些摄影图册。

东信康仁

三

观看东信的那些花艺作品的照片，可以感受到他对植物的美的那种敏感。不但是对花，还包括对花苞、果实、嫩芽、根系甚至是枯枝的色彩、形状、图案、质地，和它们所带的各种暗示的特殊敏感。艺术才能的一个重要部分甚至可以说是基础，不就是敏感性吗？当然在此基础之上，还要有表达能力和执行的意志。

另一位日本摄影家荒木经惟的花卉与植物摄影，我也看过不少。当然，从摄影的角度来说，荒木的题材和范围要比东信和椎木的广阔得多。但荒木是专业的摄影家，不是专业的花艺专家。

拿荒木的花卉与植物摄影作品和东信的相比，就可以看出后者特别懂花。荒木拍的花都是比较普通的市售的花，但是他有极为丰富的创意，补充了他对花材了解的不足。

东信则会运用特殊的花材，并把它们做成特别的组合。他会用一般插花人不会用在花束里面的东西，比如多刺的仙人球、蕨的顶端卷曲的毛茸茸的嫩芽、空气凤梨的灰白色的叶子、花瓣上有奇特斑点的热带兰花、闪耀着金属色斑点的热带秋海棠叶、原产南非的帝王花、原产澳洲的银桦的花、有膨大舌瓣的仙履兰（又叫兜兰）、带着雪白的裸露根系的正开着花的球根、刚裂开的多毛的虞美人花苞，甚至佛手、松果、裂开的血红石榴等，有时还有年头久远的盆景松树，所有这些都被他信手拈来，组成别出心裁的花艺作品。

东信和椎木除了黑背景的照片外，有时也拍白背景的。黑背景的照片里常常是极为丰富的多种花材的平面组合（东信的许多花艺作品是放在盒子或箱子里的，许

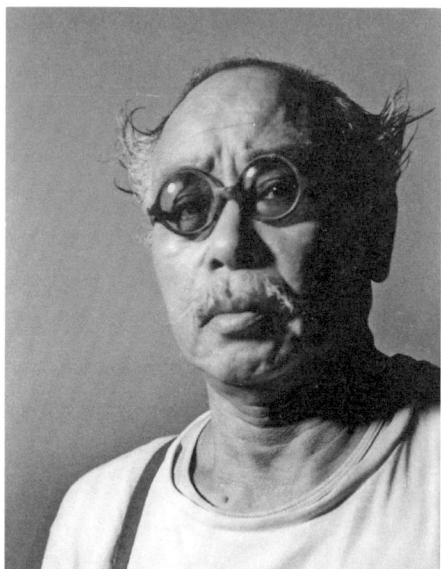

荒木经惟

多花紧紧地挤在一起），白背景的照片里则往往是寥寥两三样花材的别致组合，比如：一段龙游梅的虬曲的枝条，配上两朵深紫红色的牡丹；一枝黄绿色的清雅水仙，配上一个虞美人的毛茸茸的花苞。

东信和荒木的花卉摄影，对我的摄影有很大的启发。对东信来说，花的各阶段都可以是美的。在他的作品里，有将放的花、盛开的花和凋萎腐败的花。有美，也有丑；有正，也有邪；有水嫩，有干枯；有细滑，也有毛糙多刺；有初生，也有将死；有华丽乃至妖艳，也有纯白和纯黑；有善的象征，也有恶的暗示。

观看东信和椎木的摄影集，有一种解放感：原来花还可以这样拍！因为我一般只拍自己种的花而不拍买来的鲜花，他的画册里的奇花异卉也时时提醒着我，还有那么多陌生的花等着我去挑战它们的种植，等着我去探索它们奇特的美。我意识到花的各个阶段都是美的，都可以拍；植物的各个生理器官都是美的，也都可以拍。

日本的一个特点，就是一方面各种传统艺术保存得很完整，但另一方面又有活跃的创新。东信大大地拓展了日本花道或者说插花艺术的范围，从这个意义上来说，没有做成朋克乐手的东信，做成了花道界的先锋派。

二〇一一年三月十八日

拍花

　　拍花我用的是一台尼康 D800E 相机的全画幅单反相机。用日系相机的，有"尼康党"和"佳能党"之说，不买尼康便买佳能，主要是这两系的相机都有比较完备的镜头体系，可以满足拍摄者的各种需求。拍花我用的主要是一支尼康 105 毫米焦距的微距镜头，因为用一般镜头拍花的话你会发现，当你想凑近一些，把花拍大一些的话，就对不上焦了；而微距镜头则可以凑得很近。另外，这支尼康百微镜头还有较好的虚化效果，能把背景中你不需要的杂七杂八的枝枝叶叶虚化掉。

　　我现在用手机拍得也很多，主要是因为手机总是随身带着，而单反加上百微镜头就有些庞大笨重了。我的华为 P30pro 用了两三年了还在用，它的镜头是徕卡的，拍出来效果真不错，像素也不低。只要你能辨认出美的光线，也能拍出很好的照片。

　　拍照的人，要培养出你看到某种光线就知道拍出来的照片会美的能力。在自然光条件下，美的光线也是稍纵即逝的。

清晨,我看到一小束光透过枝叶间的缝隙照射在一朵花上。凭我的经验,我知道这时拍下的光线是美的。但如果我磨蹭一下,去倒杯咖啡喝喝,再回来的时候,那束光就已经移动位置了,你原来看到的美好画面,也已经不在了。

一天之中,清晨和傍晚的光线是最美的,因为它斜斜地射过来,特别有方向感,而且会制造出美妙的阴影。中午的大太阳是最糟糕的,因为它明晃晃地从正面照下来,一点含蓄都没有。

拍花的话,我有的时候用自然光,有的时候用闪光灯打光。人工布光的好处就是不用靠天吃饭了,而且可以制造强烈的明暗对比。我是在相机上装一个无线引闪器,按动快门时,引闪器就发出无线信号,激发装在灯架上的闪光灯,从侧面或侧后方给花打光。

如果把闪光灯装在相机上,那发出的光线也和正午的太阳相似,太直白,毫无含蓄之处了。

花儿的美,也是稍纵即逝的。昙花、牵牛花只开数小时,牡丹只有四五天。但另一方面,花开的各阶段,都有其特殊的美:含苞待放时,初开时,盛放时,甚至凋萎时,都各有其美。我多数时候都拍我自己种的花。这有个好处,那就是它们时时都在我眼前,我有很多的机会可以观察它们。拍摄只需一瞬间,但在这背后,需要更多观察的时间。

其实,除了开花时,植物生长的其他阶段,如新芽萌动时,绿荫浓密时,甚至叶子黄落时,也各有其美丽的瞬间。

而拍花,就是用相机,把这些美的瞬间捕捉住,记录下来,让我们可以长久地回味。

二○二○年八月二十二日

老弄堂里的兰花展

3月13日到26日，东门兄、石建邦老师和我筹划的"兰蕙风雅——古盆兰花与摄影展"在上海建业里嘉佩乐酒店举行。酒店由二十世纪三十年代建造的石库门老弄堂建筑经精心修复改建而成。

为什么会想到在这样一个环境里举办这么个展览呢？这部分与我小时候在上海的弄堂里成长，在天井里养花的经历有关。

我小时候就居住在自忠路（有一段时间又被称为西门路）18弄裕福里。阿爹（祖父）住的底楼客堂间有木格子的落地窗，正对着天井，那里堆了两个花坛，里面种着木香和爬山虎，还有我小时候爱种的各种草花：牵牛花、凤仙花、夜饭花等。阿爹会在房间里的红木条案上放盆景。

弄堂天井里光线不强，不适合养需要长日照的植物。但这又是挺适合兰花的一种光线。上海虽不产野生兰，但却是各地产的兰花汇聚的地方。近代以来，一代代的兰家，在这里选育出了大富贵、环球荷鼎等春兰名

春兰汪字

种和解佩梅、江南新极品等蕙兰名种，是一个名副其实的选育兰花的中心。这些品种，至今为全国兰友所广泛栽培。上海也是近代和兰花有关的著作的写作与出版的一个中心，清芬室主人著的《艺兰秘诀》和吴恩元撰、唐驼校订的《兰蕙小史》等，都在上海出版。

以前兰花在家居中的摆设，可以配置几、架，搭配菖蒲、竹子或小假山，与悬挂山水、花鸟画作为呼应等。这次展览，把兰花和我们的兰花摄影结合了起来，也可以说是把传统与现代结合了起来。

我在拍摄兰花时会在相机上装一个无线引闪器，用闪光灯从侧面或侧后方打光，同时用我的微距镜头所能达到的最小或接近最小的光圈，如 1/36 或 1/32，这样能使照片呈现丰富的细节，同时显示出兰花瓣的质感。

花都有一个最佳的观赏角度：下垂的花，适合从下往上看；朝天开的花，适合从上往下看；而兰花，适合平视，或稍稍从下往上看。所以，兰花开花时最好放在几架上欣赏。同理，拍花也要采取最合适的角度，才能拍出花的美来。拍摄兰花时，相机镜头也可以和花在相同高度拍，或者是比花低一点，稍稍从下往上拍。

在兰花后面放上一块黑布，拍出来的花都是黑背景（其实如果花和背景的亮度差异足够大，不放黑布也可以）。在这样拍出的照片里，镜头把兰花从黑暗、混沌中暂时呈现出来的美，给捕捉住了。这美不久又会归于混沌与黑暗，但摄影把这种稍纵即逝的美给暂时固定住了。我说暂时，是因为什么都是暂时的。摄影留下的影像也有一天会归于消亡：相纸会老化发黄，数码文件会出错，存储介质会坏掉，格式升级又慢慢会使老的数码照片变得不可读出。

　　但不管怎样，摄影把兰花的美的生命延长了，让可以欣赏到这种美的人数变得更多了。这就是摄影的魅力吧。

二〇二一年三月十七日

写在『花影』——谈瀛洲摄影展的前面

2021 年 6 月 6 日，我的一个小小的摄影展"花影"在上海安福路 233 号 101 室的蔓茂花廊开展，为期一个月。

熟悉我的朋友知道，我从小爱种花，后来又在大学里教英美文学，研究唯美主义和莎士比亚，还写过一些植物散文。可是怎么又拍起了照，办起了摄影展呢？

说起来，这些都是相互联系的。我觉得，莎士比亚在他的戏剧里面，写到了人性的两面性、人类处境的两面性。他在《汉姆雷特》里面写，人类像天神一样有很多伟大能力：他有理性，有音乐、绘画、文学等方面的各种创造能力；他有像天神一样的美丽外貌，能做出敏捷优雅的动作。但他还是上帝造的，并且材料是低贱的尘土，因此他有青壮年美丽、精力充沛的时候，但也会生病、衰老、死亡；他有创造性、建设性，能做出许多美丽的东西，但他也会有强烈的破坏冲动，毁灭许多美丽的东西；他能够向善，做许多好事，但他也会受恶的引诱，甚至做出十恶不赦的坏事。

菊花黄昏时雨

这让我对意大利画家卡拉瓦乔的画作发生了浓厚的兴趣，他跟莎士比亚是同时代人。

卡拉瓦乔风格成熟以后的一个特点，就是运用所谓的"明暗对照法"。他画的人物亮的地方很亮，黑的地方很黑，人物就像是站在黑洞洞的一个房间里面，然后边上有一束很强的光照过来，照在他们的身上。这一方面是突出主题的一个方法，另一方面也有它的艺术内涵在里面，那就是善和恶的对比、美与丑的对比、光明与黑暗的对比、天堂和地狱的对比，实际上还包含着生与死的对比。

卡拉瓦乔对我的摄影用光有一些启发。

我从 2005 年以来，开始拍摄自己养的花。在拍照时，运用闪光灯造成强烈的明暗对比。这种方式拍摄植物能够把植物的特点给显示出来，因为背景是黑的，没有任何可以分散你注意力的东西。另一方面，它也造成了一种神秘感，并且对应着美丽与哀伤、盛放与颓败，把花表现为一出生命的戏剧。

花卉摄影，有为记录、研究、分类植物而作的，也有为艺术而作的。为植物学而作的摄影，力求清晰，能呈现尽量多的细节，并让观者能看到植物的全貌。它并不以打动人为目的。

至于作为艺术的花卉摄影，并不单单为拍摄盛开的、毫无瑕疵的美花，展示色彩艳丽和谐、气氛浪漫温馨的令人愉悦的美。它有时也会呈现凋萎的美、枯寂的美、有缺陷的美，甚至让人感到不安的、受威胁的美。

在有的照片里，我把在绽放不同阶段的花组合在一起，有刚开的，有开始萎败的，唤起我们一种幽微难辨的情感。

意大利画家卡拉瓦乔

　　就这样，在我这里，园艺、文学、摄影，最终走到了一起。

　　这些照片，经策展人孙净特别甄选上海老市区的艺术花廊 Maggie Mao 蔓茂花廊呈现，使作品置身于一个浪漫的环境。蔓茂花廊是提供花艺定制、设计服务的，花廊里放满了店主精心搜集的各种奇花异草，和摄影作品互相照应。

　　　　　　　　　　　　　二〇二一年五月三十一日

一

小时候，常常听阿婆（祖母）用带苏州口音的上海话，说一些江浙地区的俗语，如"六十岁学吹打"。这话的意思，按我的理解，是笑人做某事起步太晚的意思。我现在到了五十五岁，才来办我的第一个摄影展"花影"（上海安福路 233 号 101 室，6 月 6 日—7 月 6 日），也有些"六十岁学吹打"的意思了，虽然离六十岁还差着五年。

"到了这个年龄，再来办摄影展，到底有没有意思呢？"说实话，刚开始和策展人孙净讨论摄影展的想法的时候，这个疑问曾多次出现在我的内心之中。我甚至还和两个朋友讨论过这个问题，记得他们当时还是相当鼓励我的。现在展览也办起来了，那么我对这个问题的答案是什么呢？

是"有意思"。单从它让我拍了更多的照也拍得更认真和写了更多文章这两点来说，办这个展就有意思。任何能够让我们更多地"生活"的事，都值得做。我所说的"生活"，指的不是重复去做那些自己已经习惯去做的、一成不变的事，而是指去尝试新鲜的事、获得前所未有的体验，和对自己提出新的挑战。

二

"年龄只是一个数字"，我觉得这是一种矫情的说法。年龄当然不仅仅是一个数字，它是实实在在地反映在你的体力、脑力、阅历、学习能力和审美水平上的。我曾经是一个精力很好的人，三十五岁之前成天看书写作没有问题。但现在的话就不行了。阅读速度也明显减慢，但我发现理解能力明显提高了。以前年轻的时候看不懂的东西，现在能够看懂了。以前看不出门道的东西，现在能看出些门道了。我的职业是教授英语和英语文学。因为不断在学习和教授英语，我发现即便到了五十多岁，我的英语听、说、读、写能力还在不断提高。由此悟到一样事情只要不断在做，就必然会不断有所提高。

摄影也是如此。在我这个年龄对学习新的东西常常会有抵触感，尤其是学习和数码与机械有关的东西，我毕竟是个文科生——所以学习摄影对我来说特别有挑战。但另一方面，我又觉得我在学习摄影时更有悟性了。

多年来看画展、摄影展，出国时每到一地都看各种博物馆的习惯，培养了我的审美眼光。学习摄影和学习文学一样，有它的经典书目，那就是大师们的摄影集。这些摄影集为数很多，有些可以买来仔细研究，有些可以在B站上看看——B站上有许多关于摄影的视频，有些就是把大师摄影用视频的形式一张张呈现出来，效果跟翻书差不多。还有一些理论书籍，比如罗兰·巴特的、苏珊·桑塔格的，也陆续找来看了。

当然，最主要的还是要真的去拍、去实践。不然，你大师摄影看得再多，也不会拍照。就像你大师作品读得再多，如果不去写作，也永远成不了作家一样。

三

说起摄影，其实我很早就有兴趣。前段整理藏书，还找出几本《摄影基础知识》之类的书籍，都是我十几岁的时候收藏着的。当时家里有一台海鸥牌 120 相机，仿禄莱那种双反相机。我爸有时候会给我们拍照。他对摄影挺有兴趣，但拍得不多。当时我就觉得用这相机拍照挺麻烦，曝光只能靠自己毛估估，比如晴天，光圈该用多少；阴天，光圈又该用多少；等等。（测光表什么的不是当时普通摄影者能拥有的设备。）而且拍成什么样也不能马上知道，要等胶片冲洗出来的时候才能知道。

后来，1987 年的时候从美国做交换生回来，就用课余打工的钱买了一台有自动测光系统的理光胶片相机，价格要两千多人民币。当时大学生刚毕业一个月工资还不到一百元，所以这台相机绝对是个奢侈品。家里的相册中，迄今还有我用这台相机为同学们在四年级毕业时拍的许多留念彩照，曝光既没有过也没有不及，而是正正好好，都是我用这台有自动测光系统的理光相机拍的照。

但我用这台昂贵的相机拍的照片却不多。为什么呢？胶片太贵。青年时代的我，没有太多的余钱花在买胶片上。

等到年近四十，有点余钱的时候，又买过一个尼康胶片机。那时候的相机，一般都有自动测光系统了。那时我去云南、西藏旅游，拿它拍过不少风光照。当然和专业摄影师相比，是拍得很少了，但家里那口放照片和胶片的小柜子已经塞得满满的，而且溢出来了。所以，最终用那台尼康胶片机拍的照，也不是很多。

像用胶片拍而且拍得很多的荒木经惟，就遇上了胶片管理的问题。有的胶片找不到了，有的胶片因为收藏不善而老化、腐坏了。当然，他是个什么都能利用的人，就用腐坏的胶片印出了一批照片，也成了艺术品。

数码摄影对我来说是很大的福音。有些传统主义者，坚持说胶片摄影有种种数码摄影所不能及的优点，但又语焉不详。我觉得他们只是怀旧，和对一种老的、自己已经习惯了的摄影技术有所依恋而已，并没什么道理在内。而且用胶片拍了照，最终底片还要拿去用昂贵的高级扫描仪扫描成数码图片，我觉得这显然是多此一举。

买了数码相机开始给植物拍照，是从 2005 年开始。先是用半画幅的后来又是全画幅的尼康，镜头也买了好几种，最终确定只有 105 和 60 毫米焦距的微距镜，才是最适合我拍植物的镜头。用手机也拍得很多，从 HTC 用到华为。但也要过好几年，才找到自己的风格与相配合的一些技巧。

从 2012 年开始，觉得自己拍的照片中有些可以选出来看看的了。这次"花影"展所选的最早一张照片，是 2015 年拍的一张红花石蒜（也叫彼岸花、曼殊沙华）。之后的每一年也不过选两三张照片，2016 年的一张也没选。其实可以选更多照片，但因为展览空间所限，多了也放不下。2020 年底和 2021 年初，因为知道会有这个展，起劲地拍了许多照片，从中也选出一些。

数码摄影的一大好处，是拍好一张马上就可以在液晶屏上看效果，不满意就马上可以调整，在这过程中就慢慢摸索、提高，对学习摄影技巧、提高摄影水平特别有帮助。不像胶片摄影要经过漫长的冲印过程，等照片印出来后发现拍得不好，拍摄对象早已不在了，也无法改进了。

数码摄影的第二大好处就是降低成本，减少浪费，也方便分类与储存照片。

所以，我觉得我到现在才来办摄影展也是有原因的。对摄影的兴趣，其实贯穿我的各年龄段，但之前总是缺少点契机让它成长、壮大。到了现在这个时代，适合我的摄影技术成熟了，并且能以我支付得起的价格买到了。它也和我的生活和生命融合到一定程度了，终于可以爆发和开花了。

二〇二一年六月十四日

一

走近在浦东美术馆举办的"刘香成：镜头·时代·人"摄影展，我感到一种浓浓的怀旧情感。他拍摄的《1981，北京，天安门广场，华灯下，高考复习的青年》，让我想起了自己在二十世纪八十年代，为了考取大学而在中学苦读的经历（我是1984年考取大学的），以及入学后，听到的学长们在晚上寝室统一熄灯后，在厕所借昏暗灯光苦读的传说。

还有如《1979年，北京，一场学生舞会》，也让我想起了在自己的大学时代，在大学的简陋舞场里，频繁举行的交际舞会。有意思的是，现在的大学里，倒没有这样的舞会了。

还有几张拍二十世纪八十年代的人们穿着那种靠几根带子绑在脚上的那种滑轮溜冰鞋，在水泥地上溜冰的照片，如《1981年，大连理工大学的一名学生在练习滑冰》，和《1980年，上海，两名年轻人在滑冰》。我自己也曾穿着这样的轮滑鞋，在复旦校园里靠近东门的一个轮滑场溜过冰。现在这样的轮滑场已经看不到了，早已为人们穿着冰刀在真冰上溜冰的更高级的溜冰场所取代。

一开始陪着我们看展的小葛说，"这是你们经历过的生活吧，不是我们的"。是的，他是 1999 年出生的，自然没有经历过这些。只是我没有来得及问小葛，这些内容是他没有经历过的生活的照片，能不能打动他。

对刘香成先生的摄影艺术展的评论，我们常常可以看到类似的说法，即他的作品"记录改革开放以来各个社会阶层的生存状况"（《刘香成：镜头·时代·人》，《序：用相机蒸馏时代》，作者皮力）、"反映了一个时代的变迁"（《郑州晚报》2010 年 12 月 3 日，《刘香成：难度不在画面，而在思想》，作者尚新娇）。这些说法无疑是对的。

但对摄影艺术的评论如果只停留于"拍到了什么"，而不去探讨"怎样拍"或者说是"怎样地拍出了一种特殊的美"的问题，那么这种讨论只能是比较肤浅的，停留于低级的层次，不能触及摄影艺术的核心。我觉得，这也是中国当代摄影评论的一个巨大缺陷。

苏珊·桑塔格在《论摄影》一书中写道："当人类景观开始以令人眩晕的速度变化的时候，照相机开始复制世界。"（Susan Sontag. *On Photography*. London：Penguin，1977. p15—16.）"时间的流逝，增加了照片的美学价值。"（同上，第 174 页。）记录性的照片，也总有其价值。能够记录到一个时代的生活中所发生的一些标志性事件，能够抓到那些关键的时刻，也是很不容易的。但如果停留于此，又让人觉得欠缺了点什么。时代总是在变迁的。二十世纪八九十年代的中国无疑经历了巨大的变迁，现在的中国又何尝不是。

前面提到的这些拍摄中国改革开放初期的照片，是我能够把它们和我的个人经验联系起来的照片，它们无疑是打动我的。但我发现，刘先生所拍的一些其他国家的照片，是我不能把它们和我的个人经验联系起来的，就很难打动我了，比如《1986，印度，身着传统服饰的新德里女子正在欢度国庆》和《1993 年，莫斯科，一位年轻的芭蕾舞演员正在试装》等。

这是他的照片的弱点，即更多的是靠题材而不是靠艺术来打动人。刘香成先生的照片中，缺少了一些神秘迷人的光线，或者是布勒松式的精确的有着内在几何逻辑的构图。他所拍摄的人物，很少表现出强烈的情感或精神力量。打动我们的，更多的是他拍到的某个时代的某样场景。

二

在刘香成先生展出的作品里，有许多是名人摄影。这当然是他的工作性质决定的。我的问题是，如果是在一百年后，当这些照片中的许多名人已不再为人所认识，这些照片是否还有意义？

举一个绘画上的例子吧。以前的画家，许多也是会画名人的。西班牙大画家委拉斯凯兹作有一幅《教皇英诺森十世肖像》。今天我们看这幅画，可以不知道这幅画画的是谁，知道了也不一定会知道这位英诺森十世的生平，做过哪些好事和坏事，但仍会被这幅画像的巨大力量所折服。这是剥离了画里的人物本身的身份和地位的艺术的力量。以人为描绘对象的艺术作品，最终只能依赖这种力量。

美国摄影师理查德·埃弗顿（Richard Avedon）给许多名人拍过照。比如他给大导演阿尔弗雷德·希区柯克、黑人作家詹姆士·鲍德温、女明星玛丽莲·梦露、民权运动领袖马丁·路德·金等都拍过肖像照。这些照片，即便我们不知道它们拍的是谁，也是给人印象深刻的人物照。换句话说，作为艺术品，这些照片能够自立。

但刘先生的人物照像这样的就比较少了。把他所拍的《1996年，上海，造型师李东田为艺术家陈逸飞理发》和《2012年，伦敦，艺术家曾梵志试穿一双手工制作的皮鞋》，和布列松所拍的画家马蒂斯在他放着好几个鸽子笼的工作室中，手握他想要描绘的鸽子，专注地凝视的照片，就可以感受到两者之间的精神和艺术境界的差异了。假设一百年后，人们不知道陈逸飞或曾梵志是谁了，看刘先生给他们拍的这些照片，人们是否还会觉得是好照片呢？我觉得不会。

又如他所拍摄的《1982年，北京，前美国第一夫人杰奎琳·肯尼迪与美籍华裔建筑师贝聿铭于香山饭店开业典礼上》。我不晓得这照片除了说拍到了杰奎琳和贝聿铭，它的好处究竟在哪里。

我比较喜欢的一张刘先生所拍的人物照，是《2021年，云南，植物科学画家曾孝濂于昆明植物研究所的温室中写生》，照片里的曾先生为热带和水生植物所环绕，周围雾气蒸腾，水汽氤氲，而曾先生却在凝神观察，忘我描绘。在这幅照片里，环境和人物贴合，而且体现出了人物的精神气质。

刘香成摄影作品的新闻性和纪实性，我觉得超过了它们的艺术性。他这次展出的多数照片靠它们记录的内容，而不是艺术性来打动人。他无疑是个优秀的摄影师，但和一流的摄影家，还差那么一点点距离。他这次展出的多数作品，有些让人觉得浮于浅表，缺乏那么一点打动人心的力量。

展览中题为"刺点"的那部分照片中，有两幅分别题为《2010 年，上海，两位年轻的女士在浦东兜风，这些有专业性工作、收入不菲的年轻人是中国的新一代"雅皮士"》和《2021 年，上海，演员杨采钰在北外滩兜风看江景》的照片。其中的所谓"刺点"，无非是崭新的汽车和同样崭新的高楼大厦。它们也许是这次展览中最弱的两张照片。我不晓得将来的人们，能在这两幅照片中看到什么有价值的东西。

三

刘香成先生的缺乏新闻性的一些照片，比如在展览的"风土"部分的一些照片，却很有味道：在那幅《1979 年，北京，北京故宫围墙外的护城河街景》里，一个骑车人停车在河岸边，一脚搭在充满了岁月痕迹的护城河堤上，俯视河水；远处迷茫的雾气中，可以看见河边的杂树和新旧杂错的建筑。在这张照片里，既能感受到皇城根下时间的流逝，也能感受到时间的凝滞。

还有那幅《1980 年，广西，一名农妇为怀里的孩子遮挡正午阳光》。南方的正午，烈日炎炎。年轻的妈妈，正午在稻田旁，坐在横架在两个竹箩上的扁担上面休息。因为怕晒坏怀里的婴儿，她把婴儿精心包裹起来，还戴上帽子。孩子在炎热中昏昏欲睡。妈妈打的伞，却是一把制作颇为繁复的传统竹木制品，现在可能已经很少有人制作和很难买到了。照片透露出动人的人性和粗陋环境中的精致。这些也许是整个展览里，我最喜欢的照片。

二〇二三年九月一日

对生命的感慨和喟叹

——我的一组题为『花石纲』的照片

为 2024 年 3 月 9 日到 31 日在上海茂名南路 1 号的大沪联合艺术空间举办的"三生石"展，我提供了一组题为"花石纲"的照片，拍摄的主要是花与石的组合，也有一些花与朽木等其他东西的组合。

为什么要叫"花石纲"呢？主要是为了好玩吧。这是深深地印刻在中国人的意识里的三个字，常常还带有许多负面意义。我自己是在童年时读《水浒传》的时候，第一次听说它的。宋徽宗向东南地区征集奇花怪石，每十船编为一纲。而任事的太监借机勒索，弄得举国骚然，民不聊生，甚至激起了方腊起义，并间接导致了北宋在金兵的进攻之下的崩溃。

但另一方面，不可否认的是中国的赏石文化，在徽宗朝也到达了一个高潮，并且其影响流传至今。

"花石纲"向全国征集的，不仅有石头，还有花。为什么我们今天常常只讲花石纲的石头，而不讲花呢？我想这是因为花石纲的石头还可得而见，如上海豫园中就有据说为花石纲遗石的玉玲珑，而花石纲征集的花却

菊与紫玲珑石

已都香消玉殒了。这些石头，本来是在艮岳这座皇家园林中，和美花、古木组合在一起的。无生命的石头可以穿越时空而来，有生命的花却只有短暂的生命。而摄影，则是打破花的这一局限的艺术的方式。

我首先是个爱花人，从童年起就爱好种花。这次拍的花，不管是大花还是小花，除了一种彩掌，都是我自己种的。

拍自己养的花有什么好处呢？首先，自己养的花，可以选一些自己喜欢，而切花市场上没有的特殊品种。比如切花市场上会有很多月季（通常都被叫作"玫瑰"），但却基本没有绿的月季出售。我却喜欢各种绿色的花，并且养了绿色的月季，还剪下它的花来拍了照。所以，在所拍的花的选择上，首先就体现了我自己的审美。

其次，我拍的许多花，切花市场上也没有出售。比如像我爱养、爱拍的牵牛，只开一个早晨；扶桑，一朵花只开一到两天，都不适合作为切花出售。（当然，切花市场上也有许多美丽而特别，但自己家里难以栽种的花。）我自己养的花，只要我早晨起来看到有一朵开得特别美的，就可以剪下来或留在植株上拍。把花剪下来我并不觉得可惜，因为本来这些花的生命也很短，我拿它们拍照，保留、延长了它们的美；而且对植株也没什么大的损伤，有时甚至会促进它们开更多的花。

更重要的是，自己种的花，时时在眼前。有时是初开，有时是盛开，有时已处在衰败状态，只要它呈现一种特殊之色，我就可以抓住来拍。比如我这次拍的一些菊花，就是养在我的阳台上。时令已是冬天，在低温之下，几朵晚开的菊花，开始呈现出一种特殊的憔悴之色，我就把它们剪下拍了。而切花会很快衰败，就很难拍到这样的状态。

我也很喜欢各种赏石。但对于石头，我不在乎它是否所谓的传统名石。我更在意的，是它是否在质地、形态、颜色等上面有打动我的地方，而且能和我的花很好地组合在一起。当然我这次拍的石头里也有灵璧、英石等名石（并且我发现英石的质地特别适合和花拍在一起），但许多是并不名贵的、从二十世纪八十年代起才为人们所认识和爱好的风凌石，也就是在沙漠与戈壁滩之上，经风沙、阳光等长期作用而形成的形态特异的石头。组合的时候石头要和花的大小相配称，大石要配大花，小石要配小花才合适。我有时在北方的宫廷建筑中看到单独摆放的大块赏石，只见其枯干，不见其灵秀。无生命的石头还是要和有生命的植物结合起来才好看。

石头与花的颜色、质地也要搭配，比如绿花配红石，就很好。灰色并且表面粗糙的英石，则几乎与什么花都能相配。我也拍了一些花儿和老木、朽木的组合的照片，同样地也是为了突出质地上的对比。

光线和时间，是摄影的两大要素。光线不但包括明，也包括暗，因为如果没有明暗，我们就无法把握物体的轮廓和表面的起伏。

光线又包含了色彩。看到美丽的花我们会随手拿起手机拍一张，但手机里的照片，常常不及眼前的花明艳，这是因为你拍照时的光线没有包含丰富的色光。如果能用包含丰富色光的光线来拍花，你拍出的花甚至能比真花更美。我在拍照时，就常常用闪光灯来给自己提供含有丰富色光的光线。

光线还和时间有关系。每个初学摄影的人，都听说过曝光三要素：光圈、感光度和快门速度。快门速度越慢，放进相机的光线就越多；反之就越少。时间本来是一个连续体，而相机借助快门这样东西，在时间的河流里切下了一个个横切面。每张照片，都是时间的一个切片。也正是靠快门，让花儿这种本来生命短暂的东西，和石头一起被升华了，进入了永恒的领域。

我这次参展的这批题为"花石纲"的照片，组合了美花与怪石、老木这些传统的元素，但是没有采取传统的把它们在园林或盆景中并置的形式，也算是一种创新的尝试吧。从摄影的角度来说，这种组合提供了各种对比：从质地上来说，是坚硬和柔软、粗粝和细滑、干枯和脆嫩的对比；从光线上来说，则是明暗和色彩的对比；在形而上的层次上，则是瞬间与永恒、有生命与无生命的东西、有变化与少变化或无变化的东西之间的对比。在这些对比之中，包含了一种对生命的感慨和喟叹。

二〇二四年三月三日

萧淡任天真

——印人融庵印象

一

　　我自己对一些中国传统艺术的兴趣，恐怕都来自我的祖父：对书法的兴趣，是因为小时候看他每天下午磨墨，临写王羲之的小楷《乐毅论》；对国画的兴趣，是因为他收藏有几张名气不大的民国画家的画，在"文革"结束后不久，就在家里挂出来；对篆刻的兴趣，也是因为他收藏有几枚印章，还说这是以前有点名气的印人刻的，虽然到现在我还没有考证出他们是谁。

　　初识融庵，是在 2014 年，还是在网上。他是 1988 年生人，那年还不过二十六岁。他原名李炯涛，字伯融，融庵是他的号，有时又别署半山、栖迟。当时我刚开始买一些印石，也收藏一些年轻印人的作品。这时几位素来对篆刻有研究的朋友对我说，现在微博上有一个融庵，刻得很不错，你可以去看看。我去看了，果然一见倾心。

　　那时融庵常在微博上展示自己的作品，有时还搞些小拍卖，还可以向他订制印章。我看了一段时间，有一次见他在拍卖一枚一点三厘米见方的小章，印文是"不丑穷"。这三字出于《庄子·天地》里的"不乐寿，不哀夭，不容通，不丑穷"这一句，意思是"不以贫穷为耻辱"。这臭硬的态度很合我的胃口，我就买了。网上各种各样的人都有，说实话我当时是抱着试试看的心情，没想到一周之内就收到了章，一侧还刻有"庄子句，半山刊"六个字的边款。极小的楷书，却每个笔画都很遒媚，有晋人小楷的风致。我一直觉得融庵的书法也很好，他却很谦虚，一直推重朋友豚父的书法。

二

这以后，又陆续向融庵订刻过一些印。这次写文前把我的所有印章都拿出来整理了一番，融庵的竟已有二十一方之多。当然，我觉得还不够多，尤其是他刻的多字印太少了。

以后订刻的印，交货就没有第一次拍卖买的已经刻好的印那么快了，有时半年有时一年，甚至一年多近两年的也有，但最后总是交货的。不像有的年轻印人，刚跟他打交道时还可以，过了一段时间以后不但向他订刻的印刻不出来，连寄给他的印石也拿不回来了。我也知道那句"能事不受相促迫"（出自杜甫《戏题画山水图歌》）的古训，涉及艺术创作的事，要让艺术家有时间去获得灵感，考虑成熟，就是我自己写文章，也是如此。

有一次我请他刻一枚朱文的"习勤圃"，一枚白文的"谈瀛洲印"。"习勤圃"很快就刻出来了，线条温润秀雅，漂亮极了。"谈瀛洲印"，也许是因为字的笔画比较多，难以安排妥帖；而且前人刻过"瀛洲"两字的也极少，没有可以参考的对象，所以迟迟没有刻出来。我就让融庵换了别的字面刻了。过了一段时间，他想好怎么刻了，竟自己拿了一块印石刻了赠我！这是很让我感动的一件事。

有的人耐性就没有我那么好了。曾介绍一位朋友去找融庵刻印，过了半年还没有刻出来，就着急了。催了几次无果，就愤而让融庵退款退石，他马上退了。融庵并非好拖延，只是有些一丝不苟、精益求精的强迫症。许多优秀的印人都有。一方印如果没有思虑成熟，融庵就不肯随便下刀乱刻。

当时给融庵寄印石，我注意到他给的收件地址是广州银利茶叶博览中心的栖迟茶舍。他当时还在做着茶叶生意，空余时间用来刻印。

<h3 style="text-align:center">三</h3>

2018 年 11 月，我因他事去广州，顺便约融庵一见。他说可以在越秀区解放北路的广州兰圃碰头，想必是他知道我爱花，所以选了这个地方。

见面时发现，融庵中等个子，戴一副黑框眼镜，看上去像一位朴素严谨的理工男。单看他的样子，很难想象那些流美妍媚的元朱文印是出于他手。他在微博、微信上很少发自己的照片，以发作品为主，平时穿衣也随便，常常是 T 恤、短裤、拖鞋。

但他常发宠物的照片。融庵爱小动物，先后收养流浪狗土豆，流浪猫西瓜、蓝莓、西洋菜和西红柿四只。我跟他熟了，加了微信以后，有时会和他交流下各自养的猫猫的照片。他喜欢我家黑猫 Fifi，我喜欢他家的条纹猫西瓜，长得名副其猫，已成半圆状了。

融庵是那种突出自己的艺术，以艺术来显示自己的个性，而不是突出自己的形象，甚至尽量隐藏自己的形象的艺术家。

兰圃就在越秀公园对面，有一个小小的、朴素的门，当时门票仅八元。里面的兰花，以适应广州气候的建兰、墨兰为主，也有些原产热带地区的洋兰。11月并非建兰的盛花季，墨兰的花期也要再过一两个月才到，所以可看的花不多。

看完兰花后，融庵带我到兰圃里的一处茶室坐下。这里面对一处假山池沼，上面长满了葱郁的龟背、绿萝等热带植物，还有扁担藤等野藤从各种树木上垂挂下来，真是个好去处。茶资仅三十元一人，可以在那里坐一下午，入园时买的八元门票还可以抵充部分费用。在市中心还能找到这样清雅且低消费的地方，真是很难得的了，不禁令我对广州这座城市大增好感。

融庵本人是做茶叶的，自然看不上茶室里的茶叶，自己带了；他推荐点了那里的菊花糕，是一种绿色透明、清香爽口的带菊花图案的小甜点，喝茶时吃果然不错。

融庵操作电磁炉烧水泡茶的动作很熟练，一看就知道这些动作他做过无数次。他说，自己经营茶铺时，有顾客来，就要陪着喝茶，所以一天下来，常常喝了太多的茶。晚上睡不着，就起来刻印。现在茶铺虽然关了，但他喝茶、晚上刻印的习惯，还是保留了下来。而且夜深人静，刻印的效率特别高，白天总觉得干不出活。

之前我向他订了四方印，他说印面都刻好了，只差款字，就带到兰圃来当场给我刻好带回去。他刻起来动作还是很快的，一方"丝竹中年"，还给我刻了很长的款。印文四字，朱文和白文顶角对比。这四字出于《世说新语》："谢太傅语右军曰，'中年伤于哀乐，与亲友别，辄作数日恶'。王曰，'年在桑榆，自然至此，正赖丝竹陶写'。"我也到中年了，这四个字，正适合我现在的心情吧。还有一方"宁作我"，娟秀的细朱文，也是语出《世说新语》："我与我周旋久，宁作我。"

我看融庵右手因为长年用力执刀刻字，手指已微微有些变形。真正的艺术家，多少都会为自己的艺术付出些代价。在艺术背后，总有旁人想象不到的艰辛。我问他是怎么开始刻印的。他说一开始是爱写毛笔字。因为在书法作品上要盖印，而自己又没有，于是就动手刻了，没想到后来对刻印的兴趣超过了书法。

融庵说自己读书时学的是物流专业。在前些年物流业的大发展中，同学里颇有几个发了财的。但他最后还是决定追求自己的爱好，以刻印为生。

显然，他在篆刻上是有天赋的。融庵说，他刻的第一个印，就卖掉了。这以后，他先后在中国篆刻网和书法江湖商城上接过单刻过印。当时手头比较缺钱，订单也接得特别多，再加上年纪轻、精力好、出手快，曾创过一日夜刻七十方印的纪录。看得出他生活里有许多艰难的地方，但他是那种自尊自重的性格，轻易不会对人言。

也正是在这大量的练习中，融庵打下了手上功夫的扎实基础。我觉得，任何一门艺术，不管是篆刻也好，还是写作、绘画、书法、音乐，都要有一定的练习量、创作量，就像是运动员，一定要达到一定的运动量、训练量。如果达不到，那就是业余玩玩的，算不上专业人士。

但产量一高，容易堕入大批量重复生产的恶道。融庵却反而因此走上精益求精的道路，真是很难得的。

现在要得融庵一印，已经不那么容易了。他的润格虽还不算高，但他现在创作速度大大放慢，所以要等；

还有就是北到东北、南到香港，都有嗅觉灵敏的文人雅士，来向他求印，所以要排队，也要等。有的印人润格定得很高，然而只是自高身价，并没有人真按他们的润格求印。融庵的印，都是真卖出去的。

融庵在印界崭露头角以后，有一位西泠会员、成名印家，曾表示愿收他为徒，但他没有接嘴。他说："如果当时真的拜了老师，可能现在我就像这位老师的那些徒弟，跟老师刻得完全一样了。"

拜老师的好处，融庵不会不知道。在中国，许多的传统艺术，如书法、篆刻、绘画，乃至戏曲、武术、相声等，都讲究拜老师。似乎拜了老师，就接上了某门某派的香火，而拜师者在那个领域内，也有了可保证的位置。我觉得这是一种幻觉。归根到底，还是要看个人的修为。但在艺术市场上，有许多缺乏判断力的人吃这一套。

融庵则不愿牺牲自己的个性与自由发展的可能。他是个自发生长起来的印人。他既继承传统，又不愿拘泥师承。在这电子商业时代，他在市场中求生存，同时又有自己的艺术追求。

四

融庵有巧思，偶然出手做几件小首饰如珍珠耳环之类，也极有味。他擅刻小印，有的时候是只有两三毫米的极小印。有一次我以外行的无知问他小印是否特别难刻，他哈哈一笑说小印上的字笔画短，容易藏拙，反而好刻。大印上的字比较大，要保持线条的秀挺就有难度了。他其实是个比较寡言的人，不肯多谈自己的印艺。我只是偶然能从他那里抠出一两句话来。

融庵的篆刻，既有汉印的深厚基础，又有得于明清流派印的较多。他早期擅刻元朱文，用刀甚深，线条细劲婉转，风格沉静典雅，温柔蕴藉。后多学明代的文彭、汪关，转折处也变圆为方，方多圆少，寓圆于方。线条也往往似断实连，在流利中增添了一点生涩。诚如邓散木所言，"于涩中寓坚挺之意"。初看似不如以往精致工细，然而更富清虚悠远的意境。我手头有一方他刻的多字印"天涯地角有穷时，只有相思无尽处"，娟秀雅润至极。融庵实一往有深情之人也。

融庵早期的白文印得于汉玉印，下刀精准，线条妩媚流美，盘曲遒劲。后多学明代的苏宣和明末清初的程邃，尤其是见到后者的仿烂铜玺印的"郑簠之印"后，受影响较大，给原本光滑精准的线条，增添了一些糜烂，显现了苍古浑厚的意境。

我最近又拍得融庵刻的"山鸡自爱其羽"白文印一方。我甚爱其印文，又觉得也是融庵的夫子自道。

相比好卖的朱文印，融庵更喜欢自己的白文印。朱文印线条流丽，能欣赏的人多；白文印苍古朴媚，懂得的人就少了。篆刻是一种小众艺术，其精微之处，懂得的人本来就少。这几乎注定是一种寂寞的艺术。

但生活中的融庵并不孤独。在广州，他有一批写字画画刻印唱戏的俊男靓女朋友来往，如写字的豚父、拍照画画的无戒等，都各有字号，现在都还不过三十出头，却很有古意地互以"翁""老"等相称，在广州这座社会气氛比较包容、开放的城市里，给自己创造了一个适合于艺术发展的小角落、小气候。

我觉得融庵实乃狷介之士，他以刻印自给，孜孜讨生活于刻刀和印石之间，但又不妄取一毫，正所谓"不使人间造孽钱"。他又狷而不狂，不是那种学得前辈十分之一二，就目空一切，甚至变身为网络喷子的那种年轻人。

　　"萧淡任天真"（语出清魏锡曾《论印诗二十四首》论奚冈铁生诗），也许可以用来描述融庵现在对风格的追求。他还年轻，我觉得他前途远大，不可限量。

二〇二〇年七月二十一日

东一美术馆的卡拉拉学院藏品展：一些细节

这次在外滩东一美术馆举办的"文艺复兴至十九世纪：意大利卡拉拉学院藏品精选"展，共展出创作于约1441至1898年间的画作五十四幅。在这篇短文里，我想就写写我在观展时注意到的几幅画上的一些细节，以及它们又是怎样凸显了它们各自时代的特色吧。

一

我想提及的第一幅画是安德烈亚·曼特尼亚约作于1450年的《锡耶纳的圣伯尔纳定》。这时的意大利虽已进入文艺复兴时期，但在这幅画上还是能看到中世纪宗教画风的余韵。中世纪宗教画的特点，就是高度程式化，人物枯瘦、古板、僵硬。圣伯尔纳定是一位宣扬并且实践禁欲和苦行的方济各会修士。画中的他套着一袭僧袍，把身体从头到脚给遮住了，只露出一张枯黄干瘪的脸，双眼谦逊地低垂着。他抄拢的双手，抱着一本他显然经常翻阅、封面已经破旧的书。虽然上面没有书名，但我们可以猜到那是一本《圣经》。

曼特尼亚的画作《锡耶纳的圣伯尔纳定》

尽管看不到他的身体的任何细节，但透过他的僧袍，我们可以感受到他肉体的枯槁。这是一位注重精神生活，忽视乃至压抑肉体欲望的狂热宗教徒的画像。这幅画的画中人物和绘画风格，仍大部分属于虔信宗教的中世纪。

二

第二幅我想提到的画，则是吉罗拉莫·真加在1516至1518年间所作的《圣奥古斯丁为新教徒洗礼》。画面中央披着一件红斗篷的圣奥古斯丁身形瘦小，一点也不引人注目。最吸引观者目光的，反而是已经进入或将要进入洗礼盆的四个男子：和前面提到的那幅画中的全身被袍子罩住、形容枯槁的圣伯尔纳定相反，他们身材魁梧，肌肉发达，正在或已经脱去袍子，裸露出身体。尤其是画家对最右边的一位正在脱去袍子的男子的背部、臀部和腿部的发达肌肉的精确描绘，不由得让我想起那年去意大利佛罗伦萨的乌菲齐美术馆时，在那里看到的对男子肌肉和骨骼有精确与生动表现的古希腊雕塑。由此可以看到，当时的意大利艺术家们已完全复活和掌握了古希腊和罗马人关于人体肌肉和骨骼的知识。

这虽然和《锡耶纳的圣伯尔纳定》一样，仍然是一幅宗教题材的画，但人物的风貌却已全然不同。这里面的人，已不再是专注于精神、内心与来世生活的人，而是已将注意转移到肉体、现世和外部生活的人，是文艺复兴时期的人。

三

第三幅我想提到的画，则是老扬·勃鲁盖尔作于1612年的《蛹蝶花瓶》。这是幅当时的佛兰德斯画家所

老扬·勃鲁盖尔的画作《蛹蝶花瓶》

擅长的花卉静物画。画家以令人惊叹的极为精细的笔触，描绘了插在瓷瓶中的一束鲜花，其中有当时的佛兰德斯人狂热爱好的几个不同品种的贵重郁金香，有欧洲月季、水仙花、黑种草和紫草花，还有蝴蝶、毛虫、瓢虫和蝗虫。这些在典型的佛兰德斯花卉画中都有描绘，有时还会有蜥蜴、蜗牛等小动物。这些生命短促的活物，又常常和珠宝、贝壳等美丽而持久的无生命物件并列。

但引起我特别注意的并不是这些，而是在画面左下角，停留在放置花瓶的桌面上的两只并不漂亮的身材粗短的蛾子：这不是蚕蛾吗？

许多人小时候养过蚕宝宝，我在我童年期的二十世纪七十年代也养过。当时在上海市区里养蚕宝宝还比较麻烦，因为还没有现在这么好的小区绿化，要找到野桑不容易。记得我们几个养蚕的小朋友，都依赖其中一个的家长，每天下班时从郊区带回一些桑叶。她郑重其事地在一个塑料盒子里铺上一层湿毛巾，放上几片桑叶；再盖一层湿毛巾，又放上几片桑叶，就这样一盒子放上好几层。这样桑叶带回来时就很新鲜，一点没有损失水分。蚕宝宝长大后桑叶吃得很快，我们每天都眼巴巴地等着她带桑叶回来。

还记得我在蚕宝宝最终吐丝结茧时的那种雀跃。它在茧内化蛹最终成熟变为蚕蛾钻出茧壳，这时我看到几只身材粗胖的不起眼的蛾子。它并不美丽，这让我有点失望，但想到人们养蚕并不是为了它的外观，我也就释然了。

经过了人类数千年的室内驯化，蚕蛾已不会飞，只是待在我给它们准备的敞开的纸盒子里，也不吃东西。交配后不久就产下卵来，一粒粒的像浅黄色的小芝麻，随着时间的推移颜色会慢慢变为深紫色。

尽管我童年时就养过一次蚕，但就那一次蚕和蚕蛾的外观，就给我留下了很深的印象。

成年后有了女儿，在她五六岁的时候也有朋友赠送蚕卵，给她养过一次蚕宝宝（顺便说一句，让孩子养蚕，可以让他们看到鳞翅目昆虫从卵—幼虫—蛹—成虫的全过程，是一种最好的直观生物学教育，比上一个学期的生物学课效果好得多），又加深了一次我对蚕蛾的印象。所以，这一次在老扬·勃鲁盖尔的画上看到这种蛾子，我一眼就把它认了出来。

认出画中桌面上那两只蚕蛾后，其他几样东西也被我认了出来：画面左下角那四条大小不一的白色虫子，不就是蚕吗？它们正在啃食的两片卵圆形的树叶，不正是桑叶吗？其中一片桑叶还带着一小段枝干，上面还长着两枚聚花果，这不正是桑树结的味道甜美可食的桑葚吗？

在这几条蚕后方有两个白色长圆形的东西，这不是蚕吐丝结的茧吗？而在画面右下角的两个蛾子中间，有一个纺锤形的东西，依稀可以看出有头、胸、腹三个体段，这不是蚕蛹吗？蚕蛹平时在蚕茧里，不把蚕茧剪开是看不到的。看来老扬·勃鲁盖尔为了画这幅画，还做了点研究。

那么画面上在蚕蛾身体底下一粒一粒白色的东西是啥也就迎刃而解了：是蚕卵啊！原来在这幅画里，老扬·勃鲁盖尔画了蚕的整个生活史！

蚕是中国通过中亚，经过几个世纪才传到欧洲的东西。尽管在老扬·勃鲁盖尔的时代，意大利和佛兰德斯都已有相当发达的养蚕业和丝织业，但我想人们对这种外来的、和巨大经济利益相联系的昆虫还是抱有一定的好奇吧，所以老扬·勃鲁盖尔会把并不算美的蚕蛾和蚕的整个生活史画到他的画里。

在文艺复兴时期，当画家们的专注点从人的宗教生活转向人的现实生活与外部世界以后，他们往往会在静物画里对花、对昆虫、对各种动物做高度写实的描绘（而不是出于杜撰或想象），写实到今天的植物学家和动物学家还能考证出他们画的是哪种植物或哪种动物。老扬·勃鲁盖尔的这幅画就是一个例子。他在这幅画里不仅对蚕做了细致入微的描绘，还对它的生活史，包括它食用的植物，做了深入的研究。

不禁想到今年夏天我去浙江绍兴看的徐渭展。有趣的是，在宋代发展出强调"格物致知"的理学，经历了高度写实的宋画以后，在中国的明朝，与西方的文艺复兴同时，徐渭（1521—1593）却创造出了"大写意"的画法。他笔下的牡丹等各种花卉只有一个大致的、模糊的轮廓，在他的画上，牡丹的叶子是怎么长的花又是怎么长的，是根本看不清的。他追求的是别的东西。

我在这里并不是要比较老扬·勃鲁盖尔和徐渭的优劣，徐渭也自有他的不可及之处，我只是想指出中西艺术所走的不同发展路径和在某一时期在精神上的重大差异而已。

四

最后一幅我想提到的画，是朱塞佩·佩利扎·达沃尔佩多在 1889 年所作的《悲伤的记忆》（又称《圣蒂娜·内格里肖像》）。

这时我们已不再身处文艺复兴时期。佩利扎在艺术史上一般被称为一位分光法（divisionist）或新印象派画家。之所以我想写他的这幅画，是因为它和我前面写到

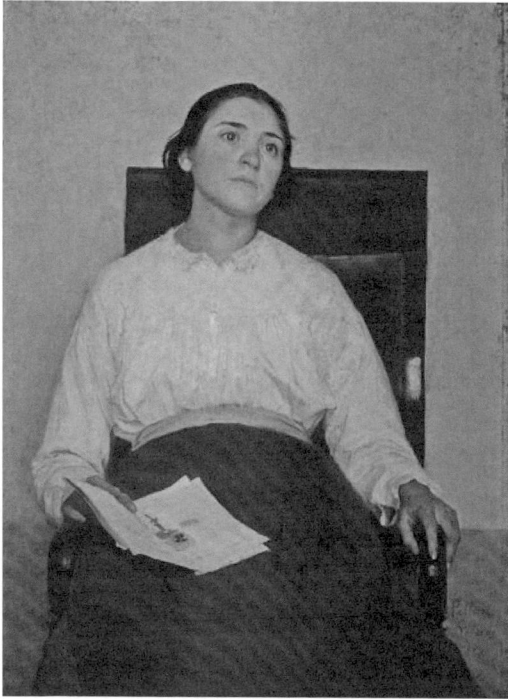

达沃尔佩多的画作《悲伤的记忆》

的《蛹蝶花瓶》那幅画一样，里面也有花。但这幅画里面花的被描绘方式和它在画中所起的作用，与在《蛹蝶花瓶》里已经大不相同了。

在画里，一位青年女子靠在一把椅子上，两眼直瞪瞪地，惘然若失。她的右手中拿着一本摊开的书，里面是一朵夹着的已经变成干花的三色堇。

干花，本身已不是鲜活的花，但它又确实是那曾经鲜活的花的一部分，就像是花的记忆。而三色堇，在西方一度非常流行的花语中，又是"回忆、思念"的意思。莎士比亚笔下的奥菲利亚就曾说，"这些是三色堇，它代表着思念"（"And there is pansies；that's for thoughts."《汉姆雷特》第四幕第五场）。这朵花以及它的花语，正好和这幅画的主题，也就是"悲伤的记忆"相契合。

我们看到，在文艺复兴之后已三百多年的十九世纪末，佩利扎这位意大利画家已不再花很大力气去对三色堇进行细致的写实描绘，而是把重点放在了它的象征意义上面。

这次在外滩东一美术馆展出的是卡拉拉学院藏品的精选，时间跨度大，涉及的艺术史上的流派和阶段多。我的这篇短文，难免挂一漏万。读者有兴趣的话可以去观展，相信会发现更多有意思的画和细节。

二〇二一年九月七日

『使色彩达到明亮、强烈与和谐』
——观东一美术馆『法国现代艺术大展』有感

一

最近在外滩东一美术馆举行的"法国现代艺术大展"，来了像莫奈、马蒂斯、毕加索等一些中国观众熟悉的大名鼎鼎的法国画家的作品，我这里就不一一写了。我想写的是在观展过程中，特别打动我、给我印象最深的几幅画作。

这次展览上以皮埃尔·博纳尔（Pierre Bonnard，1867—1947）的作品为最多，共有二十九幅。提供这次展览的作品的是法国的本伯格基金会，博纳尔是他们的重点收藏之一。他的作品以前在国内见到的机会不多，现在终于有机会可以大饱眼福。

博纳尔有一句名言："艺术不是自然，从色彩中可以得到更多。"由此可见他对色彩的重视。

博纳尔在早年深受印象派和高更画风的影响。"印象派"的名称，来源于一位记者对莫奈描绘勒·阿弗尔港口清晨风景的《日出·印象》一画的讥评。他觉得这幅画过于粗糙，不能算正儿八经的绘画，只是一个模糊的"印象"。其实莫奈并没有想忠实与细致地再现勒·阿弗尔港口的景物，他只是想表现出旭日初升时海面上的光线与色彩的特质。而"印象主义"这个词也被莫奈等顺手拿来，成了他和德加、塞尚、雷诺阿、毕沙罗、西斯莱等一批画家组成的画派的名字。

这个时期印象派等现代画派的产生，和照相术的发明不无关系。在十九世纪上半叶，照相术在法国和英国分别被发明。（当然，法国人和英国人都喜欢说照相术是自己发明的，而把对方的功劳抹去。）1826 年法国人尼埃普斯发明"日光蚀刻法"，然后，达盖尔又在他的基础上发明"银板法"，并于 1839 年由法国科学院正式公布。

用达盖尔的银板法拍摄的照片，是唯一的。而在同时期，英国的塔尔伯特在 1835 年发明了"光绘成像法"。他的这种技术有负片、有正片，而正片是可以无限复制的，是现代摄影技术的基础。

照相术的发明，给绘画带来了巨大的挑战：画家已无必要再去高度逼真地再现物体和人物了，因为在这方面绘画无论如何比不过摄影。这其实也是对绘画的一种解放。从此以后，画家可以更多地致力于创造特殊的效果和表达自己的主观情感状态了。这，我想是这次"法国艺术大展"所展示的印象派、野兽派、纳比派、点彩派等画派产生的一个重要背景。

二

博纳尔在二十多岁的时候加入了"纳比派"（Les Nabis，是"先知"或"预言家"的意思）。对"纳比"这个词究竟是什么意思我们不必去深究，这只不过是几个志同道合的画家给自己的小团体起的一个名字而已，更要紧的是他们的主张，也就是放弃在绘画中表现三维的立体感，而注重平面的色块。

在这次展出的所有博纳尔作品中，我最喜欢名叫《海岸》的这一幅风景油画。1909年，博纳尔在法国南部小住，被那里美妙的光线、明艳的色彩迷住了。大约一年之后，他就创作出了《海岸》这幅画。

这次的展览分为几大部分，其中一部分被称为"地中海景观"。策展人写道，"由于二十世纪铁路的发展，许多画家得以前往地中海地区探索和创作。这里夏季炎热干燥，冬季温和少雪，阳光充足……普罗旺斯（位于法国东南部）的阳光给他们的视觉带来了极大的冲击。艺术史上一连串的名字都曾与地中海沿岸密不可分"。这份名单包括毕加索、马蒂斯、德兰、塞尚、莫奈等，也包括博纳尔和后面我们要提到的西涅克和克罗斯。

画家老友孙良曾和我说起他在南法的一次自驾之旅：黄昏时分，夕阳西下，他驱车行驶在公路上，看到斜阳照射在秋叶上，一片片金光闪烁，天空则呈现迷人的紫色。那斑驳的光影、迷人的丰富而闪烁的色彩，使他顿悟法国印象派画家亦只不过是在画他们眼前的景色而已。而中国的雾蒙蒙的山区和许多地方秋冬甚至春天漫长的阴霾天气，则造成了中国画中相对暗淡和内敛含蓄的颜色。他的说法，我觉得是有道理的。

博纳尔的《海岸》描绘的很可能是日落时的夏纳湾的景色，远处则是埃斯特尔山。整个画面为宝石般富丽、深沉的蓝紫色所主导。占据画面中间主要部分的是大海，是用深浅不同的蓝紫色用大胆的笔触画出。深海部分是深蓝紫，到了远处又变为浅蓝紫，更远处也是蓝紫色的埃斯特尔山。山顶上有片片美丽的橙色火烧云，山脚底下的海水也映照出火烧云的橙色。近景中的浅水中有着一块黄绿色的礁石，水面上闪烁着点点金色的阳光，海滩则为黄绿色。

画面左下角是一艘搁浅在沙滩上的帆船，用黄色、蓝色、白色等粗犷的笔触画出，阴影则为紫色。画面右下角处几个在沙滩上的模糊的人，因为映射的夕照而变为红棕色。

整个画面中没有对一样东西做精细的描绘与再现，但你不得不惊叹于博纳尔对色彩的敏锐感觉与大胆运用。

在博纳尔去世的时候，评论家泽沃斯（Christian Zervos）曾写道，"在博纳尔的作品中，印象主义变得寡淡无味，开始衰落"。马蒂斯却不同意。他说，"我认为博纳尔是我们这个时代的伟大艺术家，自然，对后世也是"。我更同意马蒂斯的意见。

三

这次还给我留下了深刻印象的，还有点彩派画家保罗·西涅克（Paul Signac，1863—1935）的作品。这一画派更为人所熟知的可能是乔治·修拉，但西涅克其实是修拉的重要合作者，对点彩派理论的形成，以及它的宣传与推广，起了重要的作用。

点彩派又称"新印象派"，由此可见它和印象主义的深厚渊源。它是由几位深受印象主义影响的画家，在新的光学和色彩理论的指导下，发起的技法上的革新。根据这种理论，各种色彩都可以由各种纯色小点融合而成。当画家运用"分光法"，把各种纯色小点画在画布上后，从远处看时它们就会融合成各种新的颜色。

西涅克曾写道，"通过消除一切脏兮兮的颜色，根据光学原理把纯色混合起来，运用分光法，严格地遵守科学的色彩理论，新印象主义者可以最大限度地使色彩达到明亮、强烈与和谐——这是以前从未达到过的效果"。

从这次展出的《开花的树（杏树）》（作于 1902—1904 年间），就可以看出西涅克的技法和风格的鲜明特点。我们在这幅画上看不到高度逼真地再现的一朵朵杏花。取而代之的，是一个个较大的近乎方形或长方形的粉红色色点。杏树的树干则由深紫的色点组成，天空是粗大的浅蓝色点，湖面则是深蓝的粗大色点，树木是深绿色、浅绿色的色点，而草地则由绿色、黄色、红色、紫色等斑斓的长方形大色点组成。

四

亨利-埃德蒙·克罗斯（Henri-Edmond Cross，1856—1910）的布面油画《摩尔山脉》，也是给我深刻印象的作品之一。克罗斯早期的作品受现实主义影响，用色比较深沉黯淡。但在 1883 年认识莫奈以后，他开始用印象派的明艳色彩作画。后来他又认识了西涅克，然后又认识了修拉，开始转而运用点彩派的创作技法。但后来，点彩派的一些严格的规矩开始令他感到不满，他开始追求一种更为自由、更能表现个性的表达法。

克罗斯和西涅克一起，开创了新印象主义的第二阶段。他用更大的、接近方形的色块，取代了点彩派的小色点。画面上的物体的形状变得更为抽象，而色彩变得更为明艳炫目。

1891 年，因为关节炎的关系，克罗斯搬到了南法居住。在那里，灿烂的阳光，明艳的色彩，使他画布上的色彩更为强烈。大约作于 1906 至 1907 年间的《摩尔山脉》就是这样的一幅画。在这幅画上，一个个明艳的绿色、紫色、红色和黄色的方形色点，在我们的面前呈现出了春天的生机盎然的摩尔山脉，似乎能让你闻到青草的香味。底下由深浅不同的绿色色块组成田野，上面还点缀着点点红色，似乎有鲜花盛开。田野上长着深绿色的灌木和树木，还有一个农夫扶着犁在一匹白马后面耕田。真是一幅美好、清新、和谐、平静的田园画。

这幅画的那种清新、明亮的色彩，真是让人感到眼目清凉。在这件作品里，克罗斯做到了西涅克所说的，"使色彩达到明亮、强烈与和谐"。

在本文所提及的三幅画作中，我们可以看到绘画的重点已从细致地再现物体的三维立体形象，转到了它的色彩在我们的视网膜上达到的效果。这也是现代主义绘画在发展中的重要一步，那就是把色彩和所要描绘的对象分离了开来。

二〇二一年十一月二十八日

对爱、美与青春的赞颂

——波提切利的《春》中的花卉与植物

"波提切利与文艺复兴"展 2023 年 4 月 28 日在外滩的东一美术馆开展。这次从意大利的乌菲齐博物馆来了波提切利的十件真迹与杰作，包括著名的《三博士朝圣》与《女神帕拉斯·雅典娜与半人马》等。他的《春》因为原作比较脆弱，不能离开乌菲齐，展出的是乌菲齐制作的高仿真复制品。

还记得在 2016 年夏去意大利旅游的时候，在佛罗伦萨的乌菲齐博物馆那间专门放波提切利作品的展室里，我在《春》这幅巨幅作品前面心驰目眩，站立了好久。《春》这幅画所给人的那种冲击力和震撼力，真的是很大的。我觉得它与《维纳斯的诞生》一起，是波提切利最伟大的两件作品。

波提切利的成长，和掌控佛罗伦萨的美第齐家族的栽培扶植分不开。科西莫·德·美第齐（Cosimo de' Medici）利用他的家族所经营的银行的雄厚实力，建立了在佛罗伦萨的势力基础。他很早就认识到，赞助艺术有助于提升家族声望，扩大家族势力。

波提切利在 1444 年出生时，父母给他起的名字是阿力山德罗·菲利佩皮（Alessandro Filipepi），现在所叫的"波提切利"，其实是后来别人给他起的一个绰号，意思是"小瓶子"，因为他的长兄开的一家当铺，就叫这个名字。他早年先跟着一位金匠学艺，在显露出艺术才能之后，他父亲又让他进入著名画家菲利普·利皮（Fra Filippo Lippi）的画坊做学徒。从利皮那里满师之后，掌控佛罗伦萨的美第齐家族的第二代"痛风的皮埃罗"（Piero the Gouty）的妻子卢克丽霞（Lucretia）就邀他入住美第齐家族居住的美第齐宫。他受到家人一样的对待，与包括皮埃罗与卢克丽霞的两个儿子洛伦佐（Lorenzo，后来成长为掌控佛罗伦萨的美第齐家族的第三代"伟大的洛伦佐"）和吉乌里阿诺（Giuliano）在内的家庭成员同桌吃饭，倾听同样受到美第齐家族赞助的诗人、学者、哲学家们的高谈阔论。文艺复兴时的另外两位大师列奥纳多·达·芬奇和米开朗琪罗也得到过同样的待遇。

知道了波提切利与美第齐家族的关系，就很容易理解《春》这幅画里的许多东西了。很长时间以来，《春》被认为是波提切利为"伟大的洛伦佐"所画的，可是后来被发现的一份目录表明，此画曾挂在属于美第齐家族的另一支的洛伦佐·迪·皮埃尔弗朗切斯科·德·美第齐（Lorenzo di Pierfrancesco de' Medici）的家里，很可能是波提切利在 1482 年，为他的婚礼所画的。

在这幅画里，除了九位神祇以外，还画了大量的开花与不开花的植物，总数约有五百种。其中大多数是波提切利以高度写实的笔法画的，而且都是出于佛罗伦萨所在的意大利托斯卡纳地区的，也有一些图案化的甚至出于想象的植物。现在已被辨认出来的有约一百七十

种。因为这幅画里的植物品种实在太多，我不可能一一
去写，就挑几种重要的写一写吧。

这幅画从右到左的第一个神祇是蓝色的西风神，他
鼓起双颊，吹出意大利春天的和煦的西风，他头顶上是
一棵月桂树的枝叶，这树也被他的风给吹歪了。在画面
的右下角，有一株美丽的紫色鸢尾，它生长在托斯卡纳
的乡间，还出现在佛罗伦萨的纹章上面，因此是这座城
市的象征。

第二个人物是被西风神所追逐的林中仙女克罗丽
丝，她回过头有些惊恐地回顾着他，她的口中正在冒出
各种鲜花：有小长春花，有玫瑰，有矢车菊等，都是春
天盛开的花。

克罗丽丝的手，部分和第三个人物形象重叠了，因
为传说中，西风神把克罗丽丝变成了花神。这位美丽的
花神自信地大踏步往前行走着，她的头发上装饰着雏
菊、矢车菊、草莓花、银莲花等小花，脖子上挂着花
环，裙服上也都装饰着花。她一边走，一边从裙兜里掏
出玫瑰——爱与美的象征，往地上抛撒着。

画面上的第四个人物，也是占据着画面中央的重要
位置的，是爱与美的女神维纳斯，她的背后是一丛爱神
木（又称香桃木），这种植物本身就是爱神的象征。在
维纳斯的背后，比爱神木更高大的，是一排橙子树，是
整个画面的背景。这些橙子树在开花，同时上面又挂着
果子。橙树是在春天开花的，但果实成熟要到秋天。由
此可见，波提切利的橙子树，不是完全写实的（当然也
有可能是去年的果子没有摘掉）。橙树的白花，象征着
新娘的纯洁；至今在西方的婚礼上，新娘常常会手持一
束芳香的苦橙花。至于累累的果实呢，又是对新郎和新
娘会多子多孙的祝福吧。而且橙子又是美第奇家族的象

征：它在那时候的拉丁名字 citrus medica（这个名字现在被用来指香橼），后面一个词与美第奇 Medici 很接近。

在维纳斯的头顶上，飞翔着胖胖的蒙着眼睛的小爱神，他的弓箭，对准了左边臂膊缠绕着在跳舞的美惠三女神。她们穿着透明的裙服，是整幅画面中最为美丽的女性形象。美惠三女神的左边，则是墨丘利，他飞行迅速，是众神的信使。画中的他拿着一根短杖，在驱散乌云。

在众神脚下的草地上，开着星星点点的小花：除了花神抛撒在地上的玫瑰和已经提到的鸢尾外，还有茉莉、雏菊、毛茛、银莲花、番红花等，都是托斯卡纳地区的春花。

春天是万物复苏、百花盛开的季节，是动植物繁殖的季节，也是爱与婚姻的季节。总而言之，《春》这幅画是对美第奇家族的一场婚礼的祝福，也是对爱、美与青春的赞颂。

二〇二三年四月二十七日

兰花与空间美学

——写在『兰之猗猗』展的后面

　　2024 年 4 月 21 日至 5 月 5 日，在嘉定明徹山房举办了由杨建勇、尹昊策展，东门布置兰花，乐震文、庄艺岭、季平等二十多位艺术家参展的"兰之猗猗"展。我提供了四幅照片，并在展览期间作了《国兰的文化传统与鉴赏》的沙龙分享。

　　《兰之猗猗》展是中国传统空间美学和当代艺术创作相结合的一次尝试。中国的生活美学，在宋代有一个大的发展。宋宗室赵希鹄著有《洞天清录》一书，里面有这样一段著名的话："尝见前辈诸老先生多畜法书、名画、古琴、旧砚，良以是也。明窗净几罗列，布置篆香居中，佳客玉立相映。时取古人妙迹，以观鸟篆蜗书，奇峰远水。摩娑钟鼎，亲见商周。端砚涌岩泉，焦桐鸣玉佩。不知人世所谓受用清福，孰有踰此者乎？"在这段话里，赵希鹄提出了一个"清福"的概念，那么这个"清福"是什么呢？那就是把自己的居室，布置成一个清洁、古雅的生活环境，里面有书籍、古董、乐器、艺术品、文房用具，还可以焚香，以满足主人在艺

西部春兰胭脂仙子

术和精神上的种种追求，并提供一个和趣味相投的朋友交往的空间。对赵希鹄来说，单单读古人的书是不够的，文人还应在古人制作的器物的环绕之中生活，受到它们日常的熏染。但这本书涉及的，主要是古董、古琴、古砚和艺术品，还没有涉及植物。

中国的空间美学理论得到成熟发展，并且把植物的布置也包括在里面的，我觉得是在明末清初。生活在明朝嘉靖至万历年间的高濂所著的《遵生八笺》一书开其先河。书斋因为是文人实践他的精神追求的场所，所以高濂在《高子书斋说》一文里对其环境布置作了特别详细的论述。关于植物他写道："书斋……窗外四壁，薜萝满墙，中列松桧盆景，或建兰一二，绕砌种以翠芸草令遍，茂则青葱郁然。"随后，他又罗列了书斋中要陈设的文房用具、家具、香具、书画、赏石、书籍，等等，这里就不一一引用了。

高濂建议让窗外和四壁爬满爬藤植物薜萝，这样从窗内望出去，会有一种身处山洞之中的感觉，夏天还会降低室内温度。绕阶种满深绿而带有蓝意的翠芸草，则不但增强了这种隐居于山林的感觉，还可减少杂草的生长。

南宋时期宋宗室赵时庚作《金漳兰谱》，这是我国与世界的第一部兰花专著。书中记载的是当时人们所种植的建兰和墨兰品种。墨兰和建兰是中国最早被开发、种植和欣赏的兰花。

明朝人继承宋朝传统，推崇建兰，所以高濂也推荐人们在书斋中种植建兰。江浙春兰的流行，则要到清朝初年瓣型理论发展起来以后。

在传统空间美学方面还有一本重要的书，那就是生活在明末万历、天启到崇祯年间的文震亨（1581—

1645）所著的《长物志》一书。《遵生八笺》内容比较芜杂。《长物志》相对来说文辞更清丽，文笔更简洁。

在论及"室庐"时文震亨写道："吾侪纵不能栖岩止谷，追绮园之踪；而混迹廛市，要须门庭雅洁，室庐清靓。亭台具旷士之怀，斋阁有幽人之致。又当种佳木怪箨，陈金石图书。令居之者忘老，寓之者忘归，游之者忘倦。"也就是说，我们尽管不能像隐士绮里季和东园公那样隐居于山林，而居住于闹市，但也要在自己的室内环境中营造出山林的那么一种气氛，这就需要植物的加入。

关于兰花，文震亨写道："兰出自闽中者为上，叶如剑芒，花高于叶。《离骚》所谓'秋兰兮青青，绿叶兮紫茎'者是也。次则赣州者亦佳。此俱山斋所不可少，然每处仅可置一盆，多则类虎丘花市。"后面他还提到"杭兰""兴兰"和蕙兰。由此可见，明末的文人士大夫继续推崇建兰，但观赏兰花的产地范围在扩大。

他还提出了重要的一点，就是放在书斋里观赏的兰花不能多放，只能放一盆。这是为了注意力的集中，也是一种高度艺术化的观赏方式。这并不是说种兰只能种一盆，而是说放在书斋里观赏的只能放一盆。当然这和做兰展是不一样，兰展为了让观众能够一次看到尽可能多的品种，当然会多放一些。

关于兰花的配盆，文震亨又写道："盆盎须觅旧龙泉、均州，内府、供春绝大者，忌用花缸、牛腿诸俗制。"他所说的龙泉，指的是龙泉窑所产的瓷盆，是单色釉的青瓷，格调清雅；均州，现在又写作钧州，指的是钧窑（又称钧台窑）所产的瓷盆，以紫色、紫红色、青蓝色等浓艳的色彩为主；同时它们还必须是老器物，不能是当代制品。内府，指明朝为皇宫内廷所烧造的瓷器，也就是现在所说的"官窑"，这里面包含彩绘瓷器；供春，有时又写作"龚春"或"供龚春"。龚春是生活于明朝正德、嘉靖年间的第一位有名的紫砂壶匠人，这里用来代指紫砂盆器。从这里可以看出，文震亨偏爱单色或纯色釉的雅致瓷盆或紫砂盆，彩绘瓷盆也可接受，但必须是制作精良的内府瓷。

在另一处论及"盆玩"的地方，文震亨又写道："盆以青绿古铜、白定、官、哥等窑为第一，新制者五色内窑及供春粗料可用，余不入品。"这里面所说的青绿古铜，指的是商周青铜器；白定、官、哥，则指的是宋朝的定窑（生产白瓷）、官窑、哥窑所产的瓷盆。这些现在都是可以拿去拍卖场上拍的古董，不要说一般人买不起，即便是买得起的人，也不大可能真拿它们去种花了。至于当代制品，文震亨认为只能用内窑与供春。今天，制作精良的瓷盆、紫砂盆还是在广泛使用。

现在种兰用的老盆，已经不是明朝的文震亨在《长物志》中所说的那种宋朝的古董了，一般指的是明、清、民国，乃至1949年到"文革"早期所制的盆。

关于盆的形制，他又写道："盆宜圆不宜方尤忌长狭。"这是因为如果是圆盆的话，兰花不管开在哪一面，都可以欣赏。方形或长方形的盆，就不一定了。

兰花又可以搭配各种赏石："石以灵璧、英石、西山佐之，余亦不入品。"

兰花又可以搭配各种几架和座子。文震亨写道："小者忌架于朱几，大者忌置于官砖。得旧石欂或古石莲磉为座乃佳。"不能放在红色的几架上，我想是因为红色有点俗，而且太过鲜艳，会吸引去本来应该投向兰花的目光；当时制作精良的官砖，也就是现在被称为"金砖"的，大概对文震亨来说还缺乏古意吧。他提倡的是用旧石凳和古石莲磉，也就是雕成莲花形的古石墩，因为这符合他古雅朴素的那么一种审美趣味。

兰花是雅物，相应地，也要配上雅致的盆器，以至于花架、盆垫、挂画、书法、家具等整个室内环境的布置，这样才能得到总体上的雅致享受。所以，虽然是养一盆兰，如果推而广之的话，能影响到一个人的整个生活环境的美学风格，这就是由俗入雅。

这次在嘉定明徹山房所举办的"兰之猗猗"展，是一次传统空间美学的实践。山房有亭台假山、清泉锦鲤和树木盆景，本身是适合养殖兰花的环境。再加上山房主人尹昊本来收藏古瓷、石雕、紫砂器和明清家具，这些器物和兰花放在一起相互映发，相得益彰。东门是一位对兰花和古盆、赏石和几架搭配特别有研究和心得的兰家，在兰花与环境的结合方面他追求的是古雅、简洁和整体风格的协调。

但这次展览又不是对传统美学的简单继承。这里面既有庄艺岭的国画，杨建勇的水彩，沈嘉禄、顾村言的文人绘画，也有余迅运用了电脑与AI技术创作的作品，使得传统空间美学和上海当代艺术创作有机地结合起来，既显示了前者顽强的生命力与适应性，也显示了后者多样化的繁荣面貌，在艺术展陈上是一次有益的、成功的尝试。

二〇二四年五月五日

听姚公白师弹《孤馆遇神》

一

　　琴曲《孤馆遇神》，说是遇神，其实是遇鬼。关于鬼，古人总有种种的忌讳，琴曲叫"遇鬼"比较难听，就叫"遇神"了。涉及鬼的琴曲本来极少，我所知道的，除了清代张鹤（字静芗）所著的《琴学入门》一书中所收的《古琴吟》这首入门小曲外，就是《孤馆遇神》了。

　　明代的《西麓堂琴统》一书是这样描写曲情的："嵇康夜鼓琴王伯林空馆中，见八魅踞灯下，因叱之。对曰，'某周时伶官，赐死于此，腐骨未化，愿求迁转'。明发语伯林，掘得遗骸葬之。夜梦八人罗拜而去。康神其事，乃托此弄。"（转引自姚丙炎著《琴曲钩沉》上卷上册，香港：恕之斋，2007年8月，第38页。）也就是说，嵇康借住在朋友王伯林的一座空宅内，夜间遇到八个周时古乐工的鬼魂。嵇康毫不惧怕，反而呵斥它们。

　　古人似乎认为鬼魂是欺软怕硬的东西。人遇见鬼如果胆怯害怕，鬼就会为祟；如果人见到鬼毫不畏惧，它们反而会服软退却。有许多这样的故事流传下来，如《太平广记》中的《史万岁》："长安待贤坊，隋北领军大将军史万岁宅。其宅初常有鬼怪，居者辄死。万岁不信，因即居之。夜见人衣冠甚伟，来就万岁。万岁问其由，鬼曰，'我汉将军樊哙。墓近君居厕，长苦秽恶。幸移他所，必当厚报'。万岁许诺。因责杀生人所由。鬼曰，'各自怖而死，非我杀也'。及掘得骸枢，因为改葬。后夜又来谢曰，'君当为将，吾必助君'。后万岁为隋将，每遇贼，便觉鬼兵助己，战必大捷。（出《两京记》）"（〔宋〕李昉等编，《太平广记·卷第三百二十七·史万岁》，北京：中华书局，1995，第 2597—2598 页。）

果然鬼魂反而跪拜于嵇康之前，并自述为周时被赐死的乐工，应该是没有得到很好的安葬，所以鬼魂至今稽留人间不去，并请求嵇康为它们迁葬。第二天早晨嵇康跟王伯林说了，果然在这所空宅中掘出了这些古乐工的尸骨，并将其改葬他处。晚上，嵇康又梦到鬼魂前来拜谢。他觉得这一经历很神奇，于是作了此曲。

按照这个说法，这首曲子还是嵇康的作品。当然，今天我们已经无法确切知道这首曲子是否嵇康的作品了，在明以前也没有这首曲子传承的记录。因为嵇康的名气实在太响了，而古人又常有把自己作品假托前代名人所作之举，所以给此曲打谱的姚丙炎先生认为，"应非嵇康之作，就传谱时期来看，应是明代以前作品"（姚丙炎著，《琴曲钩沉》上卷上册，香港：恕之斋，2007 年 8 月，第 39 页。）

二

从 2006 到 2008 年，我从姚公白老师学习了两年的古琴。姚公白老师是创立姚门琴派的姚丙炎先生的公子，和姚公敬两先生一起，传承和发扬着姚门的琴艺。

那是在一个炎热的夏日，第一次在他家里听他弹奏此曲。

姚老师怕空调的冷风，所以房间里只有一台小电风扇，轻轻地输送着一点热风。正是在这间闷热的小房间里，姚老师在教我弹此曲之前，先把全曲弹奏一遍给我听。

在《西麓堂琴统》中，《孤馆遇神》被写作"无媒调慢三、六弦"。姚老师解释说，所谓"慢"就是"放松"或者"调低"琴弦的意思。〔操弹的时候，把处在正调（F调）状态的琴弦，先在四、五徽处用泛音根据五弦慢三弦，把音高原为 F 的三弦调低一个小二度变为 E（查）；然后再在五、七徽处，根据三弦慢六弦，把音高原为 C 的六弦调低一个小二度变为 B。〕用西方音乐的描述方法来说，就是个 G 调的曲子。

姚老师把左手中指点在琴面上凝神片刻，就开始弹了。

《西麓堂琴统》里的减字谱，把全曲分为十二段。琴曲的第一段是引子，姚老师弹奏得缓慢、跌宕。琴音是散（散音，左手指不按弦）、按结合，以散为主，我的理解是乐曲在描摹借住在王伯林空馆中的嵇康，傍晚时正在山野或庭院中漫步逍遥状。

第二段原谱题为"端坐"。第二段后半部分的旋律，被从下轸（低音）部移到上轸（高音）部演奏，还加了两段泛音（泛音是在左手手指轻点琴弦的同时，右手指拨弦发出的一种清亮的乐音）。姚老师这时弹的节奏已经稍快，但曲子的音调仍是轻快闲适的这么一种状态，似可理解为嵇康回到空馆中，轻松愉快地端坐抚琴。

第三段题为"鬼见（应读为"现"）"。这时轻松闲适的气氛忽然一变，曲子又移到琴的下轸部演奏，姚老师下指沉重，节奏由慢渐快，气氛突然变为紧张。天色已经漆黑，这时鬼魂已在荒野或孤馆的庭院中现身。

第四段题为"怪风"，说是一段其实只有三下拂、滚，从一弦拂到七弦，再从七弦滚到一弦，然后又从一弦拂到七弦。果然是一种阴风忽起、飞沙走石的感觉，我坐在姚师窄小闷热的琴室里，却感到了阵阵凉意。

第五段"雷电"，姚师右手捻起一弦、四弦拍击在琴面上，如闪电迅猛击中大地。顿时他的小室中，回荡着雷电的轰鸣声。鬼魂的出现，得到了天地震荡的回应。也许在闪电光中，嵇康第一次瞥见了鬼影。

接着姚老师弹第六段"喝鬼"，六下"双弹"，中、食二指如重锤般击中一、二弦，同时发出大二度的不和谐声，状如嵇康的厉声叱喝。然后用中指"推出"一弦，发出"嗡嗡"的沉重振荡声，如同叱声在空屋中回响。

这时，姚老师说"恐怖的来了"，他开弹第七段"鬼诉"，在五弦、六弦的十徽处，迅疾地弹出几个泛音，如同鬼魂迅疾现身跪拜在嵇康面前。听到这里，虽然是大热天，我也是寒毛直竖，毛骨悚然。

后面是一段用按音弹出的如泣如诉的旋律，仿佛就是鬼魂的怨诉。这些乐工被赐死之后被草草掩埋，所以魂魄一直不安。骸骨就在这所空宅中，现在鬼魂请求嵇康帮它们迁葬。这时，姚老师大用吟猱绰注的手法，来表现这一段旋律的歌唱性。古琴虽是弹拨乐器，但能有歌唱性，靠的就是吟猱绰注等手法。

后面"鬼出"和"呼天"两段，都是散音和泛音结合，尤以泛音为多。也许是表现鬼魂带嵇康走出屋子，指示葬处，然后悲痛地诉说自己千百年来的凄冷生活。

泛音是鬼魂的泠泠之音，而散音也许是嵇康低沉的男声，散音和泛音的结合，象征着人与鬼之间的对话。

尤其是从"鬼诉"这一段里就开始的三弦七徽的泛音起，一直升到三弦二徽的泛音，然后又从二弦二徽的泛音，一直降到二弦七徽，然后又升到"呼天"这一段结尾的二弦十三徽外的暗徽的泛音，可以理解为八鬼的不同声调，也可以理解为鬼魂的控诉声越来越凄厉，呼应"呼天"的题意。这种泛音的用法，如姚丙炎先生所说，"在琴曲中也是少见的"（第 40 页）。

最后三段，分别题为"曙景""鸡唱""击鼓"。经过一夜的风雨雷电和鬼魂的诉说，黑夜已经过去，白天开始到来。雄鸡开始鸣唱，鬼魂也纷纷散去。最后一段中的五下雄壮的"撮"（右手两指同时往相反方向拨弦发出的雄壮的和弦声），表示"击鼓"。嵇康击鼓请做官的朋友王伯林升堂，告诉他昨晚的见闻，请他发掘乐工的遗骸，好好地迁葬。也就是《西麓堂琴统》所说的"明发语伯林，掘得遗骸葬之"的意思。

三

经过姚老师的指点之后，我就回家自己摸索了。

晚上自己在灯下练习，弹到那一段表现鬼魂现身的恐怖的泛音的时候，说来也巧，房间里的照明灯泡可能因为接触不良，突然发出"滋滋"的声音，而且忽明忽暗地闪了几下，把我惊出一身冷汗。

在这以后，我一边自己习练，一边也常听姚丙炎先生和姚公白老师弹奏此曲的录音（姚丙炎先生弹奏此曲的录音，是收在《琴曲钩沉》一书附带的光盘里的；姚公白老师的录音，我听的则是日本黑川音乐制作有限公司出的《姚公白古琴艺术》里面的），也不下有几百遍了。公白老师的琴艺是全部传自丙炎师祖，但我发现父子之间，对这首曲子的理解和阐释，也稍有区别，体现在演奏风格上，也有一些不同。丙炎先生的弹奏节奏比较舒缓，公白老师的比较迅疾。

比如表现鬼魂出现的那几个泛音，丙炎先生弹得慢，可以想象为鬼魂慢慢地现形。公白老师弹得很快，可以想象为鬼魂突然闪现在嵇康屋中。不同的艺术处理，自可引起听者不同的想象，可以说都有道理。

四

跟古琴曲发生关系最多的古人之一，就是嵇康了，当然主要是因为关于《广陵散》的那个著名故事："嵇中散临刑东市，神气不变，索琴弹之，奏《广陵散》。曲终，曰：'袁孝尼尝请学此散，吾靳固不与，《广陵散》于今绝矣！'"（〔南朝·宋〕刘义庆著，张万起、刘尚慈译注，北京：中华书局，2003 年 10 月，第 315 页。）这个故事创造的艺术形象实在是太强大了，是如此深入人心，以致《广陵散》说是绝了其实未绝，一直流传至今（我想即便是真绝了，历代的古琴家们也会另外写出一曲来），而且发展成为古琴曲中最长的一首二十多分钟的大曲。

《世说新语》这样描写嵇康的形貌："身长七尺八寸，风姿特秀。见者叹曰：'萧萧肃肃，爽朗清举'。或云：'肃肃如松下风，高而徐引'。山公曰：'嵇叔夜之为人也，岩岩若孤松之独立；其醉也，傀俄若玉山之将崩'。"（第 589 页）嵇康既有高尚的气节、卓尔不群的为人，还有瑰玮的形貌、潇洒的风度，又有美妙的文才、高超的琴艺，难怪人们会对他身遭横死感到遗憾不已。嵇康流传至今的文章尚有《琴赋》等。

跟嵇康有关的古琴曲除《广陵散》外，就是明代《西麓堂琴统》所传的《嵇氏四弄》和《孤馆遇神》了。这些曲子都是明代以来很少有人操弄的冷曲，其中《孤馆遇神》一曲由姚丙炎先生在二十世纪六十年代打谱成功。

关于嵇康遇鬼的传说甚多，有的甚至见载于正史，我想主要是因为古人认为嵇康的琴艺如此高超，一定是得自神授或者是鬼授。

如《晋书·嵇康传》载："初，康尝游于洛西，暮宿华阳亭，引琴而弹。夜分，忽有客诣之，称是古人，与康共谈音律，辞致清辩，因索琴弹之，而为《广陵散》，声调绝伦，遂以授康，仍誓不传人，亦不言其姓字。"（〔唐〕房玄龄等撰，《晋书》，北京：中华书局，1987 年，第 1374 页。）也就是说，是鬼神授《广陵散》于嵇康的，还要他发誓不传人。这类故事，我想是编出来解释为什么嵇康不肯传授这首曲子给袁孝尼的。

南朝宋刘敬叔所撰《异苑》载："晋嵇中散常于夜中灯火下弹琴，有一人入室。初来时，面甚小，斯须渐大，遂长丈余，颜色甚黑，单衣草带。嵇熟视良久，乃吹火灭曰：'耻与魑魅争光。'"（南朝·宋刘敬叔撰、范宁校点，《异苑》，〔北齐〕阳松玠撰，程毅中、程有庆辑校，古小说丛刊，北京：中华书局，1996，第 52 页。）

《太平广记》里载有两个相连的关于嵇康见鬼的故事，第一个就如同第二个的引子。前面一个故事是这样的："嵇康灯下弹琴，忽有一人，长丈余，著黑单衣，革带。康熟视之，乃吹火灭之曰，'耻与魑魅争光'。"这第一个故事，与《异苑》中的大同小异，主旨都是嵇康不怕鬼。

《太平广记》里所载的第二个故事，是："（嵇康）

尝行，去路数十里，有亭名月华，投此亭。由来杀人。中散心神萧散，了无惧意。至一更操琴，先作诸弄，雅声逸奏，空中称善。中散抚琴而呼之，'君是何人'？答云，'身是故人，幽没于此。闻君弹琴，音曲清和，昔所好，故来听耳。身不幸非理就终，形体残毁，不宜接见君子。然爱君之琴，要当相见，君勿怪恶之。君可更作数曲'。中散复为抚琴。击节。曰，'夜已久，何不来也。形骸之间，复何足计'。乃手掣其头曰，'闻君奏琴，不觉心开神悟，恍若暂生'。遂与共论音声之趣，词甚清辩。谓中散曰，'君试以琴见与'。乃弹《广陵散》。便从受之，果悉得。中散先所受引，殊不及。与中散誓，不得教人。天明，语中散，'相与虽一遇于今夕，可以远同千载。于此长绝，不胜怅然'。（出《灵鬼志》）"（〔宋〕李昉等编，《太平广记·卷第三百一十七·嵇康》，北京：中华书局，1995，第 2509—2510 页。）

这故事的核心，是一身遭横死的古时乐人，因为欣赏嵇康的琴声，来与他谈论乐理，并教授给他《广陵散》，还让他发誓不教给别人。故事里说月华亭"由来杀人"，说明以前有人来这个亭子，被鬼吓死。但嵇康见了这个鬼，不但没有害怕，还从它那里学来了《广陵散》。

《太平御览》又引《大周正乐》云："嵇康宿王伯通馆。忽有八人云：'吾有兄弟为乐人，不胜羁旅；今授君《广陵散》'。甚妙，今代莫测。"（转引自戴明扬校注，《嵇康集校注·广陵散考》，北京：人民文学出版社，1962 年，第 448 页。）

从《西麓堂琴统》一书中所写的《孤馆遇神》一曲的曲情来看，包括了《太平广记》里的两个故事的某些基本因素，如嵇康见鬼而不怕鬼，还有鬼为非理而死的古时乐人，但没有嵇康跟鬼学《广陵散》的内容。其直接的来源，可能是《太平御览》中的那个故事，因为嵇康夜宿"王伯通（林）空馆"和八鬼等细节有吻合之处。

五

姚丙炎先生在整理此曲后的附言中写道："回忆一九六三年春，北京古琴研究会为纪念嵇康诞辰一千七百周年，号召全国琴人发掘整理嵇康所作的琴曲，长清、短清、长侧、短侧、孤馆遇神等五个琴曲，当时我打此谱，并于一九六三年冬去北京参加全国古琴交流演奏，嗣后束之高阁，一直不弹。一九七九年海上琴人多次敦促，要我重温此曲，爰将旧稿（曾刊当年民族音乐研究所《琴论缀新》第三辑）重作修订，供诸同好。"（第 42 页）

姚丙炎先生青年时代学琴于浙派大师徐元白，后来独力用功，精心揣摩，打出古曲四十多首之多（其中如《酒狂》等曲他打谱的版本广为传播）创立姚门琴派，实为二十世纪古琴界不世出的奇才。

1963 年之后不久，"文革"就开始了。一切跟鬼神有关的东西都被视为迷信，演过如《李慧娘》之类"鬼戏"的京剧演员如周信芳等（查）甚至被迫害致死，《孤馆遇神》当然是不能弹了。不但是《孤馆遇神》不能弹，据姚公白师所言，在"文革"开头的几年，连琴也不敢弹，连他家中收藏的几张传世古琴也被抄家抄走。

中国的古琴音乐有很具象的，也就是用琴音具体描摹某种声音，如川派的《流水》，用七十二滚拂模仿流水声（《鹤鸣九皋》，用"畧"模仿鹤的鼓翅飞翔声），还有梅庵的《平沙落雁》，其中有一段专门模仿大雁的鸣叫声。《孤馆遇神》，也是这样一首很具象的琴曲。当然也有很抽象的曲子……

　　曾经跟姚公白老师学了十几首曲子，有的因为自己资质鲁钝，没有学好；再加时间有限，已久不习弹。唯有《孤馆遇神》一曲，因为境界奇特，让我十分喜爱，常常会拿出曲谱来温习弹奏。

　　杨宗稷先生曾经写道，琴曲的艺术表现手法"不外象形、谐声、会意"三端，从《孤馆遇神》这一曲可以看到这一点。（许健编著，《琴史》，北京：人民音乐出版社，2003年7月，第185页。）

二〇一六年九月十一日

后记

　　2024年初，文汇出版社的资深编辑鲍广丽老师给我赠寄了周立民兄的读书随笔集《春未老，书难忘》一书，并告知这书是属于文汇出版社新推出的一套文化随笔类丛书"聚学文丛"中的一种。立民兄是老朋友了，我一开始以为这只是文人间一般的交流，或者是编辑老师的赐读。没想到过些天鲍老师又来问我是否有文稿也可以放"聚学文丛"中出版，原来她寄我这本书是有深意的。

　　话说我的第一本散文集《诗意的微醺》，就是1999年在文汇出版社出版的，由陆灏兄任责编。当时年纪气盛，写过一些锐利的文章，也收在这本集子里。可惜的是当时写得太少。因我早先有个懒惰的习惯，常常要等投出去的一篇文章发表后，才去写下一篇。后来才变得勤奋一些，不管前面写的文章发没发，有想写的内容就写了。写批评性的文章，虽然得罪了一些人，但写文章，如果不能信笔信口，那还有什么乐趣，还是应该写。在这里寄语现在的年轻人，要趁年纪轻、脑力好的时候，尽量多写。

　　我手头有一些稿子累积下来，于是就编成了现在这么一本小书。以前曾读过作家韩石山老师的一篇文章，具体名字记不得了，大意是说作者写完一部书都应该写一篇序或者是后记，交代一下写这书的缘起，写这书过程中的心境与心得，以及自己的旨趣与追求。这样的文字对自己来说是个宝贵的记录，对读者也会有启发，甚至有益于将来的研究者。这文章对我很有启示。早先出的书是没办法了，后来出的书，不管是自己写的还是翻译的，总会写一篇后记。有时读到一本好书，如果没有前言或者是后记，还会感到惋惜。

　　这本集子里的文章可以分成几大块。第一块是几篇回忆教过我的几位老师的文章。其中张根荣老师是我的中学英文老师，任孟昭老师是我的硕导，陆谷孙老师是我的博导。其中陆老师名气比较大，知道的人也多；张老师、任老师知道的人就少了。我想把他们的事迹写一点下来，以防日久湮没。任老师1949年就读于圣约翰大学英文系，后圣约翰在1952年院系调整中被拆分，英文系并入复旦，故任老师毕业于旦校。陆老师则在1962年毕业于复旦英文系。任老师比陆老师高着半辈。转眼之间，他们这一代人已经过去，让人不胜唏嘘。

　　后面又有一大块，是关于外国文学的文章。其中涉及的王尔德和莎士比亚，不但是我硕士论文和博士论文研究的题目，也是我这些年教学和研究的重要对象。其中的一组关于培根的文章，则是我翻译《培根散文全集》的衍生品。（之前我翻译《夜莺与玫瑰——王尔德童话集》，也催生过几篇文章。）翻译要和研究结合起来，一直是我的主张，也是我的实践。

　　这后面是关于爱伦·坡、德·波顿、索尔·贝娄等几位外国作家的文章，可以说是"零星"，但像关于坡和贝娄的那两篇，其实写得还是很认真和用力的。我写散文，其实是从写读书类文章起家的。平心而论，近年来写这一类的文章少了。客观上来说，这是因为在二十世纪九十年代和二十一世纪初期，纸媒还相对繁荣，发表这一类文章的报纸杂志也比较多。自 2010 年以来，杂志则大为衰落，即便是还存活着的，社会关注度也大为降低。从主观上来说，是我觉得现在写这样的文章太少人看了，所以写得也就少了。

后来偶然在课堂上碰见一位博士生，说多年前读过我一篇关于奈保尔的长篇小说《比斯瓦斯先生的房子》的文章，给他留下了相当深的印象，对他有些影响，没想到今天居然遇见此文作者。这让我意识到，读书或批评类的文章虽然少人读，但还是有人读的。也许就像我也曾翻译过的法国理论家弗朗索瓦·利奥塔所说的那样，写文章就像抛出一个漂流瓶，你不知道在什么时候，会飘到谁的手里。所以，这样的文章，还是要继续写下去。

接下来是一组关于摄影的文章，和一组关于美术的文章。虽然从少年时代起就对摄影有兴趣，但真正拍得比较多，是从 2005 年开始起。这以后陆陆续续在报刊发表了一些照片，也做了几次展览。平时也读了一些摄影理论著作，摄影大师们的影集，也常常翻阅，这些都对我的摄影和关于摄影的文章有启发。因为摄影也有一个传统，要拍好照，也要向传统学习。就像要写作，你也必须要阅读莫泊桑，要阅读海明威一样。

关于美术，我也是很早就有兴趣。出国旅游的时候，到了一地就会去看那里的美术馆。画册、大师传记，也买了不少。今年来和几个美术馆有一些合作，就一些展览做过几次讲座，也写了几篇评论文字，因此也就有了一组关于美术的文章。

关于青年篆刻家融庵（他是1988年出生的，写文时他已三十多，其实已经不那么年轻了）的文章，是我比较少的写人物的文章之一，也觉得是自己写得比较好的一篇文章。此文曾投给一本书法篆刻方面的杂志，编辑回复说他们一般只发死去的书画大师的文章，关于在世的书画家的文章一般都视为广告，不予发表。真是奇哉怪也，现在艺术评论方面的畸形一至于此。后来在别的报刊上发表了文章的一个删节版，这次在这本书里方才以全貌出现。题目《萧淡任天真》本来是一句古诗，就被我借来做了本书的题目。

从这本书的内容也可以看出，我这人的兴趣比较多比较杂。是否把精力、兴趣集中在一个领域，会做出更好的成绩呢？有时候自己也在思考这个问题。但结论是人的天性就是那样子的，硬要把自己局限在某一领域，恐怕也会扼制了内在的许多生机，还不如让它自由发展呢。

这集子里的最后一篇《听姚公白师弹"孤馆遇神"》，是关于古琴音乐的。我除了在学校里跟老师读到硕士、博士，在社会上也有过许多老师。从2007年也就是四十一岁的时候起，我曾跟姚门琴派的传人姚公白老师学过两年的古琴。（其实我从师学的最久的，是武术，加起来有十几年，学过赵堡太极、祁家通背、武式太极、白猿通背等。但学得最没有结果的，也是武术。也许以后也会写写这方面的经历。）当时每周一次，背着琴，走到他在嫩江路、世界路口附近的家里去向他学琴。晚上陪当时还在读小学的女儿做作业，和她隔着一张餐桌对坐着，我在她的对面弹琴，不时停下来帮她签个字啊做个默写啊什么的。两年后姚师离沪去香港，弹琴的频率就越来越低，直到现在差不多完全停止了。

我有时也在想，为什么当时曾投入很大时间、精力的东西，现在会差不多全部放弃。大概是我缺乏音乐家的那种特质吧，那就是把一首曲子学会之后，还要不断练习，直到滚瓜烂熟，能够把自己对曲情的理解，乃至自己的情绪与心境，都练进去，要到这种程度才行。而我呢，在跟老师学会一首曲子，能够从头到尾把它连贯起来弹奏之后，就失去了练习的兴趣，不肯反复多弹了。

尽管如此，当时还是有一些自己比较喜欢，也花了一些时间摸索的曲子。比如"孤馆遇神"，就是我花了比较多的时间练习，对曲中的境界，也有些体会的曲子，因而就有了《听姚师弹"孤馆遇神"》这篇文章，此文还被选入《文汇报》笔会的年选。学两年的琴，只写出这一篇文章，这投入产出率也是很低了。是的，文字就是这么消耗生活。有时在想，以后应该写更多的关于古琴方面的文章。

最近才悟到文章其实就是作者的生活。你过怎样的生活，就能写出怎样的文章。比如村上爱听爵士乐，就能写出许多关于爵士乐的文章；我爱养花，就能写出关于养花的文章，舍此无他。如果不喜欢养花而硬要去写关于养花的文章，那这文章就好比无源之水，无根之木，无从写起。读书当然能起到一定的帮助作用，但超过一定限度就没用了。我发现，在某一方面有专长的人，写出的文章都很有趣，这没别的原因，只是因为他在某方面特别有心得罢了。

自 2021 年底发腰痛、髋关节痛以来，已经有两年半了，我一直为下背痛所苦。以前一直以为理所当然的事，比如坐着看书、写作，突然变成了一种奢侈。无痛的生活，可以自如运用的身体，这些曾经习以为常的东西，只有在失去后才觉得是特权。还历历在目的青春时光，一下变得遥远起来。现在的我，每天只能坐着写作不长的时间。在这篇后记的最后，我祈愿自己能够尽早康复起来，也祈愿自己能够写出更多的文字。

二〇二四年六月二十日于沪上习勤圃

图书在版编目(CIP)数据

萧淡任天真 / 谈瀛洲著. -- 上海:文汇出版社,2024.
8. --(聚学文丛 / 周伯军主编). -- ISBN 978 - 7 - 5496
- 4291 - 5

Ⅰ.Ⅰ267.1

中国国家版本馆 CIP 数据核字第 2024QK4392 号

(聚学文丛)

萧淡任天真

主　　编 / 周伯军
策　　划 / 鱼　丽
篆　　刻 / 茅子良

著　　者 / 谈瀛洲
责任编辑 / 鲍广丽
封面装帧 / 王　峥

出版发行 / 文汇出版社
　　　　　上海市威海路 755 号
　　　　　(邮政编码 200041)
经　　销 / 全国新华书店
排　　版 / 南京展望文化发展有限公司
印刷装订 / 上海颛辉印刷厂有限公司
版　　次 / 2024 年 8 月第 1 版
印　　次 / 2024 年 8 月第 1 次印刷
开　　本 / 889×1194　1/32
字　　数 / 210 千字
印　　张 / 10

ISBN 978 - 7 - 5496 - 4291 - 5
定　　价 / 68.00 元